文春文庫

武将列伝

江戸篇

海音寺潮五郎

文藝春秋

目次

武将列伝　江戸篇

真田幸村

一

真田昌幸《まさゆき》の次男、母は菊亭右大臣晴季《はるすえ》の女《むすめ》、永禄九年（一五六六）生。幼名お弁丸、後源次郎といい、また左衛門佐《さえもんのすけ》と称す。

天正十三年（一五八五）八月、父昌幸・兄信幸（後に信之）とともに上田城にこもり、徳川家の大軍と戦ってついに屈撓《くっとう》せず、徳川方は戦う毎に敗れた。

戦後、幸村は越後の上杉景勝の許に行って勤仕した。徳川家との合戦にあたって、真田家は上杉家に被官《ひかん》たることを誓って助勢を得たので、人質の意味もあって行ったのだ。この時幸村二十歳。

天正十七年（一五八九）十一月、昌幸は景勝が秀吉に見参《げんざん》すべく京都に上った不在をうかがって、幸村を呼びかえし、大谷刑部吉継《ぎょうぶよしつぐ》によって秀吉の許に差出して勤仕させた。これも人質の意味である。景勝は怒って秀吉に訴え、返還を乞うたが、秀吉は景勝をなだめて手許にとめおいた。幸村二十四の時である。

慶長五年（一六〇〇）上杉景勝は石田三成と通謀して、反家康の兵を会津に挙げた。家康は諸大名の勢《せい》を引具して討伐に向ったところ、途中野州小山《おやま》で、西で石田らが挙兵したとの報告がとどいた。真田一族も東征の軍中にあったが、昌幸の許へ、石田から、

「故太閤の旧恩を思い、西軍に味方ありたし。味方勝利の暁には、甲信二国をあてがい申すべし」

と言って来た。昌幸は西軍へ味方する決心をして、一応、長男信幸、次男幸村を会して、相談した。

信幸は、天正十七年、秀吉の仲裁で真田家が徳川家と和睦《わぼく》した時、駿府に伺候して以来、家康に厚遇され、その翌年には家康の養女（本多忠勝の女）を嫁にもらったほどで、家康に心服しきっている。

「以てのほかのこと、これは石田輩が秀頼公の名をかりて、おのれらの野心のために起こしたものでござる。切に思いとどまり下さい」

と諫言した。

幸村の方は、石田方の参謀総長的地位にある大谷刑部とは、秀吉の許に勤仕した頃から世話になったばかりか、その女を妻にもらったほどのなかであり、直接秀吉の左右に勤仕して、豊臣家の恩義を感ずることも深い。

「故太閤のなくなられてから以後の、江戸内府の所業、一つとして腹の立たぬはない。石田のこの度の挙兵は義挙にまぎれがない。また家を興すに至極の時だ。父上の思召し

通りにすべきでござる」

と、主張する。

双方激論となって、しからば各自の心まかせにしようと、信幸はとどまり、昌幸と幸村は兵をまとめて上田にかえり、籠城《ろうじょう》の支度にかかった。この時幸村三十五歳。

以上は、関ヶ原役当時に至るまでの幸村の略歴である。

野州における家族会議での兄弟の論争はずいぶん激しいものがあったらしく、今にも兄弟斬合いにもおよびかねまじきほどであったというが、慶長年中卜斎記によると、途中信幸の居城である沼田を通過する時、幸村は、

「場合によっては沼田の町中を焼きはらわねばならぬ仕儀に立至るかも知れぬ故、その方先ず行って様子をうかがえ」

と、家老の木村土佐を先発させたという。

また、父子が信幸夫人小松の峻拒《しゅんきょ》によって城内に入ることを許されず、城下の正覚寺で休息している時、石庵という半俗《はんぞく》が来て、

「伊豆守様がおいでにならぬようでありますが、いかが遊ばされました」

とたずねたところ、幸村が、

「伊豆守殿は浮木に乗って風を待っておられるわ」

と嚙んではき出すように答えたので、石庵、済まぬ挨拶と座を退く、とある。幸村が信幸にたいして、憤懣《ふんまん》のおさえがたいものがあることがわかる。二人は上田にかえるや、

夜を日に継いで籠城の支度にかかった。

さて、話はかわって信幸の方。

信幸は父弟とわかれると、すぐ家康の本陣へ行って、しかじかの次第で父弟と引き別れてまいりましたと、言上《ごんじょう》した。

「伊豆が忠心、ありがたく思うぞ」

家康は厚くほめて、父昌幸の所領をあてがう書付をくれ、今後の取立てを約束する証文もくれて、速かに沼田にかえって、信州口と会津口の境目のかためを厳重にせよと命じた。

信幸は早速その通りにしたが、間もなく、徳川秀忠から書面がとどいた。

「自分は宇都宮の陣所から、榊原康政を先鋒《せんぽう》とし、総勢三万八千余をひきいて、中山道《なかせんどう》を通って西上の途につく故、その方も上田方面に出るよう」

という文面。信幸がその通りにしたことは言うまでもない。

秀忠は八月二十四日、宇都宮を出発して、九月一日に軽井沢に到着し、小諸城主の仙《せん》石《ごく》秀久の出迎えを受けて、小諸城に入り、一先ず力取《りきしゅ》をさけて開城を説いてみようということになり、使者を立てた。

「石田の邪計にあざむかれて、一筋に籠城のお支度あるが、関東お味方の諸将はすでに岐阜城を攻めおとし、内府は東海道から、秀忠公はこの道から攻め上っておられる。石田らが軍勢忽ちにふみつぶされ、石田をはじめ凶徒のやつばらが捕えられて首斬られんこと、間のないことであります。早く前非を悔いて帰順し、子孫の後栄を計らるべきでありましょう」という口上。

昌幸はこれを拒絶した。

「拙者は秀頼公のおんためということで大坂方に味方した。義のために立ったのだ。味方が危いとて、志をひるがえすことが出来ようか。危うければ一層志を励まさねばならぬところじゃ。この返答にくいと思し召さば、お戦さはじめに当城をお攻めとり下され」

手強《ごわ》い返答だ。秀忠は怒りながらも、もう一度使者を出した。

「こんどのことが、石田の邪謀であることは明らかでないか。まだ御幼稚の秀頼公がどうしてそんなおわきまえがあるものか。それ故にこそ、故太閤恩顧の大名らも多く内府に味方しているのだ。この明らかな道理をどうしてその方ほどの者がわからないのだ。あくまでも頑迷を言い張るにおいては、嫡子《ちゃくし》伊豆守に腹を切らせた上で、この城をふみつぶすぞ」

という口上。

昌幸はまた答える。

「故太閤恩顧の人々が内府公にお味方されるのは、皆様それぞれの心があってのことでござろう。拙者には拙者の心がござる。たとえ伊豆守に腹切らせて、この城をふみつぶすと仰せられても、従うわけにはまいらん。昌幸の義不義は天下後世の論にまかせます。

お道すがら、当城に兵を向け給わんこと、ご随意に」

と答えたので、秀忠は益々怒り、ついに攻撃することになった。以上は改正三河後風《ごふ》土記《どき》の説。

これが上田軍記ではこうなる。秀忠が使者として選んだのは、信幸と本多忠政であった。忠政は平八郎忠勝の子であるから、信幸とは義兄弟なわけだ。二人は上田城内に通知すると、昌幸は、

「国分寺で待っていてもらいたい。拙者すぐまいるであろう」

と答えて、国分寺に待たせておいて、出城して赴いた。顔色柔和で、手厚く両人を饗《きよう》応《おう》し、それから二人の口上をきいた。二人は秀忠の旨を伝えた。

「この度のことは石田らの不義の企てであることは明らかである故、速かに心をひるがえして味方に参ぜられよ。さすれば本領安堵《あんど》の上、御褒美をたまわるでありましょう」

昌幸は心にしみてありがたく思う様子で、

「かたじけなき思召しであります。委細かしこまりました。この趣き家臣共にも申し聞かせ、やがて御返答申し上げるでありましょう」

と、答え、とやかくと日数をかせいで、その間に籠城の支度をすっかり整え、

「わしの決心はゆるがぬ。向後《こうご》参ること無用」

と、手強く申し切ったので、秀忠は、

「古狸め、おれをあざむいたか」

と激怒したということになっている。

思うに、上田軍記の説は、先年の上田合戦の話と混同されているのであろう。二度とも徳川方が欺かれるということはあるまい。それとも、いくら昌幸でも嫡子である信幸を欺くことはあるまいと思ったので、つい信用する気になったのであろうか。しかし、戦国武将にとっては、切所《せっしょ》においては父も子もない。きびしい時代であったのだ。

二

こうして戦さがはじまった。秀忠勢三万八千余、真田勢はせいぜい二千五百、これであくまで戦う気になったのだから、大胆さもだが、自信もあったのであろう。

九月五日には諸軍上田城の近くまで押し寄せた。皆近ぺんの民家に止宿したのを見て、榊原康政は驚いて、

「不心得千万。真田は軍謀老練の者。味方かような体《てい》たらくでは、夜討をかけられたら、どうする所存ぞ。野陣を張り、篝火おびただしく焚いて、寸分も油断あるべからず」

とどなったので、皆合点して、そうした。

果せるかな、その夜、幸村は夜討に出たが防備厳重なのを見て引返したところ、昌幸はうなずいて、

「今の徳川家には甲州武士が多い故、夜守《よもり》の作法を心得ているわ」

といったという。

翌九月六日早朝、秀忠は小諸城を出発した。秀忠は、染屋平《そめやだいら》まで馬を進めて、上田城を望見した。その時、昌幸も幸村をともなって、四、五十騎で物見に出た。これを見て秀忠は部下の将に命じてはげしく鉄砲を撃ちかけたが、昌幸はそしらぬていで馬を返した。徳川勢は追いかけたが、途中竹木の繁った要害の地がある。牧野康成・忠成父子はきっとこれに目をつけ、

「かようなところには伏兵のいるものだ。真田が相手にならず引返したのは、味方をおびきよせるためであったかも知れぬ。それ、駆り立ててみよ！」

と、手勢に鬨《とき》の声をあげて駆り立てさせると、案の定であった。伏兵共も鬨の声をあげておこり立ち、鉄砲を撃ちかけ、槍を取って立ち向う。

はしなくも、血戦がはじまった。この時、秀忠の旗本から、戸田半平重利・辻新太郎久正・御子神《みこがみ》典膳・朝倉藤十郎宣政・中山助六照守・鎮目《しずめ》市左衛門惟明《これあき》・太田甚四郎吉正の七人が馳せつけて槍を合わせた。これを上田の七本槍といって、当時有名な話になった。この中の御子神典膳が小野派一刀流の流祖で、後に小野次郎右衛門となった人物。この有様を見て、大久保忠隣《ただちか》・本多忠政も川を渡って横合から突いてかかり、追い立て追い立て、城の近くまで行くと、大手の門をひらいて幸村が突出して来た。同時に思いがけなくも虚空蔵《こくぞう》山の林中におびただしい鬨の声があがって、一隊の軍勢が火のように鉄砲を撃ちかけ撃ちかけ、煙の下から槍の穂先きを揃えて突いてかかった。寄せ手は辟易《へきえき》して色めいた。すると、すかさず、昌幸も八十騎ばかりの兵をひきいて打って出て突

きまくる。

寄せ手はしどろになってまくり立てられ、多数の死傷者を遺棄《いき》して敗走する。

昌幸父子はほどよく追って、人数をまとめ、馬を立てて、悠々と高砂《たかさご》を謡い出した。

榊原康政は腹を立てた。

「憎ッくき真田め、人もなげなふるまい、思い知らせてくれん」

と二千の手勢をもって急襲した。その激しさ、さすがの昌幸も謡いおえず、早々に引き上げた。

榊原はなお追いかけ、牧野父子もまた追いかけた。この時、本陣の秀忠に側近していた本多正信が、使い番を立てて、諸将にきびしく言いおくった。

「味方軍令を用いず、勝手気ままなる戦さをしでかし、見苦しき様である。早々に引き取るべし」

そこで、皆引き取った。この時萱沼忠政は搦手《からめて》に向って、家来共はすでに外郭《がいかく》の塀をのりこえんとしているところであったが、この下知でやむなく引き取った。

この戦闘は一説では寄せ手が城近くの田の稲を刈り取るのを見て、城の東方願行寺口の出丸を守っていた真田兵が、

「にくい奴めら」

と追いはらおうとしたことからおこったとなっている。いずれが真かわからないが、以後の戦闘の経過は両説同じである。

この戦闘は、互いに勝敗があったとは言え、大体において寄せ手の方が点数が悪い。本多正信は鋭敏で、文吏肌で、したがって統制好みの男であったので、

「かようなことになるのは、諸軍が軍令を重んぜぬためだ。軍令を待たずして戦さをはじめた罪科はたださねばならぬ」

と言い立て、七本槍の連中はお供を免ぜられて上州の吾妻《あがつま》城の守備にまわされた。大久保忠隣にもその命があったが、その旗奉行杉浦某が、

「拙者の罪でござる。主人は露知らぬこと」

と、腹を切ったので、やっと罪がゆるされ、お供がかのうことになった。

牧野父子にも吾妻城に行け、然らずば家臣贄《にえ》某はすでに城の塀をよじのぼっていた由なれば、その者に腹切らせせよと言い渡された。

忠成は年が若いだけに憤激した。

「高名した勇士を殺しては、これから働く家来は無《の》うなるわ。阿呆なことばかり言う。よしよし、家来が主人のために命捨てるはめずらしからぬことじゃが、おれは家来のために死んでくれよう」

といって、贄を引きつれて逐電《ちくてん》してしまったので、父の康成は一層罪が重くなり、吾妻城に禁錮されたのである。

こんな風では、寄せ手がはかばかしい戦さをするはずがない。遠巻きにして、空しく数日を過ごしたが、これでは上方の合戦に間に合わんことになるかも知れないと言い出

す連中もあり、いろいろ評議があった。正信は、

「かような小城は打捨ててお通りあるがようござる」

と主張したが、打捨てるなら打捨てるで、最初から打捨てればよいのだが、小ぜり合いにしても一合戦してそれが負け気味におわったとあっては、今さら打捨てては、恐れたようで外聞が悪いという意見もある。すると、榊原康政が言った。

「戸田左門一西《かずあき》は、何によらず御不審のことあらば御下問あるようにと、大殿からつけおかれた人物でござれば、かかる時こそ左門が意見をお尋ねあるべきでござろう」

そこで、秀忠は一西を召して尋ねた。

「真田が武略は恐るべきものではござるが、何と申しても小身者、何ほどのことが出来ましょう。少々の押さえの勢をのこして、早々上方へお馬を進められて然るべしと存ずる。しかしながら、この戦いは若君の御初陣ではあり、お年もまだお盛りのことでござれば、お道筋のほとりにあってお敵対の色を立てるものは、一々に踏みつぶしてお通りになる方が、大殿のお気にはかのうでござろう。多少の御損害は覚悟の上にて、無二無三力攻めにて攻め立てられなば、明日中には城を抜くことが出来るでござろう故、真田父子を誅殺《ちゅうさつ》、それより早速に当地を引払い、上方へ向わるべきでござろう」

と、一西は答えた。

秀忠も諸将も賛成したが、本多は激怒した。

「若殿がお年若である故、血気にまかせて強すぎるお働きもござろうと、ことの外に大

殿がご心配なされて、拙者をおつけになったのでござる。特に大殿の御内命をうけたまわっていることもござる。にわか攻めなどもっての外のこと、必ず大殿はお怒りでござろう。ここは押さえの軍勢を少々おかれてお通りありますよう」

と主張して、少々の兵をのこして、上方へ向うことになった。九月十日のことである。信州に入ってから完全に十日、三万八千の軍は上田城下に釘づけにされてしまったのだ。

このために、秀忠は関ヶ原役には間に合わなかった。彼が関ヶ原役の勝報を家康から受け取ったのは、関ヶ原会戦日から二日後、十七日、木曾の妻籠においてであった。

三

三万八千余の大軍をわずかに二千五百の勢をもって、上田の小城で十日間にわたってせきとめたというので、昌幸と幸村の武名は天下に上ったが、かんじんの関ヶ原が惨敗におわったのであるから、どうしようもない。伊豆守信幸の懸命の命乞いで、やっと一命だけはとりとめて、父子は高野山に上った。九度山村に蟄居《ちっきょ》すること十一年、慶長十六年（一六一一）昌幸は死んだ。幸村はなお九度山に籠居していたが、慶長十九年（一六一四）、東西の間が険悪になり、豊臣氏はさかんに浪人を召しかかえ、名ある浪人へは秀頼の名をもって招いた。

九度山へも、大野治長が秀頼の意を伝えて来た。豊臣家にたいしてそれほどの義理を感じたとは思われないが、武士には武士の意気地がある。もう一度徳川家に一泡ふかせてやりたいという気持もあったろうし、武士として一花咲かせたいという気持もあったろう。事成って一国一城の主《あるじ》となることが出来ればこの上のことはないが、事敗れても一軍をひきいて采配を取って天下人徳川を相手に決戦すれば、それでも武士の花は咲くのである。

こういう場合、成功の時の恩賞を約束されるものであるが、幸村にはどんな墨付《すみつき》がわたされたのであろう。これについては書かれたものがまことに少ない。ぼくの見聞の範囲では、大坂陣山口休庵咄《ばなし》に、「五十万石の約束で籠り申し候」とあるのだけだ。

幸村が入城の交渉を受けた頃のこととして、武林名誉録に尼崎家覚書から引いて、こんな話が出ている。

大坂城内の大野修理の屋敷へ、一人の山伏が訪問してきた。

「拙僧は大峯の山伏にて、伝心月叟《でんしんげっそう》と申すものでござるが、かねて御依頼の御祈禱のことにて参上いたしました。なにとぞお取次ぎ願いたい」

と、いんぎんに言う。あたかも修理は登城中であったので、とりつぎの侍は、

「しかじかで不在でござる。しかし、こちらでお待ちになるがよい」

と、番所のわきに呼び入れて席を与えた。

番所には若い侍らが十人ばかりいて、退屈しのぎに、お互いの刀と脇差の鑑定をしていたが、ふと一人が山伏の刀に目をつけて、

「和僧も差してござるな。見せられよ」

と所望した。

「いやいや、これはほんの犬おどしのためのものでござれば、とてもお目にかけるようなものではござらぬ」

と辞退したが、ぜひにと所望してやまない。

「それでは」

やむなきていで、両刀をさし出した。

若侍は受取って、先ず刀の方をするりと抜いてみて、おどろいた。どうせ山伏風情の差料だ、錆びていなければよい方というくらいの気持だったのだが、姿といい、金色《かねいろ》といい、地肌といい、刃の匂いといい、たとえようのないほどだ。

「見事なものじゃわ」

と皆に見せると、皆感嘆してどよめいた。つぎに脇差を抜いてみると、これもまたおとらず見事なもの。

「中子《なかご》を見たい。見てよろしいか」

とはずしてみると、刀は正宗、脇差は貞宗とあったので、皆々、この山伏どの唯人ではないぞと、恐縮しているところに、修理が帰宅して来た。

「山伏どの、主人が帰ってまいりました。玄関にてお目見えなされよ」

と取次ぎの侍が連れて出た。修理は一目見て、おどろいた顔になり、

「これはこれは」

と、山伏の前に手をついてかしこまり、

「近日お越しあるべしとは承っていましたが、早速のお出で、満足でござる」

とあいさつし、書院に導いて丁重に饗応《きょうおう》し、城に知らせを走らせると、速水《はやみ》甲斐守が秀頼の使者として来て、

「遠方早速にまいられ、満足に思し召さる。これは御支度のため」

と言って、黄金二百枚、銀三十貫目をあたえた。修理の家の若侍らはこの山伏が真田幸村であることを知ってさらに驚いたが、その後、入城後、幸村がその若侍らに逢った時、

「いかが、刀の目ききは上ったかの」

といったので、皆々赤面したという話。

小説的にすぎる話ではあるが、幸村は自由に九度山から出てならない身の上だから、出たとすれば変装する必要はあったろう。また支度金として秀頼があたえたという金子《きんす》銀子は、真武内伝に伝えるところと同額であるから、話が奇にすぎるからとて、うそと断定するわけには行かない。

ともあれ、幸村は大坂入城を承諾したのであるが、九度山を立退《たちの》いて入城するのは中々むずかしいことであった。東西の風雲が急になって、大坂方が浪人を召募していることは徳川家もよく知っている。幸村にたいして大坂方から招聘《しょうへい》の手がのびることも容易に推察がつく。

徳川家の対策は二様に講ぜられたようだ。一つは幸村を大坂方に先立って味方にすることだ。真武内伝に記述するところでは、徳川方では家康の書面と兄伊豆守信之（関ガ原役後、信幸はこう改名したのである。父昌幸が徳川家の敵となったのを恐縮してである。）の手紙とを、大和五条の領主松倉重政に持たせて、幸村の許につかわし、口頭で色々と述べた後、書面をわたした。

幸村は先ず家康の書面を読んで、それから言った。

「ふつつか者の某《それがし》に身にあまる御恩命の趣き、冥加しごくでござる。その上莫大な御恩禄を賜わるとのことでござれば、お味方いたしたくは存ずるが、亡父の遺言がござるによって、関東へは伺候いたすわけにまいりませぬ。このように御厳命にそむきます以上、兄の書面は披見《ひけん》せず、封のままにお返しいたす。この趣きよろしくご披露を」

きっぱりとした態度に、松倉はせん方なく下山したとある。

第二には、第一の計略が齟齬《そご》したので、こんどは幸村を九度山から出さぬ手をめぐらした。上述につづけて、真武内伝は記す。家康は、松倉に、

「真田が大坂に入城しようとするならば、途中で討取れ」

と命じた。そこで、松倉は昼夜間者を九度山に入れて動静をうかがったとある。

また、武辺咄聞書にも、家康は紀州和歌山の浅野長晟《ながあきら》にもこの旨を命じたので、浅野家では九度山付近の百姓らに下知を伝えて、真田が大坂に走りこむようなことがあるやも知れないから油断なく見張っておれと触れ、高野山からもこのことを申しつけさせた

とある。

入城の契約はしても、九度山を立退くことが、なかなかむずかしかったのである。

武辺咄聞書の記載《きさい》では、幸村は自分の宿所のそばに仮屋をこしらえ、理由をもうけて、九度山付近の庄屋や、年寄や、百姓らをのこらず招いて饗応《きようおう》し、上戸にも下戸にも酒をひた強《じ》いに強いて飲ませた。皆酔いつぶれて、前後も知らず寝こんでしまうと、百姓らの乗って来た馬に、大急ぎで荷をつけ、女子供は乗物にのせ、上下百人ばかり、弓鉄砲の物を前後に立てて山を下り、紀ノ川を渡り、木目峠を越えて河内に入り、大坂に行った。百姓らは夜が明けてから酔がさめて見ると、幸村の宿所には誰もいない。雑具《ざつぐ》まで持去っている。

「これは出しぬかれた」

と、あなたこなた尋ねたが、昨夜立退《たちの》いたこととて、どうしようもなかった、とある。

翁《おきな》物語の記述は少しちがう。

幸村は九度山村の者共を集めて、手厚く饗応して、その席上、

「わしはこの度大坂の招きにあずかったので、武士としてそれに応じたいことは山々じゃが、久しく当村に厄介になって、ずいぶんおぬしらに親切にしてもろうたに、わしが行ってしもうたら、おぬしらにお咎《とが》めがあろうと思われるので、それもならずと思っているわの」

と、まことに余儀なきていで言った。すると、百姓らは気の毒がり、

「お武家様としては、ご入城なさりたいお心、よくわかります。てまえ共にはおかまいなくそうして下さりませ。あとのお取調べの時には、お武家が知らせないでそっと立退かれるのを、百姓風情《ふぜい》がどう出来ましょう。夜中にそっと立ち行かれまして、わたくしども夜が明けてからやっと気づいた次第でございます、というような工合に申しひらきましたら、さしたるお咎めもありますまい。少しも早く大坂へお出でなされよ」

とすすめ、年頃の息子や弟や甥《おい》を持っている者はそれを従者にとさし出したので、忽ち四十人ほどの従者が出来た。幸村は礼を言って、夜明け方に立退いた。百姓共はなお酒をのんで、やっと飲みおわり、酒器のしまつなどしていると、和歌山から四、五十騎の武士らが村に駆けつけて来て、庄屋を呼んで、

「真田左衛門佐の宅へ案内せい」

と命じた。庄屋は、

「真田殿はゆうべここを立退かれました。どこへ参られたか少しも知りませんで、どうしようかと皆が相談しているところでございます。ゆうべ宵のうちに立退かれたらしゅうござれば、もう十里は行かれましたろうな」

「宵に立った？　それではもう追いかけてもしかたはないの」

といって、武士らはかえって行った。真武内伝追加の説も、大体これと同じである。

翁物語の所説の方が本当のような気がする。武辺咄聞書の方は、江戸時代の兵学渡世《とせい》の浪人かなんぞが机の上でこしらえ上げた話くさい。幸村の知謀《ちぼう》のほどを大いに表現し

たところであろうが、後の話だって知恵によって案出したものだ。幸村に徳望があれば、十分に行なわれる策だ。真武内伝によると、幸村は情深い性質で、村人らに慕われていたとある。

また、入城に際して、幸村は上下百三十人ばかりをひきいていたというが、真武内伝ではこれらの郎党らは信州からついて来た者共であるが、あまり大勢一緒にいるのも関東に憚《はばか》りがあるというので、九度山の周囲二、三里の間の村々里々に分散して、あるいは百姓となり、あるいは町人となって暮しを立てていたとある。

思うに、それだけではなく、国許から呼んだものもあれば、新しく雇い入れたものもあろう。

入城は慶長十九年十月六日であるという。この時、幸村四十九歳。

四

大坂城では、幸村を大へん優遇した。五千の兵をあずけ、騎馬の士百騎を下につけた。騎馬の士というのは、今の兵隊の位でいえば将校だ。当時大坂城内では、百騎以上の将校を組下に持っているのは、大野修理・同主馬・長曾我部盛親・毛利勝永・木村重成・仙石宗也・明石全登《たけのり》・真田幸村くらいのものであったという。またこのうちで、幸村・毛利勝永・長曾我部盛親を三人衆と呼んで、浪人部の軍事最高幹部であった。後にこれに明石全登と後藤又兵衛を加えて五人衆と称した。

いつの時代にも、どんな場合にも、集団でなにかしようという時には、柄《え》のないところに柄をすげて、人を疑っておとしいれようとする者がいるものだ。誰いうとなく、

「三人衆はいずれも関ヶ原役で、関東を敵として戦わしゃった方々ではあるが、真田左衛門佐は当時はまだ親がかりの身であった故、家康公と秀忠公とのおん憎しみもそう強くないはずじゃ。また、左衛門佐の兄伊豆守と叔父隠岐守信尹《のぶただ》とは関東に味方して無二の忠誠の者じゃ。用心せねば、飛んだことになろうぞ」

というわさがひろがった。

幸村はこれを聞くと、まことに心外なことに思った。幸村はその生涯を通観して、心術実に清潔な人物である。彼の父昌幸は信義の人とは言えない人柄であったが、幸村はちごう。心外に思ったのもさぞかしと思われる。

なんとか方法を講じたいと思っていたが、やがて一策を思いついた。大坂城は、さすが秀吉ほどの人物が心血をそそいで構築したものだけに、まことに見事な出来ばえではあるが、それでも幸村の眼をもってすれば、南の方がいくらか要害が手薄なように見える。必ずや敵はこの方面から押しよせるであろうと判断されたので、この方面に出丸をきずいて、自分の一手ぎりでここにこもろう、そうすれば城内の人々も無用な疑惑を自分にたいして抱くことはなくなるであろうと思案したのだ。

そこで、それを提議したが、なかなかすらすらとは行かなかった。後藤合戦記によると、幸村がこの提議をすると、大野修理はかえって幸村の心事を疑い、後藤又兵衛に相

談すると、又兵衛は、

「その武功といい、その家柄といい、その人柄といい、どうして逆意などござろうや。そのような逆意は、古今同じ、実力もないくせに栄華を好む者のすることでござる。この度籠城の諸将の中で、幸村殿は名家の大名の生まれでござる。万代に名をのこさんと必死の謀計をめぐらしてこの工夫に達せられたのでござる。まことによき計画。その意にまかせられるがようござる」

と答えたという話がある。

中心になって事をさばくべき立派な人物もいない、孤立無援の籠城だ、猜疑《さいぎ》横行は言うまでもないといえばそれまでのことだ。

とにかくも、出丸をこしらえてよいことになったので、早速に構築にかかる。場所は今真田山といっているところで、当時の玉造《たまつくり》口御門の南、東八町目御門の東である。そこに一段高く畠地があったのを、三方に空壕《からぼり》をほり、塀を一重《ひとえ》かけ、塀の向う、空壕のなか、壕ぎわに柵を三重につけ、所々に矢倉と井楼《せいろう》を上げ、塀の腕木の上にはば七尺の武者ばしりをつけてあったと、山口休庵咄にある。なお寺島若狭大坂物語見聞書によると、南の方に出口をつけ、城内への通《かよ》い口は北の方からで惣堀《そうぼり》の中に細道をつけて城内へつづいていたという。

大坂城の惣堀は石垣ではなくたたきで、堀ぎわと堀の中と塀ぎわの三カ所に栗丸太で柵を結ってあったというが、どうやらこれは空堀であったようだ。

出丸が出来上ると、誰いうとなく、これを「真田丸」と呼ぶようになった。幸村はここに五千の兵をもってこもったが、幟《のぼり》・指物《さしもの》・具足・冑《かぶと》・ほろ等、上下皆赤一色であったと、休庵咄は言う。馬じるしは金のうくゑであったとあるが、真武内伝には唐人笠で、上にしでをつけてあったとある。

目付役としては、伊木七郎右衛門遠雄《とおたけ》がそえられた。

この頃の軍議の席上、幸村は、父昌幸が遺策を提議している。すなわち、

「籠城拒戦というのは、いずれよりか援軍の到来を期待出来る時にのみ利がある。今度の合戦は天下を敵としてのことなれば、はじめより籠城に出づるは策の得たものではない。敵に気を奪われ、やがては糧食も尽き、力もおとろえて、ついには落城に至る。出でて戦うにしかぬ。出て戦って、時をかせぎ、二、三度勝つうちには必ず豊臣家恩顧の大名らの間に心を動かして味方する者が出て来るであろう。それには、機先を制するが第一である。関東・北国の兵がまだ京都に入らぬ先きに、秀頼公御出陣あっておん旗を天王寺に立て、兵を山崎に出し、拙者と毛利勝永とを先鋒とし、長曾我部と後藤に大和路を攻めさせ、伏見城を陥れ、京都を焼きはらい、宇治、瀬田を固めて、畿内《きない》・中国・九州にふれて大名共を招いたら、必ず味方に馳せ参ずる者が多いであろう。関東方は長途に疲れている身で、この寒さに河を渡るのだ。意気上らぬにきまっている。味方の利は必定だ。大河をひかえて戦うは寡兵にして大軍を防ぐ常道である。かくして利がなかったら、籠城すべきで、籠城を急ぐことはない」

と主張し、後藤又兵衛もまた出撃策を説いたが、いずれも行なわれなかった。

「そちにはおれほどの貫禄がない。同じ策を立てても、人が従わぬであろう」

と昌幸が末期《まつご》に言って嘆息した通りになったわけだ。この際、秀頼でもよければ大野治長でもよい、実力と貫禄をそなえていて、良策と見抜いて決断を下せばいいのだが、秀頼は素質的にはすぐれた人間だったかも知れないが、親の七光りで立てられているだけの人物であり、大野治長は淀殿の老女大蔵卿ノ局の子供であるというだけで、豊臣家の家老的地位に上った男だ。武将としての閲歴《えつれき》もなければ、貫禄もあろうはずがない。結局は多数決のようなことになるから、どんな良策も、ドン栗連に制せられてしまうのである。古往今来、軍隊ほど独裁的なものはなく、非民主的なものはないが、それはこのためである。スピードと力を最も必要とする軍隊は、デモクラシーとは本質的に相容れないのである。

こんな話もある。

いよいよ籠城ときまって、それぞれの持場をクジとりできめた。そのクジ取奉行は大野修理・渡辺内蔵介・北川次郎兵衛がつとめて、大体すんだところ、大野修理が、

「大手の黒門三十間は、わしが持口にしてもらいたい」

というと、渡辺内蔵介は怒って、

「黒門はわしが持場だ。わがままなことを言うてもろうまい」

と荒々しく言いかえした。

売言葉に買言葉で、修理も言う。はげしい論争となったので、北川次郎兵衛は両人の間に割って入り、

「修理は口を利くな。内蔵介は無法だぞ」

とどめておいて、

「この分では両人ともに刺し違えねばおさまるまいが、おれはどうなる。あの両人はしかじかの次第で刺し違えて死に申したというて、おれが御前へかえられるか。あくまでやるというなら、先ずおれを討ち果してからにさっしゃれ」

とどなりつけたが、修理はおさまらず、

「内蔵介が申すところに理があるなら、おれを斬れい。おれは決して敵対せぬぞ」

と言い張り、内蔵介また激し上り、今にもこと起こりそうであった。次郎兵衛は、

「今をどんな時と思うているか、犬の子でも人間にして使いたいほどの時じゃぞ。よい侍が三人犬死してよいものか」

と、泣き狂いして訓戒して、やっと事なくおさまったというのだ。上《うわ》おしになる人物がいないため、まるで無統制になっている大坂城中のことがよくわかる話である。

大野修理はまんざらの阿呆ではなく、いくらかの才気はあった人物であろうが、こんな人物が団体の上位にすわると、かえって害悪をなすものだ。老巧な人の言うことをきかず、自分を立てようとするからだ。武功雑記に、こうある。大野は船場《せんば》の町を確保するため、城のはるかに西方から西南に至る線に防備線を設定し、福島・博楽《ばくろう》ヶ淵・穢多《えた》

ガ崎の三カ所に砦をかまえようとした。幸村や、毛利勝永や、後藤又兵衛や、明石掃部《かもん》らは反対した。

「さように防備線をひろげて、所々に人数を分けおいては、全体の守りが手薄になる。その上、一カ所でも敵に取られると、味方の兵の心の弱みとなる」

修理はきかず、言い分を通したが、果せるかな、この三つの砦を段々に東軍に陥れられ、城兵の心を心細がらせたというのだ。船場の町を防衛戦のうちにとり入れようとしたのは、物資の補給路を確保しようとの考えからであったろうから、考えそのものは悪いとは言えないが、それが出来るためには、もっと軍勢が必要であろう。戦術はいわゆる「軍に常形なし」で、現実の条件によって決定さるべきものなのだが、思うに、大野は、

「この者共は戦場に臨んでの駆引きは達者かも知れぬが、大きい意味の戦略はわからぬわの」

と、思ったのであろうか。老練者の忠告を軽蔑して、現実を無視してお先き真暗に目的を追求するのは、小才子にはよくあることである。

五

家康は十月二十三日に京都に到着、二条城に入った。秀忠は十一月十日伏見に到着、翌日二条城に伺候して家康に会った。この間に諸大名の兵は引きも切らず集まって、大

坂さして進撃した。

十一月十五日、家康は京都を出発、奈良街道をとって午後二時頃木津に到着、そこに泊る予定であったが、にわかにまた出発、五時頃奈良について、奈良奉行の中坊秀政の屋敷に入り、そこに泊った。

秀忠も十五日に伏見を出発、淀川の東岸に沿った大坂街道をとって枚方《ひらかた》に入り、その夜はそこに泊った。

この家康が木津から奈良へ行く途中のこととして、徳川実紀に供奉記と横田家譜とを引いて、こんなことが出ている。

家康は木津が要害の地でないので、急に予定を変更して、駕・馬・総軍勢はあとから来いと言って、ごく小勢で奈良へ向ったが、木津を出て二十町ばかり行った頃、左右の藪陰から一声の銃声がひびくとともに、一隊の伏兵が起こり立って鬨をあげた。人々はおどろきあわて、度を失った。奈良奉行の中坊秀政は馬を乗り出して、

「われらは大坂へ加勢として籠城のために急ぐ者、味方討ちするな」

と呼ばわった。計略が図にあたって、伏兵の隊中から一人進み出て、

「大御所は表向きは木津へ着陣と言い立て、ひそかに奈良まで急ぐであろう故、途中討取れとの、真田殿の仰せによって、われらここに待伏せしているのだが、もし味方へ加勢の者ならば、大将たる人みずからここへ来て名乗られい」

という。そこで、安藤帯刀直次が馬を乗り出して、

「われらは木村長門が親戚の者じゃが、一族を語らって、この人数で籠城に行くのじゃ」

と言った。伏兵の大将分らしい者が両人いたが、何やら相談する様子でしばらく話し合って後、

「さらばお通りあれ」

と道をひらいた。人々は虎のあぎとを脱する気持で、人数の中をおし通った。家康の身辺にはわずかに四、五騎つきそって、急ぎに急いでいると、伏兵共は怪しいと思ったのであろう、鉄砲を撃ちかけて追いすがって来た。敵は大勢、味方は三分の一にも足りない。必死になって血戦しているうちに、味方の者共が駆けつけて来て、ついに敵は敗走したとある。

もしこれが事実で、幸村自身が出ていたら、こんな甘口《あまくち》にあざむかれることはなく、確実に家康を討取っていたろうが、要するについていないのである。

家康・秀忠共に大坂につき、いよいよ戦闘がはじまった。先ず東軍に占領されたのは穢多ガ崎と福島の砦であったが、これはさしたる戦闘ではなかった。

本格的な戦いは、二十六日の鴫野《しぎの》・今福の合戦であった。初陣の木村重成が佐竹・上杉両家の勢と戦って見事な働きぶりを見せ、秀頼の命によって助勢に駆けつけた老巧後藤又兵衛を感嘆させたと伝えられる。

次ぎは十二月一日の真田丸の合戦だ。ここを攻め口として受取ったのは、加賀の前田

家であった。前田家の前線と真田丸との間に小さい笹山があって、いつもここに真田丸の兵が出入りして鉄砲を撃ちかけるので、この日、前田家の重臣奥村摂津は、

「あの山がじゃまだわ。あれにいる敵を追いはらわねばどうにもならぬ」

と言って、手勢をひきいて用心しいしい鬨の声をあげたが、まるで声がない。駆り立ててみると、一兵もいない。勢いこんで出たこととて、体裁悪く引き取りにかかると、真田丸の塀の上に突っ立って呼ばわる者があった。

「もうし、もうし、加賀の衆。唯今笹山を駆り立て召されたは、ご退屈しのぎの追鳥狩《おっとりがり》のためでござるかや。それほどご退屈ならば、一番この出丸を攻めてごらんあれ。われらが在所の上田鍛冶《かじ》の打ったる矢の根にて、ご重代の鎧の札《さね》をためしてみなさるも御一興でござるぞや」

ふざけ切ったこの嘲弄《ちょうろう》に、加賀勢はかっと激昂した。

「生意気な！　ふみつぶせ」

とばかりに、まっしぐらにおしよせて来た。塀を引きくずせと壕にとびこみ、塁をよじのぼろうとしたが、真田方では、すべてがこうなるようにと計画していたことだったので、雨のように鉄砲と弓を射かけた。竹束も楯も用意していなかった奥村勢は散々に打ちなされ、多数の死傷者を残して退却した。前田利常は、「軍令を破って勝手な戦さし、加賀の恥をさらした」と怒って、奥村を勘当したと、真武内伝にある。

その翌日の四日に、真田丸はまた敵の猛攻を受けた。この前夜の夜半《よなか》から真田丸の空

壕の中に越前の松平忠直の兵が三、四百人忍びこみ、井伊家の兵も間近く忍びよっていた。どうしたわけかというと、城方の将の一人南条光明という男が伊達政宗に誘惑されて、関東勢を手引きして城内にもぐりこませる約束をした。その南条は密計が露見して誅《ちゅう》せられたのだが、寄せ手はそれをまだ知らなかった。てっきり城は四日の早朝には落ち、城内は混乱に陥るにきまっている故、それに乗じて真田丸に乗入ろうというつもりだったのだ。

この朝はおそろしく霧が深く、全然見通しがきかなかったが、夜が明けて少し霧が薄らいで来た。幸村ははじめて敵が間近く迫っていることがわかったので、直ちに射撃の命令を下して、つるべ撃ちに放たせた。塀ぎわにとりついている越前兵は一人のこらず撃ちたおされ、井伊家の軍勢は撃ちしらまされて、壕ぎわによりつくことも出来ず混乱した。

これを見て、出丸の中では、

「よい機《しお》、討って出ましょうぞ」

と勇み立ったが、幸村は首を横に振った。

「今討って出れば、一旦の勝利は得ることが出来るが、引き上げの時、必ず付け入りされる。付け入らせないようにすれば、討って出た者を捨て殺しにせねばならぬことになる。すべて城内から討って出る時は、引き上げの工夫がある時にかぎるのだ」と教えた。

寄せ手は多大の損害を受けながらも、今にも南条の裏切りで城中が混乱におちいると思いこんでいるので、ひるまず、あとからあとからと攻勢に出て来る。

城内から真田丸へ攻撃をかける寄せ手を見ると、側面をさらして、いかにも射よげに見えるので、城内の将の一人が八町目の櫓へ上り、横ざまに鉄砲を撃ちかけさせているうち、あやまって火縄《ひなわ》を火薬箱にとりおとしてしまった。

轟然として爆発した。

「それ！　今こそ裏切りゾ！」

越前勢はもとより、井伊勢、藤堂勢、皆勇み立って、こんどは城へ向って突進して行った。しかし、木村重成がよく士卒を指揮して、間断なく猛射をあびせかけたので、諸軍死傷続出した。逸《はや》り立った勢《せい》のくせで、竹束も楯もたずさえていない。右往し、左往し、人を楯にとって混乱した。それを見て、幸村は、

「今ならよいわ」

と、嫡男の大助幸昌と伊木遠雄とに命じて、五百人の兵を授けて、東の城戸《きど》から討って出、松倉重政と寺沢志摩の隊に攻めかからせた。思いもかけない攻撃に、二隊は忽ち崩れて、越前勢になだれこんだ。越前勢またさわぎ立って混乱しているところへ、城内から鉄砲玉を雨注したので、越前勢は益々乱れた。幸村は合図の貝を吹いて、要領よく引き上げさせた。この時、大助はわずかに十三歳である。大助は幸村の高野山時代九度山村で生まれたのである。母は大谷刑部の女《むすめ》。

六

真田丸における幸村の合戦ぶりがあまりにも鮮かであるので、家康はこれを招降《しょうこう》しようと思い立った。慶長見聞書では十二月十一日、真武内伝では十七日ということになっているが、幸村の叔父隠岐守信尹《のぶただ》を呼んで言いふくめた。信尹は真田丸を訪問して、家康の旨を伝えた。

「城を出てお味方に参ずるなら、十万石（真武内伝は三万石という）をあてがうとの、大御所の仰せじゃ。もし、そなたが承諾するなら、本多上野介正純殿が誓書を出されることになっている」

幸村は答えた。

「親族のよしみあればこその御推挙、忝《かたじけな》くは存ずるが、われら関ヶ原合戦に徳川家のおん敵となって浪々の身となり、高野山にて乞食同然のさまでおりましたを、秀頼公のお召出しを受け、一方の大将としてこの出丸をあずけられましたこと、弓矢取る身の面目これに過ぎずと思うております故、秀頼公にそむいて城を出て徳川方に属せんこと思いもよりません。平に御容赦」

信尹がかえって復命してしばらくすると、本多正純から、

「信濃一国を賜わろうとの御上意でござる。今一度行って下され」

と言って来た。信尹はまた行って告げた。幸村は、

「不肖《ふしょう》のわれらに過分の禄をたまわろうとの思召し、ありがたくはござるが、利欲のために心をひるがえすは、さむらいの恥じるところでござる。こんどの合戦がしょせん勝目のない戦いであることは、われらよく存じてある。討死と思い定めております。万一にもお和睦ということになりましたら、われらにおいては領地の望みなどさらにござらねば、叔父上に奉公して御扶持を受けましょう。この戦さのあるかぎりは、秀頼公への忠義以外は考えておりません。もはや重ねてまいられまじ。今生の暇乞いでござる」

と答えたと、真武内伝は伝える。

見聞書では、

「十万石では不忠者にならぬが、信濃一国なら不忠者となると思し召されたか」

と、怒って会いもしなかったという。見聞書の所伝の方がきびきびとおもしろいが、幸村の性格と年から考えて、真武内伝の伝えがほんとかも知れない。幸村は芯の強さは非常なものだが、表《うわ》べはまことにおだやかだ。じゅんじゅんと説いた可能性が多い。

間もなく、東西の和議があり、大坂城は三の丸、二の丸も塀は破壊され、濠は埋められ、本丸だけの丸腰城となってしまった。

　この和議がはじめから家康の戦術の一環として行なわれたものであることは、当時の心ある人にはわかっていた。果せるかな、満四月の後には、また東西手切れとなった。

　大坂方にとって、冬の陣はばくちであってもまだ希望のある戦いであったが、夏の陣は全然希望のない戦いであった。死ぬための戦いであったと言ってよい。

戦いは、四月二十八日に大坂方の兵が大和に入って、郡山・新田・法隆寺の村々を焼き立て大坂に帰ったところからはじまった。翌日、大坂方はまた住吉と堺を焼き立て、東軍と戦った。利なく、大坂方は東軍に兵糧船を奪われた。これがケチのつきはじめで、その翌日には浅野家の軍勢と泉州堺で戦って、塙団右衛門が戦死した。

この時まで、東軍はまだ大坂付近にはほとんどいない。家康も秀忠もまだ京都にいた。五日の夜、大坂方では東軍の水野勝成・伊達政宗・本多忠政・松平忠明らが奈良付近に於いて、大和街道を大坂に向いつつあるという報告が入ったので、六日の鶏鳴《けいめい》に諸軍道明寺で出合って、夜明けまでに国境につき、隘路《あいろ》を押して来る東軍を要撃する計画を立てたが、これまた成功しなかった。先鋒の後藤又兵衛が道明寺に入った時、敵は昨日のうちに国境をこえて国分まで進出していることがわかった。又兵衛はしばらく後続隊の来るのを待ったが、戦機の去るのを恐れて、進んで攻撃をかけた。しかし、うまく行かず、奮戦して戦死した。後藤隊は道明寺に退却した。

間もなく薄田隼人正《すすきだはいとのしょう》らの諸隊が道明寺に到着したが、これまた敗れて薄田は戦死、諸隊は藤井寺に退却した。毛利勝永の隊、渡辺内蔵介、幸村の隊がつづいて到着した。

この時の戦いのことを、常山紀談はこう書いている。

幸村のあたったのは伊達家の軍勢であった。伊達家には騎馬鉄砲といって特別な隊がある。家中の次、三男で壮力のものをえらんで、駿足《しゅんそく》の馬にのせ、鉄砲を撃ちかけ撃ちかけ、迫って来、ほどよい所まで来るや、一発撃ち、煙の下から乗りかけて蹴散らし斬りくずすのである。この時もそうであった。八百の騎馬鉄砲を先陣に立て、そのあとに数千の兵がひかえて押してくる。

　幸村は兵士らに冑と槍を従者らに渡させて次第に敵に近づき、敵合《てきあい》十町ばかりになった時、使番に下知をふれさせた。

「冑を着《つ》けよ」

　皆冑を着用して、さらに進んで二、三町ほどに迫ると、

「槍をとれい」

　と下知した、冑をかぶり、槍を取って、兵士らは勇気百倍した。

　伊達の騎馬鉄砲八百梃の撃ちかける銃丸はすさまじい勢いで、幸村勢は死傷者が続出した。幸村は、

「こらえろ、こらえろ、大事な場であるぞ、もし片足でも退く心があれば、ここは助からぬぞ」

　と叫んで、銃の発射されている間は槍をつかみ歯をくいしばってこらえさせ、銃声の合間々々に十四、五間ほどずつ走って行っては伏せさせ、次第に近づいた。

　頃合の位置まで迫ったので、政宗は騎馬鉄砲に命じて、一発はなたせ、煙の下からドッと乗りかけさせたが、幸村は全員に折敷かせ、槍の穂先を上げて敵に向けさせ、今にも騎馬鉄砲隊が頭から乗りくだくかとばかりに思われた時、幸村は采配《さいはい》をふり、大音をあげて、

「かかれ！」

と叫んだ。

馬はおどろき、前足をあげてもがいた。すかさず、立ち上って突いてかかったので、騎馬鉄砲隊をはじめとして政宗の隊は七、八町も追いくずされたという。

この伊達勢との戦闘で大助がよき敵の首をとり、自らも高股《たかもも》に傷を負うたと、真武内伝にある。

また、この時の合戦で引き上げる時、幸村が殿《しんがり》をつとめたが、手勢を二つに分けて、くり引きに、いとも静かに引き退くさまが悠揚として迫る色がなかったので、東国勢は皆、

「真田がしんがりしての退口《のきぐち》、まことに思い切ったる有様、抜群の勇将である」

と感嘆したと、難波戦記にある。

この日はまた木村重成が若江で藤堂勢・井伊勢と戦って、井伊家の武士に討ち取られた。

その夜は、幸村は茶臼山《ちやうすやま》に陣を張ったが、翌日の未明、大野修理がその日の作戦の相談に来た。

「もはや、お城もかぎりと存ずる。ついてはまだいくらか余力のある今日、最後の決戦をいたしてはいかが。即ち、味方の主力をここに集め、東国勢をここに引きつけて、死力を尽くして戦う一方、一隊を別路から敵の背後にまわして、不意に攻撃させるのでご

ざる。その際にはぜひ秀頼公もお城を出て御出陣あるよう。それを合図に大御所を討ち取ることを目的として、一同、無二無三にその旗本に斬りこみ、城の破れることも、戦さの負けることも、一切かえりみぬことにし、事ついにならずば、一人ものこらずいさぎよく討死というはいかが」

　と、幸村は提議した。

　もはや、その手しかのこっていないのである。修理も同意した。

　ほどなく、城中の精鋭は茶臼山付近に集まった。すなわち、幸村は茶臼山に、毛利勝永はその左方天王寺の南門に、更にその左方に大野修理、そこから少しさがった左方に大野主馬がひかえた。奇兵となって迂回《うかい》して敵の背後をつく役には明石全登《たけのり》がなって船場にひかえた。

　正午頃、関東勢はおし寄せて来た。関東勢のこの到着が意外に早かったので、戦いもまた早くはじまった。その上、秀頼の出馬がおくれ、せっかく出馬しても、桜門《さくらもん》までしか出なかった。桜門といえば本丸の大手門だ。秀頼はついに不肖の子であった。この時秀頼は二十三だ。男が二十三にもなっていて、こんなざまでは、ならびなき武将、曠古《こうこ》の英雄であった父の鼻糞ほどもない器量であったというほかはない。こんな風であったので、明石全登の奇兵も予定した方面に出るにも出られない。

　幸村は事ついに成らないとさとって、伊木遠雄を呼んだ。

「もういかんわ。討死するよりすることは無くなりましたわい」

「そのようでござるな」

「どこで死んだが一番分《ぶ》がよいか、敵の様子をよう見てみましょうわい」

といって、茶臼山の頂上にのぼって、関東方の布陣を見まわしていたが、ふと子供の大助を呼びよせた。大助は昨日の負傷で足をひきひき近づいて来る。

幸村は言う。

「そちは昨日の戦さで傷を負《て》うた故、今日ははかばかしい働きは出来まいと思う。ついてはわしも考えるところがある故、今のうちにご城内にかえり、上様のお側にいて、御先途を見とどけるよう。つまり、上様が御切腹なさるなら、そちも切腹せい。もし上様が死をおのがれであるなら、そちも命を全うして御先途を見とどけ申すよう」

大助は首を振った。

「わたくし、ここにいて戦さがしとうございます。今戦さがはじまるという時、はずして引き上げましては、父の死を見捨てて逃げた臆病《おくびよう》ものといわれましょう。いやでございます。上様の御先途の見届けは御譜代の方々もおいでのことでございますれば、その方々がなさりましょう。わたくしは父上と御一緒にここで討死しとうございます」

おそらく、大助は泣いていたろうし、幸村も涙ぐんでいたろう。

幸村はなお懇々《こんこん》とさとし、なにごとか耳許にささやいた。すると、急に大助は納得して、父の側を立ちのき、馬に乗り、いくどか父の方をふりかえりながら、山を下って城の方へ去った。

以上は真武内伝と天王寺口合戦覚書によって記述したのだが、幸村は何を大助の耳許でささやいたのであろう。冬夏の陣を通じての秀頼の様子を見て、その最期が不安になったのではなかろうか。ここまで尽くした秀頼が人の物笑いになるようなきたない様子を見せることは、幸村にはたまらないことであったに相違ないのである。

幸村は突撃して来た越前勢と壮烈な血戦をしている間に、突然敵中に「浅野殿裏切り！」と口々に呼ばわりさわぐものがあって、関東勢は一時大混乱におちいった。それに乗じて、幸村は越前勢の後方に位置していた家康の旗本目がけて真一文字に突進した。十文字の槍をふるって、突き立て、たたき立て、

「大御所はいずくぞ。真田左衛門佐幸村見参！」

と呼ばわり、阿修羅のようにあれくるったので、さすがに精鋭の士を集めた家康の本陣もくずれ立ち、家康は生玉《いくたま》まで三町ばかり逃げたという。

かくして、部下の精鋭のほとんど全部があるいは戦死し、あるいは傷つき、彼も数創を負うて疲労しきっているところを、越前家の西尾仁左衛門に討ち取られた。

首は家康の実検にそなえたが、家康が、

「どんな工合にして討ち取ったか」

と聞いたところ、西尾はただ平伏していた。

「よい首を取ったの」

と家康はほめたが、西尾が立去ったあと、侍臣らに、

「勝負はしなかったらしいの」

といったと落穂集にある。

慶長見聞書は全然これと反対のことを記述している。家康が幸村の最期の様を聞いたところ、西尾は、

「左衛門佐はなかなかよく働きまして、わたくしも手傷を負いました」

と言ったところ、家康はふきげんになり、

「うそを申すな。早朝より手をくだいて奮戦した左衛門佐だ、疲れ切っていたはずだ」

と言ったという。百戦の経験のある家康がだまされるはずはないのである。

城内にかえった大助は秀頼に戦さの様子を報告した後、広庭に藁《わら》をしき、食を絶って端坐していた。速水甲斐守が、

「そなたは御譜代のものでない故、そこまでお尽くしになることはない。譜代の者共さえ落ちて行った者が多数ある。殊にそなたはまだ幼少、少しも苦しからぬことじゃ。早や早や落ちられよ」

と言ったが、大助は、

「父が上様のお供して死ねと申しました」

と言い切ったきり、坐りつづけていた。翌日井伊直孝が秀頼と淀殿の処分問題について城内にきた時、速水がこの話をして大助を示すと、直孝は涙をこぼしたという。今日

のわれわれにも胸せまるものがある。

いよいよ落城し、秀頼が自殺すると、大助は即座に切腹して死んだ。年わずかに十四である。

世に真田十勇士の名は高いが、古いものには俗書にも見当らない。わずかに真田三代記に、これは作者も時代も不明の小説だが、この中に穴山小助・由利鎌之助・三好新左衛門入道清海・同新兵衛入道為三《いさ》・筧《かけい》十蔵の名が見えるだけである。猿飛佐助・霧隠《きりがくれ》才三など影も形もない。滑稽なのは清海入道と為三入道だ。これは大坂夏の陣の時、清海入道が九十歳、為三入道が八十四歳だとある。彼等の素姓《すじよう》は出羽の亀田の城主であったとあるが、どういう因縁で真田家の郎党となったかはまるで書いてない。最初の徳川家の上田城攻めの時に、突如として出現するのである。

十勇士は明治末年から大正初年にかけて、立川文庫によって創作されたものであろう。

立花一族

一

九州の立花氏は豊後《ぶんご》の大友氏の一族である。大友氏の第一世能直《よしなお》は源頼朝の妾腹の子といわれている人だ。これは信ずることの出来ない証拠もあるのであるが（三巻・大友宗麟伝参照）、大友氏ではそう信じていたし、世間でもそう信じていた。ともあれ、鎌倉時代の初期以来、九州の名族となっている。その二代目親秀の次男に重秀というものがあり、これが豊後国大分郡戸次《べつき》にいたので、子孫戸次氏と称するようになった。「べっき」と発音するのである。

重秀から十数伝して、鑑連《あきつら》に至る。当時の大友家の当主義鎮《よししげ》（宗麟）の命によって筑前国糟屋《かすや》郡立花城の城主となったので、立花を名字として名のるようになった。

鑑連は晩年入道して道雪《どうせつ》と名のる。道雪は少年の頃から絶倫の武勇があり、攻城野戦あるごとに功を立て、人皆大器と称したが、四十五の時（旧柳川藩志の説、他書には若き時とある）、不思議な大難に逢った。夏の暑い日、大樹の下で涼をとって昼寝していると、とつぜんその木に落雷した。雨をほとんどともなわず、数滴の雨が降って来たかと思うといきなり落雷することがあるものだが、そんな落雷であったのであろう。

道雪は千鳥と名づける刀をいつもたずさえていたが、轟然《ごうぜん》たる落雷に目をさますと、咄嗟にその刀をとり、抜打ちに斬りつけた。雷が電気の作用であることを当時の人は知らない。雷獣などという動物がいて、それがおこすものと思っていた。この事実を書いてある陰徳太平記にも、「雷と覚しきものを抜打に丁《ちょう》と斬った」ところ、形は分明でなかったが、手ごたえして、飛び去ったとある。たしかに斬ったと、道雪は信じたので、刀の名を「雷切《らいきり》」と改め、益々珍重して常の差料としたが、道雪は以後からだが尋常でなくなった。感電して、あそこここ怪我《けが》をしたばかりでなく、足が萎《な》えて歩行が自由でなくなったのだ。感電したら刀も焼身になるはずだが、それについては記録がない。もっとも、焙《ほう》じ直すと、切れ味にはかわりがなくなるという。

道雪は不具の身になったが、気力は少しもおとろえず、戦場には輿に乗って出て、向うところ敵がなかったという。常山紀談と名将言行録にこうある。道雪は戦場に臨む時には、高田（地名。豊後にあり。刀鍛冶多し）ものの二尺七寸（雷切だろう）の刀と種子島銃とを輿にのせ、三尺ばかりの棒に腕ぬきをつけたのを手にして乗り、長い刀をたずさえた血気の若者百余人を左右に引きつれ、戦さがはじまると、若者らに輿をかつがせ、棒をもって輿の縁《ふち》をたたき立て、喊声をあげた。

「エイ、トウ！　進め！　進め！　この輿、敵の中にかつぎこめい！　エイ、トウ！

エイ、トウ！」

壮士らは輿をかつぎ、わき目もふらず敵に突進する。左右の壮士らは刀をぬきつれて斬って斬って斬りまくる。道雪は、たえず壮士らに注意して、走ること遅いと見ると、輿の前後をたたいては、

「遅いぞ！　遅いぞ！　怯《おく》れたか！」

と叱咤した。壮士らはそれを恥じて、一層勇気をはげまして奮戦した。

これがはじまると、先陣の兵らも、

「すわや、例の音頭《おんど》ぞ！」

とこれまた競って突進し、いかなる強敵、堅塁も切りくずさずということなしとある。

先陣が追立てられ、味方がくずれかかると、道雪は大音声に、

「おれを敵の中にかき入れて捨てよ！　いのちおしくば、それから逃げよ！」

と絶叫したので、皆はげまされ、もりかえして勝利を得なかったことはないともある。

道雪はまた士を愛して、いつもこう言っていたという。

「武士であるかぎり、弱いものはない。もし弱いといわれている者があるならば、それはその者が悪いのではなくて、大将の養い立てようが悪いのだ。わしの家中では士分《しぶん》の者は言うまでもなく、雑兵・下郎にいたるまで数度の高名を立てていないものはない。もし他家で怯《おく》れ者の評判ある者がいたら、わしが家に来てつかえるがよい。必ず逸物《いちもつ》にしてやる。わしが家来の四月朔日左三兵衛《わたぬきさささびょうえ》は若い頃は怯れ者といわれていたが、次第に

ものなれて来て、今では剛の者五、六人の中に数えられるようになったぞ」

その武士の養い立てようはこうであったという。

その一。武功を立てたことのない者にたいしては、

「武士には運不運がある。そなたはまだ運が向いてこぬのだ。そなたの弱くないことは、わしがちゃんと見定めている。必ずあせって、人にそそのかされたりなどして抜駆けし、討死するようなことがあってはならんぞ。それはわしにたいして不忠である。必ず身を大事にして、わしを助けてくれよ。そなたらを連れていればこそ、わしはこう老いぼれていながらも、敵の真直中《まっただなか》にいても心丈夫にしていられるのだ」

とねんごろに慰め、酒を飲ませ、はやりの武具など出してあたえるので、これにはげまされ、次ぎの合戦には人におくれじと働いたという。

その二。かくて少しでも武者ぶりのよく見える働きがあると、戦さの後呼び出して、

「この間の場《ば》での働き、皆も見たであろう。わしがめがねに狂いはなかったのだ。あっぱれであったぞ。いつもあの通りに働けばよいのだ」

と賞詞して、剛の者を呼んで、

「そなたにも頼みおく。よく引きまわし、いよいよ剛の者にしてくれるよう」

と頼んでやったという。

その三。来客など饗応の席で、若い家臣らが失策などすると、客の前に呼び出し、笑いながら、

「道雪が家中の者は座敷奉公はふつつかでござるが、戦場の働きは火花を散らすばかりに見事でござる。この者の槍の入れよう、お目にかけたくござる。何々の戦さにおいては、かようにして槍を入れました。どこどこではしかじか」

と槍を入れる様をしかた話でしてとりなしたので、その者は涙を流し、この人のためにはいつでも命を捨てようと感激したという。

　こんな話もある。

　道雪の家中の者で、道雪が側近く召使っている女中に密通している者があった。道雪は薄々知っていたが、知らぬふりをしていた。おせっかいな者がいて、これを道雪に告げた。あらわには言わない。それとなくこう言った。

「東国の大名衆のことじゃということでござる。その大名衆の家来で、寵愛の女中に密通している者がおりましたところ、わかるや否や、即座に誅《ちゅう》された由でございます」

　すると道雪は笑って、

「年若い者が色に迷うはありがちなことじゃ。殺さいでもよかろう。人の君たるものは、いいかげんなことでは人を殺してはならんものだ。人が背《そむ》いて、国の亡びるもとになる。国の大法を犯したというなら別だがの」

　と言って、聞捨てにした。

　これを漏れ聞いて、密通の若者は大いに恥じもし、道雪の情に感激もして、その後道雪が島津勢と戦って苦戦におちいり、敵の追撃が急で城に帰ることが出来なかった時、死力をつくして戦い、やっと道雪を城に入れることが出来たが、あとからあとから押しこんで来る島津勢のために、こんどは城門を閉ざすことが出来ない。城は落ちるよりほかはないかに見えた。すると、その武士は、

「武士の討死すべきはかかる時ぞ！　ここでわれら討死すれば、城は敵に奪われずにすむぞ。返せや人々、死ねや人々！」

と叫んで、とって返し、槍をかまえておりしいた。励まされて三人の者が返しあわせた。四人はおもてもふらず防戦につとめ、こみ入る敵を追い出し、ついに討死したが、おかげで城門を閉ざすことが出来たというのだ。

道雪が家来共の心の攬《と》りようがよくわかるのであるが、一面軍紀は実に厳正であった。大友氏が肥前の蒲地《かもち》氏と筑前川原崎で対陣して、年を越したことがある。どうやら年末年始には戦さはないと見たのだろう、道雪の家中の者で立花へ年取りに帰った者が三十五人あった。道雪は大いに怒り、討手三十五人をえらび、

「許しなきに、けしからぬ者共じゃ。在所に追いかけて行って、斬り捨てい。親のある者は親子ともに成敗せい」

と命じた。

「親までの成敗はいかが」

と、家老らが諫言したところ、道雪は、

「戦さ場を逃げて帰るせがれにのめのめと対面する上は、親も同罪じゃ。容赦する

な！」

といい、親子ともに誅したという。

愛するや春日煦々《くく》、軍紀の厳正のためには秋霜烈日、恩威ならび行なわれる名将であったのだ。

二

道雪の主人である大友宗麟は賢君か暗君か、一言では評価出来ない複雑さのある人である。彼はキリシタン大名として有名で、晩年の彼は熱心にキリスト教を信奉し、厚くこれを保護したので、当時のキリシタンの教父《バテレン》らの書きおくったものを材料にしたローマ教会側の記録では、彼は聖人《セイント》あつかいだ。政治家としても、武人としても、間然するところなき立派な人がらであったように書いてある。しかし、日本側の記録の多くは暗愚な暴君であったと書いている。キリスト教に帰依《きえ》するのあまり、異教征伐と号して神社・仏閣を破壊し焼きはらい、僧徒や神職を虐待して、古来の信仰を蹂躙《じゅうりん》したからである。

これらの評価は、いずれも信仰を基準にしてのことだから、そのままでは信用出来ないこと言うまでもない。信仰を離れて冷静にその生涯を観察すると、ある時期にはこの上なく賢明であり、ある時期にはひどく暗愚であり、不思議な人であることがわかる。賢明な時期には政治にも熱心であり、上手であり、戦争にも強いが、暗愚な時期には遊惰で、暴悪で、戦争にも弱い。いずれの時期にも共通しているのは、狂信的傾向である。彼はキリスト教の信仰に入る以前は、臨済禅に凝って、やたらに家臣らに奇妙な問答をしかけるので、家臣らはこまったというのだ。たえず何かを信ぜずにはいられない性質だったと思われる。この敗戦まで最も過激な右翼思想の持主であった人で、戦後最左翼の思想になった人が、世間には相当あるが、そういう人もこの類《たぐい》といえよう。

その宗麟の暗愚な時代、途方もなく好色になって、遠く人を京や堺に出して多数の美女を買って来させて奥殿におき、自らも奥殿に入ったきり、日夜に酒宴・遊興して、まるで表に出て来ないばかりでなく、家臣らにたいする賞罰・黜陟《ちっちょく》が感情にまかせてまるで厳正を欠いてきた。

老臣らは心配して、諫言しようと思って登城するのだが、表に出て来もせず、目通りを願い出ても会ってくれない。皆あぐねた。

道雪は一計を案じて、自宅に多数の若い美女を集め、毎日にぎやかに歌舞させはじめた。元来、柔弱浮華なことのきらいな道雪だから、忽ち世間の高いうわさになった。

「こりゃまたどうしたことぞい、道雪殿だぞい」

「ほんによ、あの人も年をとらっしゃって、お人ががらがかわって来られたのかの」

「それにしても、お屋形の真似をなさらんでもよかろう。わしゃアもうたまげてしもうた」

「じゃが、ずいぶんきれいなおなごを集めておいでというぞい。おどりも目のさめるように見事じゃそうな、老楽《おいらく》じゃのう」

と、こんな風であったろう。

これが宗麟に聞こえた。宗麟もまたあの無骨者がと思い、興味をそそられ、使を出し、

「しかじかの由聞きおよぶ。おれに見せよ」

と言いよこした。

「拙者が老いのすさびもの、とうていごらんに入れるべきものではありませぬが、辞退もいかが、ごらんに供すべし」

と、道雪は答え、日を打合せて、踊子《おどりこ》どもを連れて登城して、多分場所は奥殿であろう、「三つ拍子」という踊りを三度おどらせて見せた。

宗麟は上機嫌で、道雪に盃などくれて、打ちとけてことばをかけたので、道雪は時分を見て、諫言をした。その深い心入れに感じて宗麟の行ないは改まり、また政治に熱心になったと、陰徳太平記に出ている。

ほんとに改まったかどうか、疑問だが、道雪がいかに大友家のために心を用いたかはよくわかる。大友家は宗麟の晩年には勢いふるわず、その子の義統《よしむね》の時についに亡びるのだが、道雪の健在である間は衰えていない。道雪の力によるものと見てよいかと思う。

道雪は子供に恵まれなかった。ただ一人誾《ぎん》千代という娘がいたきりだ。道雪はこの娘に、六十三の時、立花家の家督をゆずった。誾千代は七つであった。もちろん、道雪が後見するわけだが、正式には誾千代が立花家の当主であり、立花城主だ。

女の大名は、江戸時代には絶無になった。徳川幕府が武家の所領は必ず男につがせることと定めたからだが、その以前には女が相続して領主となった例は少なくない。一番有名なのは淀殿だ。これは秀吉によって山城の淀城主とされたから、淀殿といわれるようになったのだ。つまり女大名である。狂言にも「女大名」というのがある。伊予の豪族河野なにがしの後家が夫の死後遺領を相続して女大名となっている時の話になっている。その他、平安朝時代、鎌倉時代、足利時代、女が親や夫の遺領を相続して領主となっている例は一々あげるいとまがないほどある。女権を認めないのは日本固有の習慣ではない。その以前は法制上認められている。江戸時代に入ってから法制化して認めないことにしたのである。

こんなわけで、道雪は娘をあとつぎとして家督や所領も譲ったのであるが、五、六年経って、同じく大友氏の家中高橋鎮種《しげたね》入道紹運の長男宗茂（この頃は統虎《むねとら》）がなかなかの少年であるのを見込んで、養子にほしいと申込んだ。

「これは長男でござれば」

と、紹運はなかなか聞き入れなかったが、道雪はねだってやまず、ついにうんと言わせた。

道雪が宗茂を見込んだといっても、宗茂が後年追憶談に語っているところでは、こんなことがあったという。

宗茂が九つの時、道雪と一緒に食事をした。食膳に鮎の塩焼が出ていた。宗茂はむし

って食べたところ、道雪は、

「武士の沙汰を知らず、女のようなるしざま。そのついではものの役に立つまじきぞ」

と、ことのほかに叱ったという。

宗茂が立花家にもらわれて行ったのは、天正九年十月、宗茂十三の時であるから、これはその四年前のことだ。叱りながらも、宗茂にほれているのだ。この素質よく、見込みのある少年を鍛えてやろうという気持であったのであろう。

宗茂の追憶談には、またこんなこともある。

十三の年の十月に宗茂は立花に来たのだから、その当座すぐのことだ。宗茂が道雪の供をして山路を歩いていたところ、栗のイガが足につきささった。

「これぬけ！」

と、宗茂が供侍らをふりかえって言うと、由布《ゆふ》源五兵衛尉という武士が走りよって来た。この男は晩年入道して雪下《せっか》と号し、その名で有名だが、立花家屈指の勇士だ。走りよって来て、ひざまずくや、抜くどころか、かえってウンといってイガをおしつけた。宗茂は飛び上らんばかりに痛かったが、道雪が、輿の上からか、杖にすがってか、わからないが、目を光らせて見ているので歯を食いしばってこらえた。

「痛しということならず、大いに難儀せしなり」

と、宗茂は後年しばしば述懐している。

剛健な道雪の人がら、その家中の気風、そして子供にたいする教育法、よくわかるのである。

親が子供を愛するのは生物としての本能だ。人間にかぎったことではない。むずかしいことではない。ただいかに愛するかがむずかしい。あまやかしてだけ育てるほどやすいことはない。何の苦心もいることではない。しかし、いつまでも親が保護できるものではない。やがては子供はひとりで世間に立ちむかって行かなければならないのだ。あまやかしてだけ育てるのは、素肌で矢玉の飛びかう激戦の場につき出し、泳ぎを教えないで深い淵に投げこむようなものだ。子供がやがてけわしい人生戦場に出て、見事にこれを凌《しの》ぐためには、うんと鍛錬してやる必要がある。

道雪が、そしてその家中の者が、宗茂にたいしてこんな教育法をしたのを、単に昔話として剛健な武将に育て上げようとしたとだけ読みとっては、上手な書物の読み方ではない。現代に引きなおせばこうなると解釈すべきであろう。

宗茂が立花家に来たのは、前述の通り十三歳であったが、誾千代は十四であった。一つ上の姉女房というわけ。

四年経って天正十三年九月、道雪は病死した。七十三であった。宗茂が名実共に立花家の主人となる。宗茂十七、誾千代十八である。

三

宗茂の実父高橋鎮種入道紹運も名将の名の高い人であった。この人は元来は大友家の支族で老臣である吉弘鑑理《あきまさ》の子である。

一体、高橋家は王朝時代から九州の名族となっている大蔵氏の末である。平将門の東国の乱に乗じて、伊予で乱をおこしてあばれまわった藤原純友《すみとも》が九州に侵入し、太宰府を占領したことがあるが、その時都から追討のために下って行った官人の中に大蔵春実というのがいる。純友勢が猛勢で、官軍がおされて、今にも崩れ立とうとした時、春実は大はだぬぎになり、髪をかき乱し、手に大刀をひっさげ、大呼して賊中に斬って入り、あたるを幸い薙《な》ぎ立てた。これにはげまされて、官軍のひき足がとまり、ついに純友勢は追いくずされたと扶桑略記にある。

大蔵春実はこの時以来、九州にとどまって太宰府の府官となったが、子孫が九州一円にひろがり、大蔵のほかに高橋・原田・秋月・田尻・江上・三池・小金丸・三原等の諸氏となったといわれている。元来は漢の孝霊帝の子孫と称する帰化人阿智使主《あちのおみ》の子孫漢《あや》氏で、坂上田村麻呂などと同系統である。

高橋氏は大蔵春実の孫春門が筑後国御（三）原郡高橋邑《むら》（今の大刀洗）にいたところから、高橋を称するようになったのだ。南北朝の頃から、大友氏に属するようになったが、やがてこの家には男の子が生まれなくなった。高橋紹運記にはこれを、

「高橋家、中比《ごろ》の世主より神霊の祟《たたり》として、一円実子これなきによって云々」

と、ごく簡単に書いてあるが、筑後軍記略その他によると、戦国時代に入って天文初年、当時の高橋家の当主長種が、高良山《こうら》（今の久留米市近く）の僧を殺したので、その

怨霊《おんりよう》のたたりでその身が病気になって死んだばかりでなく、養子をしてもその養子には男子が生まれず、養子だけでつづいて来たとある。

戦国末期の高橋家の当主は鑑種《あきたね》といって、これは大友家の支族で老臣である一万田《いちまだ》家から来た。鑑種は勇猛な武将であったので、大分身代を大きくしたが、あることによって主人大友宗麟を恨んで謀叛をおこした。

鑑種の実兄鑑実《あきざね》の妻が非常な美人であったので、宗麟はこれに横恋慕し、鑑実を誅殺して、奪ってしまった。

「あろうことか、人の主たる者のふるまいではない。主とはいわさぬ。兄のかたきじゃ！」

と恨んだのであるという。

鑑種は筑前秋月の秋月種真《たねざね》、肥前佐賀の竜造寺隆信としめし合せて兵を挙げて、宗麟の軍勢を引きつけておき、中国の毛利氏に連絡し、毛利の大軍を今の小倉近くの海岸地帯に上陸させた。

大友家としては未曾有の大難になった。しかし、この頃は立花道雪がまだ健在であったので、自ら先陣となって毛利の大軍を斬りくずし、同時に調略を入れて毛利陣中に裏切りをさせたので、毛利勢は退去した。

高橋鑑種は、太宰府近くの持城《もちじろ》宝満山にこもっていたが、ついに降伏を申しこんだ。宗麟は降伏を入れて助命して、所領全部を没収し、小倉城一つあたえた。鑑種は、入道して宗専《そうせん》と名のっていたが、間もなく家老の北原鎮久《ちんきゅう》入道と不和になった。

鎮久は家中の同志の者を引きつれ、二百余の軍勢となって、白昼堂々と小倉を立ちのいて筑後の所領地にかえり、しばらく鑑種の出ようをうかがった後、豊後の府内に来て宗麟に謁し、

「鑑種はご一族の一万田家から乞い受けて高橋家をついでもらった者ではありますが、心術まことによろしからず、この前はお屋形にたいし奉り謀叛いたしました。幸いにしてご哀憐を垂れ給い、助命して家名を存続して下されましたが、その後も一向に改悛したとは思われません。かくては、由緒ある高橋家もついには亡びるのではないかと、憂心にたえません。あわれ願わくは、お屋形のご一族の方を乞い、別に高橋家を立てたく存じまして、高橋譜代の者共申合せ、拙者がお願いに上りました。何とぞお聞きとどけあらんことを」

と、願った。

こういうことは、社会形成の単位としては個人が最も強力なものとなっている現代人にはおかしなことに見えるだろうが、この時代は「家」が最も強力な単位だったのだから、そのつもりで考えなければならない。主家の存亡盛衰に関しては、家老は最も責任があるから心配もし、従って権力もあって、時には主人をおさえつけもしたのだ。極言すれば、個人として主にたいして忠誠をつくさなければならないのは新参者や端武者《はむしゃ》のことで、家老の忠誠はお家にたいするものであるべきであった。最も端的にこの間の消

息を語ることばがある。「君は一代、お家は末代」ということばだ。

主家の血統がたえた時、家老らが相談して、他家から養子を迎えて主と仰ぐことがよくあったのも、そのためである。現代人は現代の事象にあてはめて、主家がほろんでは失業するからだろうと考えたがるが、決してそうではない。戦国時代までの大名の家の家老はそれぞれ小豪族で、主家の所領とは別に領地を持っている。主家がほろんだって、生活にはこまりはしない。その所領をもったまま近隣の大名に所属したいと申込めば、よろこんで受入れられるのである。

さて、宗麟は北原鎮久の陳情を聞くと、大いに喜んだ。鑑種の降伏をゆるして助命してやったというものの、鑑種にたいしては心をゆるしてはいない。いつかまた叛くかも知れないと不安である。しかし、ここで北原の乞いを容れて別にもう一つ高橋家を立てれば、高橋家の譜代の家来の大方はこっちに来てしまうだろう。そうすれば鑑種に何が出来よう。たとえ再び謀叛しても力のないものとなると考えたわけだ。

「よろしい。聞きとどける」

と言って、一族の吉弘鑑理の弟鎮種をつかわして、以前高橋家から没収した領地を全部あたえ、持城である宝満山城・岩屋城も返したばかりか、新しく御笠《みかさ》郡（筑前、今筑紫郡に入る）もあたえた。

以上が鎮種が高橋の名字をつぐようになった次第である。鎮種は時に二十三であったという。

ところで、高橋鑑種入道宗専だ。

「大友屋形も屋形だ。北原が不忠を助成するということがあるものか。おれは断じて吉弘が小せがれごときには名跡はゆずらんぞ」

と腹を立てたが、実子がない。秋月家から子供をもらって、元種と名づけて、家をつがせた。これで、高橋家は二家となったわけだ。もちろん、新高橋家——鎮種の方は大友方であり、旧高橋家はアンチ大友である。

鎮種の領地は強力なアンチ大友である秋月家の領地と隣接して、その居城である岩屋城の麓あたりは両家の所領が入り組みになっていて、そのへんに住んでいる両家の武士らは、平和な時には親しく往来して、一緒に酒をのんだりなどしていたというのだ。

こんな風だから、一旦平和が破れて合戦ということになると、まことにはげしい。足許から炎の燃え立つように攻めて来る。それを鎮種は寸地もおかされず、よく防いだ。立花道雪のように目立ってはでなところはなかったが、

「稀代の名将かな」

と世人に感心されていたというから、なかなかの人物だったのであろう。こういう人の子で、またいかにも末たのもしいところのほの見える宗茂であったから、道雪も養子にもらう気になったのであろう。

宗茂を立花につかわす時、鎮種はわかれの盃をして、宗茂に言ったという。

「以後はわしを夢にも親と思うでないぞ。父子《おやこ》の縁は今日かぎりと思え。戦国の世のこ

とであれば、いかなることがあって、当家と立花家とが敵味方となるかも知れぬが、その時はそちは必ず道雪殿の先鋒となって、わしを討取るよう。道雪殿は未練なことが大きらいなお人じゃから、決して未練な所行があってはならぬ。ひょっとしてそちが不覚をして、道雪殿から離別を申しわたさるることがあるかも知れぬが、その時は決して当城にかえって来てはならぬ。いさぎよくこの刀で自害せよ」

といって、刀をあたえたという。名将言行録にある話である。武士の道――とりわけ戦国の世の武士の道のきびしさは、胸の痛くなるものがある。

四

大友家の勢力がドカリとおちたのは、薩摩の島津氏と戦って敗れたからである。

島津氏は長い間日向南部の飫肥《おび》の伊東氏とせり合った。一時は伊東氏の勢力が強く、鹿児島近くまで伊東氏に侵されていたが、後次第に勢いを回復し、ついに伊東氏を痛烈に破り、伊東義祐入道は国を出て、豊後に落ちて来、旧領回復を宗麟に嘆願した。

大友家の家臣らは、

「大友家は北は中国の毛利氏、西南は竜造寺・秋月・筑紫・高橋宗専入道等の敵があって、隙をうかがっているのでござる。伊東入道のことはあわれではござるが、聞入れ給うべからず。新たに南に島津を敵とするのは得策でござらぬ」

と諫めたが、宗麟はきかず、先ず北日向の土持氏が島津方に心を通わしているので、これを撃《う》って、北日向を取り、つづいて南日向に兵を出した。三、四万の大軍をひきい、この前々年ポルトガル船が持って来て売りつけた大砲まで一門持って出かけた。

この大砲を宗麟は「国崩し」と名をつけた。もちろん、敵の国を崩すという意味でつけたのだが、当時の人の中には、

「不吉な名よ。わが国を崩すというに通《かよ》う」

と眉をひそめる者があったという。この不吉な予言は的中して、大友軍は惨敗し、大砲は分捕られ、現在でも鹿児島市の島津家の歴史博物館集成館に陳列されている。

宗麟はこの頃キリスト教に入信して間もなくで、熱中し切っている頃だ。今の大分市の西方六キロに柞原《ゆすばる》八幡という古い由緒ある神社があって、大友氏は累代厚く尊敬して来たのに、

「敵に向う首途《かどで》じゃ。矢一筋奉れ！」

と言って、足軽二、三百人に命じて、社殿目がけて弓・鉄砲をそろえて矢玉をそそぎかけたという。異教征伐というわけだ。

また日向へ向う道筋にあたる神社・仏閣は引きこわし、火をかけて焼きはらい、道のぬかって通りにくいところには仏像や神体をしいて踏みにじって通行したという。日本側の記録には「前代未聞の悪行」と書いてあり、ローマ教会側では「最も果敢な異教征伐」と書いてある。

島津勢も兵をくり出し、日向中部の耳川《みみかわ》のほとりで、両軍の大合戦となった。耳川と

いうのは、源を那須ノ大八と鶴富の哀歌で名高い椎葉村に発し、河口は神武天皇が東征の船出をされたという美々津港になっている川だ。最初は大友軍の方が旗色がよかったが、間もなく大友軍の一隊が崩れ立つと、総崩れになり、死者算なしという惨敗になった。ここまでの行軍にあたって神社・仏閣にたいして大破壊をおこなって来た大友方の将兵らには、心中祟りをおそれる心があったので、少し旗色が悪くなると、

「それこそ神仏の冥罰《みょうばつ》ぞ……」

と、恐怖がつのり、ふみとどまりがきかなかったのである。宗麟はあわてふためき、いのちからがら豊後に逃げ帰った。この戦争には道雪も紹運も参加していない。二人は筑後・肥前方面の敵にそなえて、筑前を動かなかったのだ。

耳川の敗戦が、大友氏の威望を大はばにおとさせた。アンチ大友の諸氏は気勢大いにふるって、一層反抗に出る。

島津は島津で、日向南部を確保すると、この方面では、鋒をおさめて、肥後方面に向って諸豪を下し、肥前島原で竜造寺隆信と決戦して隆信を殺し、益々北進の勢いを見せる。耳川合戦のあったのは天正六年十一月だが、天正十二年にはもう薩摩・大隅・肥後・日向を確保して、肥前・筑後・筑前の諸豪らを味方に引入れた。竜造寺氏も怨《うら》みを忘れて島津の味方になった。秋月・高橋宗専等の諸氏に至っては云うまでもない。

宗麟はこの形勢に心平かでない。筑後を切取ろうとして軍勢をくり出し、高良山に陣をすえさせた。そのはじめにおいては、立花道雪と高橋紹運の働きによって勢い大いに

ふるい、筑後は風靡したが、宗麟の老臣田原親家は両人を嫉妬し、高橋紹運記によると、

「たとえこの先大友家が大いに勝っても、それはすべて道雪と紹運の手柄になってしもう。他の者はいくら働いても、両人の手柄の飾りになるまでのことよ」

と思案し、諸勢をひきいて引取ってしまった。

道雪と紹運は屈せず、高良山に滞陣をつづけ、勢いを得て襲いかかって来るアンチ大友の諸氏を撃ちしりぞけつつ年を越し、天正十三年になったが、その五月、道雪は病気になった。間もなく少しよくなったが、九月になるとまた重くなり、十一日、ついに七十三を一期として高良山の陣中で死んだ。

末期《まつご》に、道雪は、

「おれが死骸には甲冑を着せ、この山の好見岳《よしみだけ》に、柳川の方を向けて埋葬せよ。決してこの遺言にそむくことはならぬ。そむかば、悪霊となって、家老共の子々孫々にいたるまでとり殺すぞ」

と、遺言した。死んだ後まで、一歩も敵を寄せつけじとのはげしい覚悟だったのだ。

柳川は後に立花氏の居城となったが、この頃は竜造寺氏の属城だったのである。

養子の宗茂は立花城にいたので、紹運や家老らは宗茂のところへ、このことを言ってやると、宗茂は、

「道雪は名誉の武将であるに、旅の空に一人捨ておくことは、わしが心にすまぬ。また、世間の見る目もいかが、遺骸はこちらに引取って埋葬したい」

と言った。

使の者は高良山に帰って宗茂のことばを伝えると、老臣由布雪下は、

「若殿はお年若ながら、よくこそ仰せられた。ごもっともな思召しじゃ。さりながら、それでは先君のご遺言にそむくことになり、申訳ないによって、おれが腹切っておわびいたそう」

と言った。

すると、われもわれもと追腹しようという者がつづいて、七、八人にもなったので、原尻宮内という者が、

「各々のご所存はようわかるが、それでは宗茂公をただ一人にし奉るつもりか。それくらいなら宗茂公にもお腹召させるがよいわ」

と、声もあららかに言った。雪下は、

「いかさま、宮内殿の申さるるところもっともじゃ。わしは腹を切るまい故、各々も無用になされよ。道雪公のご遺骸は立花へお運びしよう。もしご遺言のごとく祟らせ給うなら、わしが一門で引受けよう」

と言った。

それで、道雪のなきがらは立花へ運んで立花山に葬った。道雪が死んでは、大友氏は益々心細い。

そこで、翌天正十四年三月、宗麟は大坂に馳せ上り、豊臣秀吉に臣属を誓い、島津氏

のあくなき侵略を訴えた。

当時秀吉はまだ徳川家康とにらみ合っている。家康をうまく味方に引入れなければ動きがとれないので、さかんに籠絡の手をさしのばしている最中だったが、へこたれず、また調子のよいこと無類の男だ。

「よしよし、扱ってつかわすぞ。もし、島津が強情を言いはって言うことを聞かぬなら、おれがみずから征伐してふみつぶしてくれるぞ」

と、景気よく答えた。

その上、秀吉は大坂城内で黄金づくりの茶室で宗麟に茶をふるまった。広さ三畳じき、天井も柱も壁も、障子の骨も、全部金でつくり、障子には紙のかわりに赤い紗を張り、使う茶の湯道具も皆黄金製であったのだ。これは宗麟自身の書いたものがのこっているから確かなことである。この茶室は組立式になっていたらしく、秀吉はこれを禁裡にもちこんで時の天皇後陽成をご接待している記録もある。

大坂城の壮大を見、聚楽第の壮麗を見て、そぞろ畏怖の念を生じているところに、この金ピカピカの接待にあずかって、宗麟はすっかり秀吉にまいり切ってしまった。

「拙者の一門で臣列に属しているもので、高橋鎮種入道紹運と申す者と、その子で立花道雪のあとをついだ立花宗茂と申す者がございます。田舎者ながらなかなかの者でございます。今の世は諸国の武士共、横道欲心をもって表裏をかまえ、なかなか信用なりがたいのでございますが、この二人は専一に義を守り、忠誠無二の者でありますれば、拙者同様ご家人《けにん》となし給わりますようお願い申し上げます」

といった。

「よろしい。おれが家人にしてやるぞ」

と、秀吉は朱印状をくれて二人を直参の大名にしたと、紹運記にある。

宗麟は二人にとって頼りない主人ではあったが、最後に二人に報いてやろうと思って、このはからいをしたのであろうか。あるいは、秀吉が二人の武名と律義さを聞いていて、秀吉の方から所望したのを、宗麟が帰国後つくろってこんな風に語ったのかも知れない。秀吉という人は、よく陪臣の中から目ぼしいのをスカウトしようとした人である。

五

秀吉は島津氏に関白として命令した。

「その方累年九州に私威をふるって、ほしいままに国々を切取るの条、よろしくない。その方には薩摩・大隅の全土と、日向・肥後・筑後各々半国をあたえる。日向半国は伊東へ返し、豊前・筑後・肥後の半国は大友へ返し、肥前は毛利に返し、筑前は公領に献ぜよ。右申渡す」

ずいぶん寛大な命令だが、秀吉としてはまだ家康を十分に味方としてはいないから、やむを得なかったのだ。

ところが、島津氏はこれを寛大とは思わなかった。

「多年精出して切取ったものを吐出せとはいらぬおせっかいじゃ。関白というたところで、ありゃまともな関白ではない。土台関白とは、藤原氏の五摂家にかぎったもので、藤原氏一門でもそれ以外の家の人はなれないことになっとる。秀吉は他氏、氏素姓もわからん土民の生まれであるちゅうじゃなかか。武力をもって強奪した関白じゃ。そげん関白になんの権威がある。聞くことはいらん。やつは上方のへろへろ武士どもが相手じゃったから、あげん調子がよく行ったのじゃ。おいどんらは違うぞ」

とばかりに、一層猛烈に北侵をつづけた。その前途に立ちふさがったのが、紹運・宗茂・宗茂の弟高橋統増《むねます》の三人だ。紹運は筑前岩屋城（今の筑紫郡大野町大野山にあった）に、宗茂は立花城（今の糟屋郡新宮町立花山にあった）に、統増は宝満山城（今の筑紫郡太宰府町宝満山）にかまえた。博多を中心にして立花城は東北方三里、岩屋城は東南方三里、宝満山城はそれからやや北によって博多から四里。こんな配置である。

島津氏の攻撃は七月からはじまり、先ず岩屋城にとりかけた。宗茂はその以前、父のもとに家臣十時《とと き》摂津をつかわして、

「岩屋城は要害が悪うござれば、宝満山へ退いて、統増とともにご籠城あるがよろしいと存ずる」

と、すすめた。この戦さのはじまる前にこの城をあずかっていた紹運の家臣の屋山中《や やまなか》務《つかさ》も言う、

「宗茂公のご諫言もっともと存じます。ぜひお聞入れありますよう。当城は拙者ご城代

となってあずけられていたのでござれば、拙者踏みとどまって防ぎ、かなわずば腹切って死に申す。戦わいで退去なされたところで、お恥になることではござらぬ」

紹運はきかなかった。

「この度の薩摩の軍勢は目にあまる大軍である。どこへこもったとて、しょせん運のひらけるべき見込みはない。いずれは死すべき身の、あちらこちらに移るは恥である」

と答えて動かなかった。

やがて薩摩勢はおしよせて来た。本来の薩摩勢だけではない。秋月・竜造寺・城井《きい》・長野・草野・原田・星野・門注所等も加わっている。豊後をのぞく中部九州から北の豪族全部だ。その勢十万余。太宰府のあたりにかけて、尺地の余地もなく屯《たむ》ろしていたと、紹運記にある。

薩摩方では、使を出し、

「元来、宝満山城は筑紫氏のものであった。筑紫氏がわれらに降参いたした以上、われらに引渡さるべきに、貴殿子息を籠城させて守っておられる段、理由なきことである。早々宝満山城はお引渡しあるべし」

と申入れた。紹運は、

「拙者と立花宗茂は大友宗麟のとりなしをもって、関白殿下の家人となっています。宝満山・岩屋・立花の三城は殿下のお城で、われわれは殿下の仰せによって守っています。主命をもってかためている以上、守り通すが武士の道でござる。城を受取るべしとの殿下のお下知を受けてまいられたのならば知らず、それなくしての引渡しは思いもよらず」

と返答した。

これで決裂となり、七月十四日からはげしい合戦がはじまる。紹運はよく防いで、寄せ手に日々多大な損害をあたえたが、何せ大軍だ、弱らない。二十六日には城の外郭を陥れた。城方は二、三の丸に入ってなお防戦したところ、寄せ手から矢止めを乞うて、馬を乗出した者があった。

「城方にもの申さん。われらは島津がうち新納《にいろ》蔵人《くらんど》と申す者でござる」

と呼ばわった。

紹運は矢倉の窓をひらいて自ら答える。

「われらは紹運入道がうち麻生《あそう》外記《げき》と申す者でござる。何事でありますか」

「さらば紹運殿に申させ給え。紹運殿、この十年の間、大友のために筑前に出て、敵とはげしき合戦をつづけ、一度もおくれを取られざること、まことに見事でござる。さりながら主と仰がれる大友家はひたすらに衰微の道をたどり、今は滅亡まぬかれざることが明らかであります。これまさしくキリシタンの邪宗を信じ、仏神をないがしろにし、寺社を破壊する等の暴悪の報いで、自ら取れるわざわいであります。いかんともいたしがたい。紹運殿ほどの武将が、かかる愚将と共に滅び給うこと、まことにおしく存ずる。速かに大友を去って、島津にお味方あられよ。不仁者を去って仁者に味方するは義者としてなさではならぬ道と聖人の教えにもあるではござらぬか」

と、滔々と説いた。

「仰せの趣き紹運に申達するまでもござらぬ。拙者よりご返答申す。総じて栄枯盛衰はこの世に生きる者にはまぬかれざるところ、古きたとえを引くまでもなく、今の世の武家の盛衰を見ただけでも明らかでござる。大友家もこの理をまぬかれず、ここに衰弱してまいったが、貴家とて関白殿下のご親征あらば、衰亡踵《きびす》をめぐらさぬでござろう。勢いつき、運衰うるによって、志を変ずるは弓矢とる身の恥辱でござる。松寿千年を保つとも、ついには枯死をまぬかれず、人生は朝露のごとし。武士はただ名こそ惜しくござる。降参思いもより申さず」

と、返答した。

新納はすごすごと引取ったが、すぐまた島津方では、近所の荘厳寺という寺の和尚さんを使として送り、こう申込ませた。

「紹運公がこの大軍に囲まれながら、少しも屈せず十余日をささえられる武勇のほど、比類なきことでござる。この上は和睦いたしたい。紹運殿ご父子三人ご同意で、紹運殿のご実子を一人証人としておつかわし下さい。さすれば、お三人のご所領には少しも手を触れ申すまい。かくてお三人が島津へ随身されるなら、大友家との多年の鬱憤は忘れて、これとも和睦いたしましょう。こうしてたがいに心を一つにして九州を治め、上方勢を追いかえし、やがて中国へとりかけ、山陰・山陽を打ち従え、京都に旗を立てようではござらぬか」

これは島津家の術策であったとは言えない。余程に紹運父子にほれたのである。

紹運は聞いて、返答した。

「ご丁重に仰せたまわる条、かたじけなく存ずる。さりながら、拙者がいのちおしく思うて降参いたしても、宗茂は年若く義に勇む者でござれば同心いたしますまい。大友家もまた同心しますまい。かくては、拙者は面目を失うだけのことでござる。このお申出でを、せめて二、三年前にうけたまわったのでござれば、同心もいたしましたろうが、大友の威勢唯今のようにおとろえているばかりか、拙者らもまた孤城に追いつめられている今となっては、降参は出来申さぬ。ひとえに義を守って討死つかまつるべし」

紹運がなかなか出来ている人物であったことがわかる。出来た人間でなければ、礼儀正しく、しかもやわらかなことばづかいでありながら、こんなに凜乎《りんこ》たる応対は出来ないものである。

これで交渉が手切れとなり、翌二十七日の日の出頃からまた合戦がはじまり、午後一時頃まで、寄せ手は呼吸をもつがず、入れかわり入れかわり攻撃し、ついに城中全滅して、城はおちいった。士分の者が六百人もあったというから、総勢では三、四千人もあったろうか。紹運は思うさまに敵をなやまして撃退し、味方の死傷者を見舞って、死者には礼を言って合掌し、傷者には自ら気付薬を口にふくませた後、

屍《かばね》をば岩屋の苔に埋《うず》みてぞ
　雲居の空に名をとどむべき

と、辞世の歌を扉に書きつけて、矢倉にのぼって切腹した。

紹運の死骸の具足の引合せに一通の書があって、封皮に「島津中務《なかつかさ》殿」と書いてあった。島津中務とは、当時の島津の当主義久の三番目の弟家久だ。こんどの大将となって来ている。早速に家久にとどけられた。披見すると、

「今度降参をすすめ給うたのに従わなかったのは、ひとえに義によってである。諒解してもらいたい。ついては同封の書を大友家にとどけてもらいたい」

とあった。家久は、

「たぐいまれなる勇将を殺してしまったことよ。この人と友となったなら、いかばかりうれしいことであったろうに。おしきことよ。弓矢とる身ほどうらめしいはない」

と、涙を流し、秋月から茂林東堂という臨済派の禅僧を呼んで、壇をきずき、香を焚いて葬礼を行なったという。

以上は紹運記と名将言行録と西藩野史の記録を綜合して記述した。

六

岩屋城を陥れた島津勢は宝満山城に使者をつかわして、城を明け渡せよと要求した。

この城は元来筑紫氏の持城《もちじろ》であったのだが、当主筑紫広門《ひろかど》が島津家に捕えられて久留米の東南一里ほどの夜明村の大善寺（高良明神の別宮という、今は地名）におしこめられてしまったので、宝満山城にのこっていた筑紫氏の家臣らが、広門の娘聟である高橋統増《むねます》を迎えて、城主と仰いでいるのであった。娘聟といっても、統増はこの時十五だったというから、まだ少年なのだ。もちろん、高橋家から相当な武士らがついて行ってはいる。

城中の人員がこういう複雑な構成だから、どうもしっくりと行かない。元来の筑紫家の武士らは、主人が薩摩勢に捕えられているので何となく気が臆しているところに、こんど島津方がこの城を攻める時には、前に岩屋城の紹運が許に筑紫家の武士らが人質としてさし出していた女子供を先きに立て攻めて来るそうなというううわさが立ったので、益々気力がふるわない。多分これは島津方でわざと流したうわさなのであろう。

統増について高橋家から来ている武士らにすれば、

「やつら、裏切るのではなかろうか」

と、不安でならない。

「所詮はかばかしい籠城は出来ない」

ということになったので、開城することに相談一決した。島津家に申込む。

「主人統増と故紹運の妻宗雲とを無事に立花城へおくりとどけて下さるなら、開城いたしましょう」

「申し越さるる趣き承知でござる。相違あるまじく」

と、島津方では返答した。

そこで開城になったが、この島津方の約束が真赤なウソであった。統増を立花どころかまるで反対の肥後の吉松（今は鹿本郡植木町内）に、紹運未亡人を筑後の北ノ関（福岡県山門郡にある。山門・三池・熊本県玉名三郡の境に近い地点）に連れて行き、番衆をつけて厳重に監視したのだ。もっとも、両人ともしかるべき家来がついてはいた。薩摩人らは、宗茂にたいする人質をとったつもりでいたのであろう。薩摩人のこういう不信義な事実を見ると、遠い昔のことながら、薩摩人であるぼくにはまことにいやな気持だ。恥かしいのである。

こうして宝満山城を受取ると、島津軍はこの城と岩屋城とを秋月種真《たねざね》に渡しておいて、立花城に使僧をつかわした。

「ご承知でもござろう。岩屋城も宝満山城もわれらが手に帰し申した。貴辺のご舎弟と母君もわれらが手にござる。無益なる籠城をなさるより、降参あれ。さなくば、おし寄せ、即座にふみつぶし申すでござろう」

宗茂は、秀吉の命を受けた毛利三家（毛利・吉川・小早川）の軍勢が中国路から来ることを連絡によって知っているから、それまでの時間をかせぎたい。こう答えた。

「ご懇諭を拝承しましたが、それについて立花の地は従前通り、拙者にたまわりとうござる。さなくば、武士としてよき働きが出来申さぬにより、おことわり申すほかはござらぬ」

島津方では肥後の八代に来ている島津義久の許にこの返答を持って行き、さしずを仰ぎ、使僧に秋月種真をそえて、立花城につかわす。

「立花の城はこちらにお渡しあれ。かわりに筑前の早良《さわら》郡に荒平《あらひら》城（同郡内）をつけて進ぜるでござろう」

大分時間もかせいだので、こんどは本音を吐く。

「心得ぬことを仰せられるものかな。城の名と拙者の名字は切ってはなせぬものがあるを、何とお考え遊ばすぞ。当城の名も拙者の名字も、すでに関白殿下さえご存じでござる。されば天下の人皆知っていることでござる。その名字の起こりである当城を捨てよと仰せられるのでござるか。なり申さぬ。ことさら、拙者はこの頃毛利氏へ助勢を乞い、人質をさし出し、鉄砲も多数送りよこされ、近々にはうしろ巻きの軍勢もまいることになっています。今さら貴殿方へ降伏など思いもよらぬこと」

愚弄されたようなものだ。島津方はかんかんに腹を立てたが、岩屋城攻撃に相当手痛い損害を受けている上に、暑熱のひどい季節だ。腹が立ったからとて、すぐ攻撃には出られない。

その上、毛利三家が秀吉の命を受けて、九州征伐の西部先鋒部隊として来ることが事実であるとの情報が入った。器用に退《さが》った方がよいのである。

この頃、秀吉と家康との間は大いに好転している。家康が秀吉の妹の朝日姫を妻としたのが、五月十四日だ。ずいぶん無理な結婚だ。朝日は人の妻となっていたのだし、年も四十四になっていたのを、秀吉は離縁させ、しわ面に紅《べに》おしろいをつけさせて、家康の後妻にやったのだ。

ひどい話であるが、ここまで漕ぎつければ、家康を籠絡して牙《きば》を出させない自信は秀吉にはあった。だから、九州征伐をぼつぼつと実行にうつしはじめたのだ。島津家にとっては、警戒すべきことであった。実現の可能性のうすい時は、強がっても、だんだん実現が近くなると、畏怖心の出て来るのは、人情の常だ。

あたかも、秋月種真がこう言う。

「長々の戦さで、皆様お疲れでござろう。ご休息のため、一応帰国なされてはいかがでござる。立花城のことは、お味方となっている当地のわれらだけで談合して、必ず攻めおとすことにします。お心おきなくご退陣あられるがよろしいと存ずる」

いい口実さえあれば、退却したいと思っていたところだ。

「よかろう。あとはまかせる。必ず攻落しなされよ」

秋月はじめ与党の豪族に言って薩摩勢は陣所を引きはらって、帰国の途についた。八月二十四日であったという。

だんだんわかって来るはずだが、宗茂は天才的な戦争名人だ。薩摩勢が退却にかかったと見ると、すぐ足軽を出してパルチザン的追撃に出て、多数の敵を討取ったし、翌日は薩摩方である星野鎮胤・鎮元兄弟の居城である高鳥居城を短兵急に攻めつけ、東西の門をおし破り、兄弟をはじめ城中の兵数百人を一人のこさず討取った。

これはすぐ大坂に注進されたので、秀吉は感状を送りつけて激賞した上、

「以後はめったな冒険をするな。追々助勢の人数を送る。毛利三家も間もなく行くであろう。それにつづいてわしも出馬し、九州の逆徒らはのこらず首をはねるであろう」

と言い添えている。

九州においては、大友氏はまだ島津に降伏はしていなかったが、気力はまったくなく、宗茂だけが、怒濤の中の危巌のように見事な姿勢を見せていたのである。もちろん、それは宗茂だけの力ではない。養父道雪や実父紹運に多年薫陶鍛錬された猛士勇卒らの働き――つまり両父の遺徳にもよることは言うまでもない。

毛利三家の兵は、その先鋒隊が八月二十六日門司に上陸し、十月はじめに三家の本隊皆九州に上陸した。黒田孝高《よしたか》（後の如水）が軍監となっていた。小倉城をぬいたのを手はじめに、豊前と筑前の大部分にわたる島津方与力の諸城は一なみに征伐軍のものになった。戦って抜かれたものも多少はあったが、大方は降伏したのである。

これは九州の表玄関口における秀吉軍の働きで、上々首尾であったわけだ。秀吉は裏口の豊後《ぶんご》方面にも、先鋒隊を向けた。これは四国大名がうけたまわって、土佐の長曾我部元親父子、讃岐の十河存保《そごうまさやす》を主力とし、淡路の仙石権兵衛秀久が軍監であった。

ところが、この四国勢は、戸次《べつき》川で島津軍と戦って、散々に撃破された。長曾我部元親の嫡子信親と十河存保とが戦死し、元親は伊予の日振《ひぶり》島に逃れ、仙石権兵衛に至って

は逃げも逃げたり、淡路まで逃げかえった。一体、この合戦は、長曾我部も十河も戦うべきでないと言ったのに、強がりやの権兵衛さんが、無理やりにはじめたので、こんなことになったのだ。申訳のしようもない失態であるのに、こんな醜態まで演じたのだ。昔からむやみに強がるやつにはよくこんな醜態がある。こんどの大戦中にも相当あったはずだ。

七

秀吉は三月一日に大坂を出発、二十八日に豊前小倉についた。蒲生氏郷伝で書いた通り、豊前の巌石《がんじやく》城攻撃がその最初の戦いで、ここを陥れると表街道口はもう合戦の必要はなかった。薩摩勢は全然戦闘せず本国に逃げこもった。裏街道口では秀吉の弟秀長が、秀吉に先き立って豊後に来たが、その以前に大友氏の旧臣らが気力を回復して諸所に蜂起したので、島津勢は日向に引取った。やがて秀長勢は大挙して日向に南下して行った。この口では島津勢も相当はげしく戦ったが、ついにどこでも勝つことが出来ず、この方面もまた本国に逃げこんだ。

秀吉は蛇の穴にこもるがごとく退却する島津勢を先鋒諸隊に追わせながら、遊山旅《ゆさんたび》のように悠々たる行軍をつづけ、四月四日に秋月城に入ったが、その翌日、宗茂は秋月城に来て、秀吉に謁した。

宗茂は浅野長政を奏者《そうしや》にして秀吉に謁見した。長政が宗茂の来たことを言上した時、秀吉は唐織《からおり》の夜具（ドテラであろう）を着、鉄漿《かね》をつけつつあった。秀吉は関白だから、公家の最上席だ。公家式におしろいを塗り、置眉《おきまゆ》をし、鉄漿をつけたのである。あの顔で、さぞおかしなものだろうと、大いに滑稽であるが、当時の公家さんはそうしなければならないものになっていたのだから、いたし方がない。しかし、自分の氏素姓にたいしてひどい劣性コンプレックスを持っていながら、かえってまるでテレを見せなかった秀吉のことだから、大いに得意げにふるまっていたかも知れない。英雄の心事は一筋縄ではかれない。

さて秀吉は長政のとりつぎを聞いて、

「やあ、立花が来たか。これへこれへ」

とその場に連れて来させ、

「よう来た、よう来た」

と上機嫌で言い、蘆毛の名馬に自分の乗料《のりりょう》の鞍をおいたのをあたえ、また、

「九州者《もの》は武張ったことが好きで、長い刀を好んで差すそうな、これをやろう」

と三尺ばかりの刀をあたえ、さらにまた大名らの居ならぶ座敷に連れて出て、これまでの宗茂の軍功を一々数え上げて、

「この若者はおれがために立花の孤城にこもってさしもの島津の大軍にびくともせず節を守り通した者ぞ。また長の籠城に少しも気を屈せず、島津勢が退《ひ》くと見るや、直ちに追討ちをかけて多数を討取ったばかりか、島津方の高鳥居城をも城兵を皆殺しにして乗

りとった。忠義、鎮西《ちんぜい》一、剛勇、また鎮西一、上方にこの者ほどの若者があろうとは思われぬぞ」

と激賞したので、居合わす大名らはうらやまぬ者はなかったという。

この時、宗茂は秀吉の命によって薩摩入りの先鋒をうけたまわったが、この方面の薩摩勢は全然交戦しなかったから、彼も戦功はない。

秀吉は薩摩の川内《せんだい》まで入り、ここで島津氏の降伏を受入れた。

宗茂の弟統増《むねます》夫婦は薩摩勢が国に逃げ入る時、肥後の吉松から連れ去り、薩摩の祁答《けどう》院《いん》というところにおいていた。これは川内から川内川をさかのぼること六里ばかりの、今の宮之城《みやのじょう》を中心とする付近一帯の古庄名《こしょうめい》だ。

宗茂は島津家の降伏する以前に使者を出し、

「拙者弟高橋統増をお引渡しいただきたい」

と交渉させた。

島津家では、今となってはとどめおいてもしかたのない人物だ。それに宗茂が秀吉の気に入りであることは知っているので、こんどの降伏の申入れのためにもその気を攬《と》っておくことは必要だと思ったのだろう（高橋記にそう書いてあるのだ）、すぐ承知した。

そこで、十時《とどき》摂津が祁答院に迎えに行った。統増夫婦も、供してずっと従っていた家来共や女中ら、下人下婢共に至るまで元気でいる。十時が全部受取って川内に帰る途中のことだ、一事件がおこった。

高橋記には、海辺を通って来ると、海に船がかりしていた秀吉方の兵船の兵どもが婦人まじりであるのを見て、

「すわや、落人《おちうど》ぞ。乱取《らんど》りにせい！」

と叫び出し、てんでに伝馬をおろして岸に漕ぎつけ、乱暴しようとしたとあるが、祁答院から川内までは海辺を通りはしない。川内川沿いに下って来たのを、川内川に碇泊していた秀吉方の運搬船の兵らが乱暴しようとしたのであろう。当時の戦争の様相がよくわかる。軍紀厳正とはいかないのである。美しい女や若い女は狼群の前の小羊のようなものだ。ひどい目にあわされたのである。

十時摂津をはじめ、皆、

「これはしたり！　味方の者でござるぞ！　狼藉《ろうぜき》召さるな！」

と呼ばわったが、皆もう財宝と美女に目がくらんでいる。耳にもかけず迫って来る。十時摂津はかっと激したが、水辺に走り下ると、そこにあった伝馬にとびのり、大将分の者の乗っていると思われる船にエッシエッシと漕ぎよせて、

「これは筑前立花左近将監の家中十時摂津と申す者でござる。しかじかかようかようでござれば、ご制止たまわりたい」

と叫んだ。

その船の大将は聞きわけて、屋形の上にかけ上り、

「静まれ、静まれ」

とさいはいを振って制止したので、やっと乱暴兵どももしずまったという。この統増にたいしても、

「その方が父紹運の忠死、深重に思うぞ」

と、秀吉は言って、高橋家の本領を安堵した。

秀吉は薩摩からの帰りに、博多で九州大名らの領地割をしたが、この時宗茂は筑後国で三池・山門《やまと》両郡の全部、下妻・三潴《みずま》両郡の一部、すべて十二万石をあたえられ、柳川に居城することになった。これは高橋記の説で、旧柳川藩志ではこの翌年上洛の時のこととある。

肥後に一揆がおこったのは、秀吉が大坂へ引上げて、一月経つや経たずの時であった。肥後は佐々成政がもらったのだが、秀吉から朱印状をもらって本領を安堵されているはずの地侍《じざむらい》どもにたいして圧制的に出たので、地侍どもが怒って蜂起したのである。勢い猛烈で、さすがの猛将佐々が手こずった。近隣の大名らはそれぞれ諸兵をひきいて肥後に入り、鎮定を手伝った。宗茂も出かけたが、一日の間に前後十三回の戦闘をし、敵の砦を抜くこと七つ、敵を殺すこと六百余という殊勲を立てたので、秀吉は遠く書をあたえて激賞したという。この時、宗茂はわずかに十九歳である。

この翌年九月、宗茂は上洛した。秀吉は羽柴姓をあたえ、従四位下侍従に叙任しようとしたところ、宗茂は、

「この叙任、拙者の家には先例なきことで、今生の面目でございますが、旧主大友義統《よしむね》

はまだ五位でございます。それを越えて叙せられるは忍びませぬ。願わくはただ五位に叙し給わりたく」

と言った。秀吉は、

「神妙な志である。望みにまかせよう」

と、しばらく五位で置いて、やがて四位に叙したと、名将言行録にある。

こうした篤実さを、ぼくは尊いものに思う。西郷南洲が明治二年九月に、維新の際の勲功によって正三位に叙するとのお沙汰があった時、

「藩主忠義《ただよし》は従三位でありますのに、藩士の身として上位を拝することは忍びぬところであります」

と再三再四辞退して、ついにそれを貫徹している。もう故人になった人だが、明治政治史専攻の学者が、これを西郷の封建性のためと論断しているが、ぼくにはそう思えない。これは西郷の誠実さのあらわれであると思うのだ。当時はまだ藩制度はなくなっていない。島津忠義は藩主であり、西郷隆盛は藩士なのだ。藩士が藩主より上位ということがあろうか。これは政治思想の問題でなく道徳の問題である。

天正十八年二月一日のことであったというから、小田原征伐のために秀吉が諸大名を京に集めた時だ。秀吉は家康に問うた。

「今度の上京に、本多平八郎忠勝を召連れたか」

「召連れました。今日も連れてまいっています」

「呼出しなされ」

と秀吉は呼出させておいて、宗茂を呼出し、二人に向って、

「こちらは東国にかくれなき本多中書じゃ。またこちらは西国無双の誉れある立花左近将監じゃ。両人互いに懇親を結び、左近将監は西国を守護していよいよ忠をつくし、中書は江戸内府を輔《たす》けて東国を守護せよ。両人東西において無双の者である故、おれが前で対面をゆるすぞ」

といって交りを結ばせたので、諸大名皆、あっぱれ面目かなと嘆称したという。

秀吉はほめ上手で、彼にほめられた人物は実に多いが、これほどのほめられ方をしたのは、この二人だけである。

八

秀吉の朝鮮役のはじまったのは、宗茂二十四の時である。宗茂は兵三千をひきいて出征した。

朝鮮役は前役と後役とにわかれるのだが、前役には日本軍は非常な速さで進軍して京城を占領し、国王が遠く北へ逃げてしまったことは、周知のことである。

京城を占領すると、諸将は持口《もちぐち》を定めて守備したが、間もなく、京城から西北五、六里の地点に敵が六、七千人集まり、要害の地に拠って、日本軍の往来をさまたげはじめた。日本軍は度々出動して掃蕩しようとしたが、敵は要害を利用しては日本軍が近づく

と散々に矢を射かける。損害ばかり多くて、功があがらない。蜂須賀家政・有馬晴信、いずれもしくじって敗退した。

総司令官の宇喜多秀家は、宗茂を召して、討伐を命じた。

「かしこまり申した」

と答えて、宗茂は出陣したが、その近くまで行くと兵をとどめ、数騎だけひきいて、自ら偵察に出かけた。その場所は、丈高い茅が方々に繁り、大きな岩石が散在してもともと足場の悪いところであるのに、敵は所々に空堀《からぼり》を掘って、ひどく馬の馳駆に不便な地勢にこしらえていた。

宗茂は馬を立ててしばらく観察して帰陣したが、その夜多数の人夫をくり出し、ひそかに敵塁近いあたりの青草を刈取らせた。

次ぎの夜には、千余騎をひきいて行き向い、これを三手に分けて三カ所に埋伏《まいふく》させて、

「敵が出てもはげしく追撃してはならぬ。静かに追いはらい、退くあとからやわやわと慕って攻め入るよう」

と兵には命じておいて、また前夜のように人夫を出して草を刈取らせた。昨夜知らぬ間に秣《まぐさ》を刈られて無念がっていた敵は、今夜は心をとぎすましている。すぐさとって、二、三千人、ワッとさけんで、人夫らにおそいかかって来た。人夫らは逃げる。敵は追いかけて来る。それを十分に近づけておいて、埋伏していた立花勢はにわかにおこり立ち、三方からおめきさけんで討ちかかった。

敵は一たまりもなく退却にかかった。立花勢は宗茂のさしず通り、やわやわと追い慕った。ゆるい追撃なので、敵はくずれ立たず、三度まで返し合わせたが、味方には立花吉右衛門・由布《ゆぶ》五兵衛などという勇士がいる、その度に撃退して、執拗に敵に食いついて、追い入れて行った。

難所ではあるが、敵の退くあとにあとにとついて進むのだから、空堀にもおちず、障《しよう》碍《げ》のものにも突当らず、敵塁間近くおしつめ、階段状になっているところに多数建てならべられている敵の陣屋に火をつけた。おりから風烈しく、見る見る八方に燃えひろがった。時は六月二十七日、月の出にはまだ遠い闇夜であったが、白昼のように明るい。逃げ散る敵を自在に追いつめて討取った。その数七百余人あったという。

宗茂の戦術がいかに冴えていたか、よくわかるのである。

以下述べるところは、後の朝鮮役の時のことであるが、宗茂の戦術の卓抜さを語る事がらだから、くり上げて書く。

蔚山《うるさん》で、宗茂は、寡兵をもって、朝霧のまぎれに、明の大軍を急襲し、おどろき恐れて潰走する敵を散々に追撃した。家老の小野和泉が、

「小勢をもってあまり長追いしてはようござるまい。ほどほどになさるがようござる」

と諫めたところ、宗茂は、

「いやいや、追わねば味方の小勢が見ぬかれよう。敵の足なみ殊のほかに乱れている。返し合わせる気力はあるまい。あの森蔭まで追うて行こう」

と、二十余町を追いかけ、はじめて停止した。

敵の捕虜が少しあった。宗茂は、

「この者共のいのちをとるもふびん。縄を切りほどいて追いはなて」

と命じた。家臣らは、

「味方の小勢を知らせじと、ここまで追うて来ましたものを、この者共を追いはなっては、敵に小勢なるを知らせることになりましょう」

と言ってとめた。宗茂は笑って、

「敵も今朝は知らなかったが、もう知っているわ。まあ、おれがすることを見ていよ」

といって、捕虜を解きはなって行くにまかせた後、その夜は隊を五つに分って埋伏させた。

夜半、敵は敗戦の恥をすすごうと、押寄せて来たが、五カ所の伏兵が一時におこり立ったので、散々に破られて退き去ったという。

戦術には心理分析的な面が多いのであるが、敵の心理をてのひらにのせたように読みとって、次ぎから次ぎにと妙策を案出するところ、天才的といってよいであろう。

九

宗茂の朝鮮役における武功中最大なものは碧蹄館《へきていかん》の戦いだ。この合戦における宗茂の勲功の次第は天野源右衛門覚書にくわしい。天野は前名安田作兵衛、本能寺の変の時、信長に槍をつけたというので、有名な勇士だ。一時おたずね者になっていたが、罪をゆるされ、この名に改めて宗茂に仕えていたのである。

この覚書を土台にして、諸書を参酌して記述すれば、こういうことになる。

前期朝鮮役で、日本軍の西部隊の先鋒小西行長は平壌まで進んだ。朝鮮側では明に救助を乞うた。明は数千の騎兵（日本側の記録には六万とあるが、向うの記録を参酌すると、大体五千から一万の間と思われる）を派遣して平壌に来襲したが、小西行長はこれを撃退した。

明では、日本軍の案外に強いことをはじめて認識して、調略を行なうことにした。日本軍の戦意を鈍らせるために和議を持ちかけたのだ。

ちょうどこの頃、日本の水軍が朝鮮水軍にやられて、内地との連絡が危険になっている。第一、出征の将兵らはこんな戦争は迷惑しごくと思っているのだ。秀吉が老いの一徹で熱し切っているから、渋々出征したのだし、出征した以上武人の面目として勇敢に戦わなければならないから大いに奮戦しているだけのことだ。本当は早く帰国したいのである。

こんな情況だから、先鋒隊長の小西行長はまんまとその話に乗って、五十日の休戦条約を結んでしまった。

この条約の締結されたのが、天正二十年（文禄元年）八月末で、以後ずっと休戦気分がつづいていたのであるが、翌年正月に明は大軍四万五千、十万と号して、突如として平壌におし寄せた。総大将は薊遼《けいりょう》・保定《ほてい》・山東諸軍提督李如松《りじょしょう》だ。元来朝鮮からの帰化人の子孫だが、度々武功を立てて、明では名将軍と呼ばれている人物であった。

小西は油断しきっている。忽ち敗れて潰走した。平壌から日本里十四里のこちらに宗茂の旧主である大友義統《よしむね》が在陣していたが、これは敗報を聞くと、戦わず逃げ出した。これが秀吉の怒りに触れ、

「言おうようなき臆病者め！　九州一の名家とはいわさぬ！」

と罵倒して、家をとりつぶし、本人は他家あずけにしてしまったのである。

この敗報が京城に報告されたから、宇喜多秀家をはじめとして、石田三成・増田長盛・大谷吉継等、朝鮮派遣軍総司令部を構成している連中は愕然として、協議の結果、方々に分遣している諸将を京城に集めて、評定をひらいた。

諸将いずれも、京城にこもって戦おうと主張したところ、小早川隆景は、

「籠城と各々の仰せらるるは、敵の軍勢がいかほどのものか、ご承知なければこそのことでござる。奥地からまいられた方々は、よくご存じのはず、聞いてごらんあれ、あのおびただしい大軍をもってかこまれましたなら、兵糧運送の途たえて、食《じき》攻めにあわんこと疑いござらぬ。そうなっては、下々の者は逃散する気になるでござろう。各々は太閤様に従われていたので、負戦さのご経験がござるまい故、かかる時の戦さのしよう、ご不案内でござろう。拙者は度々の負戦さして、案内の者でござる。拙者にまかせられよ。出て戦おうではござらんか」

と主張した。

それでそうきまったが、先手《さきて》を誰にしようということになったところ、隆景は、

「立花左近将監こそしかるべし、彼が三千人は一万人にもまさり申そう」

と言ったので、そうきまった。

宗茂の面目思うべきである。

「立花が三千の兵」と小早川隆景は言ったというが、三千は宗茂が日本出発の時の人数で、この頃では戦死、病死、傷病者等をさしひいて、二千五、六百しかいなかったようである。

軍議がおわって、陣所にかえった。宗茂は京城の西大門外に屯営していた。この門は中国大陸から通じている街道の入口で、この門の外には迎恩門とて時おり来る明使のための美しい奉迎門があったという。この門は、両わきには石垣がなかったというから、パリの凱旋門のように、街道に孤立していたのだ。柱は石でつくり、中ほどから上は七宝をちりばめ、瓦は美しい青瓦、四方を金《かね》のくさりで釣ってあったというので、日本の将兵らは「瑠璃の門」あるいは「釣りの門」と呼んでいたという。宗茂はこの門を守備していたのである。つまり、京城守備においても、宗茂は敵軍の衝路を守備する任務にあたっていたのだ。その武勇が諸将のひとしく認めるところであったからであろう。

この陣所にかえると、宗茂は重臣らを集めて、

「明日の戦いにおれは先手を仰せつかった。大事な戦さであれば、今夜かぎりのいのち

と思う。その方らおれと一緒に死んでくれい」

と申渡した。

重臣らは一斉に、

「在鮮日本軍の運命を賭けての晴れの大合戦に、先手をつとめて討死致すこと、武士の本望でござる」

と、まことに涼しく答えた。

また一の家老の小野和泉は言う。

「拙者物見の者を出して、敵の様子をさぐらせて見ましたところ、敵は大軍ではござるが、日本の諸勢が戦わずして崩れ立って退却したるを見て、心おごって進み来つつござる。されば明日の合戦は一定《いちじょう》味方の勝利となるでござろう。拙者と誰かが相備えとなって先手をつとめましょう。敵を破って追いくずさんこと必定でござる。それに乗じて中《なか》備《ぞな》えとお旗本を以て突撃し給うならば敵は大潰走に移りましょう。もしまた拙者らが仕損じたらば、敵は備えを乱して追いかけてまいりましょうから、中備え、お旗本勢必死となって突撃し給わば、これまた斬りくずすことが出来るでありましょう。ともあれ、拙者に先陣仰せつけていただきとうござる」

そこで、そうきまった。

先鋒、小野和泉・立花三左衛門
中備、十時伝右衛門・内田忠兵衛

十

旗本、宗茂と弟の高橋統増《むねます》

翌日――文禄二年正月二十六日だ。陰暦正月下旬であるから、内地なら寒気がゆるんで、ずいぶん暖かくなっている季節だが、ここは朝鮮中部だ、まだ寒い。その上、この日は「天寒く風烈し」であったというから、とくに寒い日だったのだ。

宗茂は夜半二時頃、十時伝右衛門と森下備中に足軽二、三十人をつけて物見に出しておき、みずから白米をとって大釜の前に立ち、ぐらぐらと煮え立つ湯の中に投げ入れて粥をつくり、また酒を大釜で沸かして、

「この粥を食いこの酒をのんで、からだをあたため、手足の自由がきくようにしておいて、今日は精一ぱいに働いてくれよ。大事な場じゃからのう」

といって、将士にふるまった。皆たらふく食い、気力百倍した。定めて九州人らしく陽気な冗談が出たことであろう。

ほどなく、物見に出た十時伝右衛門から報告がある。

「敵陣近く行きましたところ、方々に兵を伏せている模様でありますので、高みにおし上って鉄砲五、六梃つるべ撃ちにはなしましたところ、伏兵共はさわぎ立ち、一時にその所在がわかりました。その中に高みにある森の中に二、三百人も伏せているらしく見ゆるところがありますので、ひそかに忍びより、わっとおめいて一気に突入しましたと

ころ、敵は足の立てどもなく敗走しました。われら七、八町引きとって、かく注進申す次第でござる。この伏兵共の本隊は一万ばかりでひかえています。すなわち敵の先鋒と存ずる。早や早やご出馬、追い払われてよろしきかと存じます」

宗茂は即座に手兵全部をひきいて打って出た。

碧蹄館というのは、元来は京城から北方約二十キロにある碧蹄駅にある客館の名であったという。つまり外国（主として明）使節を接待する旅館だったのが、地名化したのだ。その地勢は南北に狭長な谷間をなしている。南北約四キロ、はばはせまいところで三百四、五十メートルから広いところで八百メートル、東西南北とも百五、六十メートルから二百四、五十メートルの丘陵にかこまれ、中に一筋の川が南北に流れている。戦場になったのは、碧蹄駅の南方の地域であった。

この戦場の入口に立花勢が到着した頃、日が出た。このあたりは水田と湿地帯であったというから、われわれは霜と氷にとざされ、枯草のしょぼしょぼと生えた野に朝日のさす情景を想像しなければならない。

前面にひかえている敵を見つめつつ、先鋒の小野・立花勢がじりじりと間合《まあい》をつめていると、中備えの十時伝右衛門がただ一騎馬を走らせて来て、小野に、

「今日の先陣をくりかえて、われら中備えの者を先陣にしていただきとうござる」

と所望した。小野は腹を立て、

「ならん！　それは軍法を破ることじゃ！　のみならず、拙者らにたいするこの上なき

侮辱であるとは思われんか！　拙者らが先陣では不安といわれるのか！」

とどなりつけた。

「いやいや、決してさようなつもりではござらぬ。また功名を得たいためでもござらぬ。諸神も照覧あれ。拙者らがこの願いいたすは、日本のためを思うてのことでござる。今日の合戦は日本の一大事でござる。あの大軍に駆け向うことでござる、もし先手ご両人のうち一人なりとも討死なさるようなことがあれば、お家の軍勢の弱みとなります。拙者らが先陣をつかまつらば勝敗いずれにしても、敵の備えは乱れるのでござろう故、それに乗じて貴殿らは宗茂公とともに敵陣を突きくずしていただきたいと存ずるのでござる。八幡、一身の軍功ほしさに申すのではござらぬ」

と伝右衛門は言った。誠心おもてにあふれている。

小野も立花も涙を流して感動し、伝右衛門と内田忠兵衛とに先陣をゆずった。

宗茂は京城へ合戦開始の注進をしておいて、兵を進め、本陣を前に川、背後に森をひかえたところにすえた。先陣は二十余町をへだてた位置まで出ている。

間もなく、敵が五、六千騎、鋒矢形の陣形で、太鼓を打鳴らしつつ、徐々におし出して来た。敵の服装は布鎧《ぬのよろい》だ。赤い毛氈の裏に二寸四方ほどの鉄片をくさりでびっしりとぬいつけて、長い道服のようにこしらえたもの、冑は鉄製で白くみがき立てたもの、小手は鉄製、刀は二尺四、五寸から三尺ほどの長さ、もろ刃で剣の形をしている。鉄砲は筒口が三つあって、同時に三発はなつことも出来れば、一発ずつ連発することも出来たという。もっとも、数は多くなかったようだが。大砲も持っている。飛道具としては弓が主であるが、なかなか強弓であったという。「馬の大きさはけしからず候、男もけしからず大きく候」と古書にある。

「武辺強き唐人かな」と武将らが皆驚嘆したともあるから、これまでの柔弱な朝鮮兵とは段ちがいであったのだ。われわれは真赤な布鎧を着、銀色に光る冑をかぶった密集した五、六千の騎馬兵が整々と押して来る情景を想像しなければならない。

立花勢の先手八百余、丸備えにして、これまた徐々に近づいた。

天野源右衛門は三十騎ほどの手勢をひきいて、馬を駆け寄せて突入しようとしたが、透間もなく密集している敵だ。文字通りに鉄騎のかたまりである。槍の入れようもなく、引返そうとしていると、両騎駆けて来た。

「十時伝右衛門！」

「内田忠兵衛！」

と名のりを上げるや、槍を投げづきにした。真先に立った敵がその槍に胸板をつらぬかれてたおれ、付近が少し動揺した。そこを目がけて、エイヤと馬をあおって乗りこみ、五、六騎斬っておとした。天野もどうしてためらおう。これまた斬って入る。兵士らもつづく。忽ち、七、八十騎の敵が討取られたので、さすが堅固な鉄騎の集団がドッとくずれて退却にかかった。

講談でよくやる十時伝右衛門の碧蹄館投突きの一番槍の真相は以上の通りである。講談では天野源右衛門との一番槍争いということにしているが、この時の十時には個人的な功名心などはない。純粋なる犠牲を目的とする最も高邁《こうまい》な精神に昂揚されているのだ。彼のためにとくに言っておく。

鉄の城砦がそのままに押して来るかと疑われるばかりの難敵を切りくずし、諸人ほっと息を入れる間もなく、左方から二、三千の燃え立つ緋色の鉄騎の集団がさわぐ色もなく堅固な備えをもって静々と押出して来る。

「すわや！」

と、それにむかって馬の鼻を向けると、こんどは右方からまた二、三千の緋色の軍勢があらわれた。これもせかずさわがず押して来る。

味方は左右にわかれて備えを立てたが、その間もなく、はじめ崩れ立った敵のうしろから六、七千騎の軍勢が立ちあらわれて押出して来た。集団戦法に熟達した明軍の様子がよくわかるのである。

「三方の敵、防ぎがたく見えし」と天野の覚書にある。決死の覚悟はして出て来たことながら、人々色を失ったことであろう。

十時は一旦左右両隊にわかれていた軍勢を集結させて、人々に呼ばわった。

「この敵に各隊個々にかかっては不利である。敵の間近に迫るを引受けて一方に向って戦うならば、三方の敵共、小勢と侮って引きつつんで討取ろうとするであろう。その時、手を砕いて必死の戦いをし、切りぬけて中備えまで引取ろう。敵の三隊しぜんに一つとなって追いかけて来るにまぎれなし。それを中備え引受けて戦わば、必ず切崩すことが出来るであろう。皆々その心得にて、ひるむな！」

「心得ました！」

一同きびしく心をひきしめて待ちかまえていると、三方の敵は次第に近づいて来た。正面の敵は大砲を撃ちかけ、濛々と立つ黒煙の下から喊声をあげる。左右の敵も喊声をあげる。

「脇目をふるな！　正面の敵だぞ！」

伝右衛門ははげしく下知し、間合よしと見るや、全隊まっしぐらに正面にかからせた。左右の敵はうしろをとり切ろうとする。万事計算の通りだ。

「よし！　退けい！」

サッと一斉にとって返し、一文字に切りぬけて中備えまで引取ったが、この戦闘で立花勢は百余人の死傷者を出した。伝右衛門も数カ所の重軽傷を負い、即死ではなかったが、間もなく死んだ。

中備えの小野と立花は先手に入れかわって奮戦したが、何せ大軍だ、追撃にかかって勢いに乗ってもいる、苦戦となった。

本陣に床几をすえ、はなたず潮合を見ていた宗茂は、

「それッ！」

というなり、馬にとびのり、自ら槍をふるって飛び出した。弟の統増もつづく。全軍

なにをためらおう。ドッとおめいて駆け出し、敵は一時に崩れて引退いた。宗茂は八百余人をもって堅固に本陣をかまえ、のこる勢で追撃にかからせ二千余人を討取った。しかし、味方も池辺竜右衛門をはじめ十余人の勇士の名ある者が戦死したほか、死傷者が二百余人も出た。

この戦闘は碧蹄館戦争の緒戦で、先陣同士の戦いである。午前六時頃からはじまって十一時頃にすんでいる。

十一

小早川隆景が来たのは、緒戦がおわる頃であった。隆景は立花勢を含めての二万の軍勢を六組にわけ、一番手を粟屋四郎兵衛（毛利家の重臣）、二番手を井上五郎兵衛（同）各三千人、三番手隆景一万余人、これを本陣とし、宗茂隊と毛利元康隊、毛利秀包《ひでかね》隊は遊軍として左右翼に配置した。

天野の覚書では、先陣は朝のまま宗茂、二陣小早川（毛利勢を含む）、三陣宇喜多秀家となっている。宇喜多隊も参加して、予備隊として後陣にひかえていたことは考えられる。

天野はさらにこう書いている。この宇喜多隊がずんずん前に出て備えを立てたので、毛利勢の先手から、宗茂の許に使を立て、

「備前勢があんなに押出したのは、定めて先陣せんとのつもりでござろう。貴殿は今朝

すでにいさぎよき合戦を遂げられたのでござれば、この先陣われらにお譲りいただきたい。宇喜多と当家とはかねて雌雄を争うなかでござれば、当家としてはおくれてはならぬのでござる。平にお願いつかまつる」

隣り合った大名はとかく仲が悪い。この頃の毛利は広島、宇喜多は岡山だ。その上、元来宇喜多家は毛利氏の属国であった時期もあるのだが、秀吉の時代となって、宇喜多秀家は秀吉の猶子《ゆうし》ということで、大へん大事にされ、この朝鮮役には総軍司令官的格式で来ている。毛利家の連中は小癪にさわってならないのだ。

この毛利先手の使者の口上をきいて、宗茂の家臣らは腹を立て、今日の先陣は当家なり、いく度なりとも当家こそ先陣をいたすべきに、みだりなる口上かな、ことわってしかるべし、と言ったが、宗茂は、

「阿呆なことを申すな。先陣争いなど私《わたくし》のことよ。日本のためを思うなら、誰が先《せん》をしようと勝てばよいのだ」

とおさえて、承知の旨を答えて、先陣をゆずったとある。宗茂隊が遊軍の配置についたのは、あるいはこんないきさつがあったのかも知れない。

こうして陣形が整ってしばらくすると、はるかに遠く敵の姿が見えて来た。立花家の陣所からずっと遠くに小高い山があり、その上に敵軍があらわれてこちらに越えて来るのだが、黒みわたって森林が移動して来るようであったと、天野は書いている。黒みわたってという記述は前に書いた緋色の布鎧と照合しないが、緋色は先鋒の騎兵隊だけの

鎧で、歩兵隊は違ったのであろう。また、「その勢三十万余もあらんかと見えたり」とも書いている。

前にぼくは、李如松は「大軍四万五千、十万と号して朝鮮に入った」と書いたが、こうした戦争物語を読むに注意しなければならないことは、大敗軍の場合にも大勝利の場合にも、いずれも出来るだけ味方を寡く、敵を多く書いていることだ。理由は説明する必要はあるまい。

「李如松四万五千の軍」というのは、向う側の記録なのだが、これは中国から連れて来た兵で、これに朝鮮軍が加わったのだから、三十万は過大でも、十万から十五万くらいはあったかも知れない。ともあれ、「少し高き所あり、敵勢ここを押越ゆる時は、黒みわたりてひとへに大山のしげりたるを見るが如し」という記述は、奕々《えきえき》たる生彩がある。望見している日本軍は、胸のゆらぐような感じがしたろう。

備前勢八千人は、この有様を見て、忽ち動揺して四、五町ばかり引き退いたとある。間もなく敵の先手が近づいて来た。二万余。五隊になって、密集し、整々徐々、「勢いことのほかに見事なり」とある。しずしずと近づくと、太鼓を打ち鳴らし、大砲を撃ち掛け、黒煙を立てて押寄せて来る。毛利勢の先手は一ささえもせず崩れ立った。

これを見ていた宗茂の陣中で、小野和泉が、

「時分よく候」

と宗茂に出撃をうながしたが、宗茂は床几に腰かけたまま返事もせず、敵を凝視して

いる。しばらくして、こんどは天野が、

「もはやよろしき時でござろう」

と言った。宗茂ははたとにらんで、

「汝《われ》が何を知って！」

と言って、まだ動かない。

天野は黙ったが、またたまりかねて、

「潮合がはずれましょう」

とまた言うと、

「敵合がまだ少し遠い。その上、毛利の者共足手まといだ。皆引きとらせて、高名も不覚もまぎれぬようにして働こう」

という。小野をはじめ皆あっとばかりに感じておそれ入った。

ややしばらくすると、

「時分よきぞ」

と立上り、

「一騎がけすな、下知なきに矢を放つな、よろず差図に従って働けい」

と呼ばわり、総勢密集して、足なみそろえて進み、敵に近づくや二百梃の鉄砲をこめかえこめかえ三度一斉射撃し、敵の色めくところを、一斉に抜きつれて斬って入ったので、二万余の敵は足の立てどもなく敗北した。それを急追したので、敵の全軍が崩れ立ったとある。

天野の覚書は立花家の一手で明軍三十万を斬り崩したように書いているが、諸書を参酌すると、毛利元康もまた横槍を入れており、小早川隆景が兵を迂回させて敵の背後の山をこえて襲撃させている。かれこれあいまって、明軍大いに乱れ、ついに大敗北したのであろう。これは敵側の記録ともよく符合する。

ともあれ、碧蹄館の敗北によって、明側は日本軍の最も恐るべき敵であることを知って、これまでの策謀的講和を捨てて、まじめに考えるようになったのだが、この戦いにおける第一の殊勲者が宗茂であることは、すべての史家の認めるところである。

十二

朝鮮役は、秀吉の死によってうやむやのうちに中止になり、諸将皆引上げた。宗茂は慶長三年十二月四日に日本に帰着した。この時、宗茂ちょうど三十であった。

帰国後しばらくして、不和が原因で宗茂は夫人誾《ぎん》千代と別居することになった。不和の原因はわからない。誾千代は年長でもあり、家つき娘でもあり、またその性質が女としては強気にすぎたのかも知れない。もしそうであったとすれば、宗茂のような剛直な人間とは、おれ合う可能性は至って少ない。あるいはまた立花家の家つきの家来共と宗茂について高橋家から来た家来共とが折合が悪く、それが自然二人を不和にしたのかも知れない。あるいは、上述の二つがからみ合っていたのかもしれない。

二人の不和は以前からだったらしいが、誾千代は道雪の一粒種だというので、秀吉が特に好意をもっていたので、宗茂はきらいでもどうすることも出来なかった。また朝鮮出征が前後七年にわたっているので、よその目に立つようなことは生じなかったが、こんど帰国すると、もうはばかる人もない、ついに別居に至ったのであろう。

宗茂は柳川城外小一里の宮永村に別宅をつくり、ここに夫人をうつし、扶持を送るだけで、足ぶみもせず、夫人もまた城を訪れることはなかった。

それから二年目、関ヶ原役がおこった。宗茂は故太閤の恩に感ずることが深い。大坂の奉行らの招きに応じて、西方に味方することにして、柳川を発して東に向った。兵数は不明であるが、大体二千から三千の間ぐらいであったろう。この出陣にあたって、後のことからの情況判断をすれば、誾千代はこの出陣に反対したのではないかと思う。

「立花家安泰のために、そんな冒険をしてはならない」

という趣旨でだ。気の強い家付細君としてはこのような一言があってしかるべきところではなかろうか。

いよいよ柳川を出て、瀬戸内海を東に向う途中、家康からの手紙を持って来た使者と会った。その手紙をひらいてみると、「われらに味方せられよ。勝利の暁には五十万石進じ申すべし」とあった。

宗茂は、「すでに大坂に味方することにきめました以上、武士として心を変ずべくもござらぬ。ご前よろしく申上げ下され」と答えてことわって帰したが、あとで家臣らに、

「恥かしいことよ、五十万石という文字を見た時、ふと心が迷ったわ」と笑って、家康からの手紙を引裂いて海に捨てたという話がある。

宗茂は関ヶ原の大会戦に参加していない。その以前に行なわれた大津城の攻撃に参加し、大津が開城した後、そこを守備すべき役であったのだ。

この大津城の攻撃は、大坂七手組の諸将、九州の諸将、合して一万五千で行なわれたのだが、立花家の銃撃の猛烈さに、味方の諸軍目をそば立て、城方も応戦に苦しんで、立花家の攻め口に向った壁面の矢狭間《やざま》（銃眼）をしめ切ったという。当時の鉄砲は先込めであるから装塡に大へん手間どるのであるが、宗茂の軍勢は一発ずつの分量の火薬をつめた小さい竹管を多数縄につらぬいて弾帯として肩にかけていたので、装塡がまことに手早く、他家の鉄砲隊が一発撃つ間に三発撃てたというのだ。なんでもないことのようだが、宗茂の軍事的才能の卓抜さを見るべきことであろう。

関ヶ原役が西軍の完敗におわったので、宗茂は大津を撤退にかかったが、瀬田の唐橋を大坂からつかわされた一隊の軍兵共が焼き落そうとしていると聞き、馬を走らせて行ってみると、橋上に山のように薪を積み上げ、今や火を放たんとしている。宗茂は隊長を呼び、

「以てのほかのことをする。源平の昔から東国勢の京へ攻め上って来るを防ぐため、京方では定まってこの橋を落したものだが、それによって利を得たためしは一度もない。諸人のなやみ、国の費《つい》えとなるだけのこと。わしがこれから伏見にいるかぎり、必ずし

かと防戦する。橋のあるなしにかかわらぬ。焼くことかたく無用にせい」

ときびしく戒めて薪を取捨てさせた。

宗茂は源平の昔と言っているが、瀬田の橋を焼いて防戦しようとしたのは、遠く天武天皇の時の壬申《じんしん》の乱にさかのぼることが出来る。その後、源平時代の治承・元暦、鎌倉時代の承久の乱、南北朝時代の元弘、室町時代の応仁の乱、いずれも京にこもる側はこの橋をおとして戦っているが、勝利を得たことは一例もないのである。

家康はあとで、宗茂がこの橋を焼かせなかったことを聞き、

「立花は聞きしよりもはるかにやさしき心掛の者である」

とほめたという。この場合のやさしき者は才学ある者という意味であろう。心得があるということ、風流であるということ、共に学問の嗜《たしな》みの上に生ずるという観念が当時はあったのである。

宗茂は三日間伏見に逗留して大坂に下り、西軍の総帥と仰がれていた毛利輝元に、大坂城に籠城して拒戦することを説いたが、輝元は煮え切らない。増田長盛に説いたが、これも煮え切らない。二人とも敗戦におびえ切って、どうしたら責任を免れて家康の怒りを避けることが出来るかと、それしか考えていなかったのである。宗茂は腹を立てた。

「揃いも揃った腰抜けじゃわ。かかる人に語られて、一味して馬鹿骨おったおれがお人よしだったのだ」

と、帰国の途についた。

残念なことをしたものだ。この時から十四年後に大坂の役がおこっているのだが、その時には大坂の人気はすっかり落ちて、味方する者は浪人ばかり、大名は一人もいなかった。しかし、この時なら、徳川の天下はかたまっていない。故太閤の威光のなごりはまだまだ強烈だ。浪人武士だけの籠城でも、冬の陣には徳川方に分はなかったのだから、この時毛利をはじめ大坂与力の大名らが籠城すれば、東軍には絶対に分はない。戦いが長びけば、家康に味方している諸大名の心だってどう変動するか分ったものではないのだ。

ここで輝元が決断しなかったために、毛利家は百二十万石から三十万石に切り縮められ、十五年後、豊臣家は最も悲惨な最期をとげなければならなくなったのだ。輝元の阿呆、家康の幸運、豊臣家の不運である。もっとも、そうならないように、家康は家康として大いに手を打ってはいるが。

十三

帰国の海上で、どこの港であったか、宗茂の船団は、やはり関ヶ原役に西軍に味方して、帰国する島津義弘入道惟新の船団と一緒になった。

宗茂が前期朝鮮役における第一の殊勲者なら、義弘は後期朝鮮役における第一の殊勲者だ。義弘は泗川において、明軍二十万をわずかに五千の兵で痛破したのだ。当時日本軍は秀吉末期の遺言で引上げにかかっていたが、これを知った敵が無闇に攻撃に出て、困却しきっていた。この義弘の快勝があったため、攻撃がゆるみ、スムーズに引上げが行くようになったのだ。

こんなことで、両者たがいに尊敬し合っている上に、今や同じく敗戦引上げの身の上だ、宗茂が義弘の船を訪問すると、義弘はよろこび迎えて歓談した。以後、両家の船団はならんで航海したが、ある日、宗茂の家臣らが宗茂の前に出て、

「島津が兵ことのほかに手薄であります。ご実父紹運様のご無念を晴らし給うよき機会と存じます」

と言った。宗茂はかっと怒り、

「阿呆なこと申すな！」

とどなりつけ、やがてじゅんじゅんと、

「いかにも島津は紹運様のかたきだ。しかしながらあのことは故太閤殿下のおとりなしで、すでに水に流して久しく、その後は親しい友垣としてつき合って来ている。その上、考えても見よ。こんどは同じく秀頼様にお味方して、不幸戦いに敗れて帰国する途中だ。相手の備えの少ないにつけこんでこれを討取るなど、おれには薄ぎたないことの第一に思われる。おれはいやじゃ。その方共もつまらんことを考えるでない。男のふるまいはどこまでもいさぎよくなければならん」

と説き聞かせたという。最も男性的なる道義感情だ。最も強く男の感動をさそうものがある。いよいよ豊後沖に達して別れる時、義弘は、

「豊後・豊前の地は黒田如水の兵がかためているとうけたまわる。その中を押切ってのご通行はご難儀なことと存ずる。一緒に薩摩に参られぬか。貴殿と拙者とが合体して戦おうなら、後の世の語り草になる戦いも出来ようと存ずる」

とさそったが、宗茂は、

「いやいや、やはり柳川へもどりましょう。如水老もさすが古兵《ふるつわもの》ではござるが、死を決したる拙者がおし通るものを、よもさえぎりとめることは出来られますまい」

と答えて別れ、豊後府内に上陸して柳川に向った。

宗茂は途中さえぎりとどめられることもなく、柳川に帰りついたが、帰省後すぐ、どうやら誾千代夫人との間に口論があったらしく思われる。

「申さなかったことではございません。立花家はあなた様のなされたことによって滅びるのでございますよ」

と、怒りと怨みをこめて言ったと想像してよいであろう。宗茂としては、返すことばもなかったろう。英雄でも、豪傑でも、女房には歯は立たない。

間もなく、鍋島勢がおしよせた。鍋島家は西軍に味方して伊勢方面に出動して東軍方の諸城を攻めたりしていたのだが、関ヶ原の敗報を聞いて狼狽し、黒田長政と井伊直政を頼んで、降伏を申入れたのだ。家康が、

「罪はゆるすが、つぐないを見せよ。そなたの隣国立花を討ってさし出せ」

と言った。早速に馳せ帰り、柳川目ざして進んで来た。つづいて、黒田如水・加藤清

正も来向いつつあるという知らせが入った。

宗茂はそれらの諸軍の来路に兵を分遣しておいて、柳川の正北方一里半の八ノ院に鍋島勢を邀撃《ようげき》し、十二段にかまえた敵を九段目まで撃破したが、兵力つづかず、退却した。鍋島勢もまた追撃には出ず、八ノ院にとどまった。

この際、誾千代は宮永館で、紫縅《むらさきおどし》の鎧を着けて床几により、侍女二百余人を武装させてかためたところ、譜代の家来らが宗茂の許しを乞わず馳せ参じて、なかなかの勢となったという。誾千代の男まさりの剛気もだが、譜代の臣らの家つき姫君にたいする気持がどんなものであったか、従って主君夫妻の不和にたいしてどう思っていたか、大体推察がつこう。宗茂にしても、誾千代にしても、人なみはずれてかしこい人々だから、こうではいけないと思い、なやみもしたであろうが、どうにもならなかったのであろう。夫婦男女のなかというものは、今も昔も同じだ、運命的なものがある。

誾千代の宮永村の防備には、加藤清正がその抵抗の強からんことをはばかって、瀬高から別路をとって白鳥に進んだという話が旧柳川藩志にある。

しかし、清正や黒田如水との戦争はおこらなかった。宗茂の武勇と人物をおしんだ清正が降伏をすすめ、宗茂主従の身がらの安全を身にかえても保証すると言ったので、そのすすめに従ったのである。

降伏の条件として、宗茂夫妻と随従の家臣らは、徳川家の沙汰があるまで清正があずかることになったので、宗茂は家臣らに城中に貯蔵の金穀を分けあたえ、身のふり方は

それぞれの意志にまかせると申渡して、十一月三日城を出た。すると、百姓らが多数路に土下座して、さえぎりとどめ、

「わたくし共ご領内の百姓共は忠義一途に凝りかたまっていますれば、お侍方に少しもおとらぬものであります。ご人数にご不足はありません。兵糧米も奉ります。ご開城ご降伏は切に思いとどまりませ」

と、泣いて徹底抗戦を説いたと、名将言行録にある。民政の行きとどいていたことがわかるのである。

清正は瀬高と柳川の中ほどの三橋村まで宗茂を出迎え、歓談しながら瀬高の本城にかえり、丁重に饗応して深夜まで酒をくみかわした。その時、宗茂の態度が悠々として少しも平生にかわらなかったので、清正の家臣らは、

「さすがは大明《たいみん》・高麗《こうらい》の人々にまで恐れられた立花殿である。いかなる豪気な大将でも、かような時には少しは悪びれる風のあるものであるが、まことに見事である」

と感嘆したと、これも言行録の伝えである。

十四

肥後では宗茂は玉名郡高瀬に居住し、誾千代は同郡腹赤《はらあか》村に居住した。こうなっても同居しない。不和は深刻をきわめたものだったのだ。

立花家の家来共は大方が柳川で帰農したり他に仕官の途をもとめて去ったりしたが、

なお宗茂夫妻を慕って肥後に来た者が百数十人あった。これは二派にわかれて、宗茂と誾千代につかえた。清正はこの者共の分として一万石をあてがったという。

徳川家は島津征伐を計画し、如水と清正に九州大名を部署させたので、清正は宗茂に功を立てさせてもとの身分に返してやろうと思い、先鋒たらんことをすすめたが、宗茂は、

「それは出来ぬことでござる。この期《ご》になって、わが身いとしさに、親しき友、味方を誓った者を討つことは、心に恥じるところでござる」

とことわった。また、清正は自らの所領のうち玉名一郡をあたえようと言った。清正は宗茂を自分の家来にしたかったのだ。宗茂にはわかっている。

「公儀からたまわるなら格別、貴殿より賜わるのでありますなら、一郡はおろか、肥後一国を賜わりましょうとも、お受けは出来ませぬな。ま、ご芳志だけをお受けしておきましょう」

とことわった。これも言行録にある。

慶長七年の春、宗茂は肥後を去って京に出た。自分派と誾千代派にわかれている家来共の空気が鬱陶しかったのと、世がどう変りつつあるかを見きわめたかったのであろう。由布《ゆぶ》雪下《せっか》、十時摂津以下十九人が従った。一の家老の小野和泉以下が肥後にとどまった。誾千代守護のためである。清正は和泉に四千石、以下の者もそれぞれに給与額をきめて召抱えた。

京都ではある禅寺に止宿した。その間のこととして、色々な逸話がある。

その一、これは旧柳川藩志と言行録にある話。宗茂は肥後を出る時、清正からかなりな餞別をもらったのであろうが、何せ大人数だ、やがて底をついたので、家来らは宗茂には知らせず、乞食したり、人夫働きしたりして、生活費をかせいだ。十時摂津は尺八をよくしたので虚無僧となって稼いだが、これが一番収入があったという。

その二、これも言行録だ。ある日、普通の飯に炊くほどの米がなかったので、雑炊にして宗茂に供すると、宗茂は膳の上をながめ、不興げに言った。

「いらざることをいたす。飯のままで出せばいいに、汁かけ飯などにして出す。汁をかけたるがほしくば、おれが自分でかけるわ」

こうなってもなお失《う》せない大名気質の大様《おおよう》さで何にも知らないのだ。家来らは覚えず胸がせまり、涙をこぼしたという。

その三、これは読者からの教示だ。柳川地方に伝承されている話だという。ある日家来らが残飯を干飯にこしらえるためにひろげて外に干したまま外出し、宗茂ひとりがのこっていた。俄か雨が降って来た。家来共は出先きで、

「殿様が気がつかれて、あの干飯を取入れて下さるじゃろうか」

という話が出、

「もしさような些事に気がつかれるようでは、殿様のご運命もひらけようがない。どうかお気がつかれぬように」

と語り合って帰ってみると、宗茂はのんびりと書見をしており、干飯はびしょびしょに雨にたたかれていたので、人々は殿様のご運命未だ尽きずと、涙を流してよろこんだという。前条の話と似ているが、もっと味わいが深い。読者の名を逸しましたが、厚くお礼申上げます。

その四、これも言行録。加賀の前田利長の使者が来て、十万石で召抱えたいと言ったところ、宗茂はそれには返事せず、ひとりごとのように、

「憎いやつめが、腰ぬけの分際して、色々なことを申す」

と言ったので、家来共は座のとりつくろいようがなく、こまったという。

誾千代が腹赤村で死んだという知らせの来たのは、その年の冬であった。十月十七日に死んだという。享年三十五。伝えるところはないが、宗茂はどんな気持であったろう。翌慶長八年冬、宗茂は江戸に出て、高田の宝祥寺を寓居とした。間もなく将軍秀忠に知られて召出されるのである。が、その動機がおもしろい。旧柳川藩志によるとこうだ。

江戸に出て来ても貧しいことに変りはない。家臣らが乞食したり、人夫働きしたりして養っていた。ある日、十時摂津が尺八を吹いて町に托鉢していると、当時江戸に多かったあばれ者共三人が、摂津に喧嘩を吹っかけた。摂津は主人の境遇を思い、迷惑をかけることを恐れもしたし、あるいは幕府がわざとさせているのかも知れないと思い、逃げたが、追いかけて斬りつけた。尺八であしらっていたが、あしらい切れず、相手の刀をうばって、忽ち三人を斬って捨てた。町奉行に知られ、老中土井大炊に知られ、将軍

世子秀忠に知られたというのだ。ともあれ、翌九年正月三日、宗茂は江戸城に召出され、封五千石、相伴衆《しょうばんしゅう》にとり立てられた。

翌々年のまた正月三日には奥州棚倉一万石。

十四年後の元和六年八月、立花家にかわって柳川の領主となっていた田中氏が嗣子なくして絶家したので、十一月二十六日十一万石余をあてがわれて柳川の領主にかえり咲いた。慶長五年冬三十二でここを去ってから二十年目であった。

彼は寛永十九年十一月二十五日、江戸で死んでいる。享年七十四。

徳川家光

一

家光の父は徳川二代将軍秀忠、母は崇源院、俗姓浅井、名はお江《がう》。「ごう」と発音する。お督と書いた書もある。督も「がう」と訓《よ》む。平家物語に高倉天皇の悲恋の相手「小《を》督《がう》のこと」が出ている。「かみ」が音便によって「かう」となるのだ。この変化は旧仮名遣いでなければわからない。新仮名遣いでは変化のあとがたどれないのである。「お江《え》与《よ》」という説もある。

お江は淀殿の妹である。淀殿は三人姉妹で、長が茶々、すなわち淀殿、次ぎがお初、末がお江である。幕府祚《そ》胤《いん》伝には「御実名達子」とあるが、一般にはお江という名で知られている。

言うまでもなく、この三人姉妹は、織田信長の妹お市が江州小谷《おだに》の城主浅井長政に嫁して生んだのである。長政が信長と不和になってほろぼされた時、三人はお市に連れられて織田家にかえって、信長のはぐくみを受けて育ったのだが、その後十年、信長が死んで、天下は羽柴秀吉と柴田勝家の争覇の形となった。それにつれて、信長の子供らも二つにわかれた。信長と同時に死んだ長男信忠の子三法師と次男信雄《のぶかつ》とは秀吉がきちんと抱きこみ、三男の信孝《のぶたか》は勝家が抱きこんだ。お市は兄の死後はこの信孝に養われることになる。

信長の死んだ時、お市は三十六になっていたが、天下一の美女と謳《うた》われた艶色はなお人の心を動かすに十分なものがあった。その美貌に柴田勝家が心を動かして信孝に所望したのか、信孝がこの美貌の叔母を餌《えば》にして勝家と自分との連繫をかためようと考えたのか、いずれにしても結局は両者の連繫を強化することになるのだから同じことになるわけだが、お市は勝家に再縁することになった。勝家の居城である越前北ノ庄（今の福井市）に行く。三人の娘らも連子としてともなわれた。信長が横死したのは六月だが、これはその九月である。

ところが、この翌年四月には、柴田が賤ヶ岳で秀吉に敗れ、北ノ庄は落城、炎の中に自殺しなければならないことになる。

お市は、柴田が、

「お身は故右府公の妹御なれば、羽柴も情《すげ》なくはせぬはず。出城あれよ」

とすすめたが、きかず、夫に殉じた。お市三十七、勝家五十四であった。

お市はそれほど勝家を愛していたわけではあるまい。彼女が浅井家に嫁したのは政略のためである。だから、利害が相反して来ると、夫は兄に殺された。二人の間には三人も子供が生まれているというのにだ。次に柴田に再嫁したのも政略のためだ。しかもその柴田は足かけ八カ月の後には、また殺されることになった。戦国の世に武将の家に生まれた美しい女の悲哀を彼女は満喫したのだ。

「もうこりごりだ。生きていれば、また政策のためにどんな結婚をさせられるかわからない」

と考えて、夫とともに死ぬ道をえらんだのであろう。果してそうなら、彼女の死は、女を利用することしか考えない当時の社会の習慣にたいするレジスタンスであったといえよう。

以上、お市の運命を相当くわしく書いたのは、三人の娘らの運命が母におとりなく数《さつ》奇《き》であり、うちお江の運命がその子家光に影響するところが大であるからである。

北ノ庄の落城の時、お市の三人の娘らは城を出されて、秀吉の陣中に送られた。この時、茶々は推定十七歳（河出書房版日本歴史大辞典）、お初は不明、お江は十一歳（幕府祚胤伝）であった。

茶々が秀吉の第二夫人となり、最も秀吉に愛せられ、山城の淀城をもらって、その頃日本にはもうあとを絶っていた女大名となり、秀吉から「淀のもの」と呼ばれ、世間から「淀殿」と称せられ、やがて秀頼を生み、秀頼とともに徳川家にほろぼされた人であることは、説明するまでもなく周知のことだ。

二番目のお初は、三人姉妹の中でも最も平穏な生涯を送っている。お初は秀吉が口をきいて、京極高次に縁づけた。京極氏は近江の守護大名であった佐々木氏である。同族である六角氏と近江を二つに分け、北部を領有していたのだが、この時代にはひどくおとろえていた。ところが、高次の母は浅井家から来た人であるから、高次は淀殿といとこ同士であった。また高次の姉は若狭の守護大名武田孫八郎に嫁していたが、孫八郎の死んだ後、秀吉にその美貌を見込まれて妾となった。こういう重々の女縁があるところから、秀吉は高次をとり立て、近江大津の城主とし、お初とめあわしたのである。

高次は関ガ原役の時、東軍に属して大津城を守って西軍に抵抗したが、関ガ原の決戦の行なわれるつい前に開城してしまった。それで家康のきげんが悪く、どうなることかと運命が気づかわれたのであるが、家康の詰問にたいする家老の答弁が巧みだったので、家が安泰であったばかりでなく、加増までもらった。しかし、これにはお初の妹のお江が家康のあとつぎ秀忠の夫人であったことも大いに力になっているだろう。

さて、お江だ。

お江ははじめ尾張の大野城主佐治与九郎に縁づいた。おそらく天正十一年中であろう。つまり、柴田のほろんだ年だ。すなわち年十一である。

尾州には大野という土地が三カ所ある。一はずっと北部の葉栗《はぐり》郡に、一は海部郡の蟹《かに》江《え》の西二キロほどに、一は知多《ちた》郡の知多半島の半ばから少し北によって伊勢湾に面してあるが、佐治氏のいたのは知多郡の大野である。

佐治氏は六万石ぐらいの大名であったが、織田信長の家と身代のちがいはあっても対等につき合っている家で、お市の次の妹は佐治八郎信方に縁づいている。与九郎は名は一成、八郎の子である。だから、お江もいとこ同士で結婚させられたわけである。

ところが、この翌年、小牧・長久手の合戦がはじまった。佐治はその居城のある場所からいっても、これまでの織田家との関係からいっても、織田信雄・徳川家康の連合軍側となるよりほかはない。しかし、妻の関係上秀吉側との親しみがないわけではない。佐治の立場は苦しいものだったろう。そのためであろう、名前の出るほどの善戦はしていない。ただ一つ、玉輿記に、戦争がすんで、家康が尾州西部から引上げようとして、佐屋《さや》川にさしかかると船がなかった。佐治は船をとり寄せて家康に提供したということが出ている。

玉輿記によると、たったこれだけのことを、秀吉は怒って、お江をとり返したという。先ず使者を大野に送って、

「茶々が病気である。お江に会いたがっている故、至急よこしてくれるよう」

と言って、お江を呼びよせ、

「佐治はおれが相聟《あいむこ》たるには不足な男じゃ」

といって、大野へ返さなかった。

佐治は恥じいきどおり、男がすたったとて、入道して清哉（柳営婦女伝系では巨哉）と号して隠居したという。

秀吉はお江を養女とし、羽柴秀勝に縁づけた。

ところが、この当時、羽柴秀勝という人物が二人いるのだ。一人は信長の四男で秀吉の養子となった人物であり、一人は秀吉の姉瑞竜院日秀の次男である。すなわち殺生関白の異名をうたわれた秀次の弟だ。これも秀吉の養子になっているので、ややこしい。専門の歴史家すらついうっかり混同して記述しているくらいだから、古来の書物にもその混同がある。さしずめ、玉輿記、柳営婦女伝系も、混同している。両書とも、実は信長の四男と書きながら、朝鮮役に出征してかの地で戦死したとしているのだ。信長の四男の秀勝なら天正十二年に十八歳で内地で病死しているのであり、朝鮮で死んだのは日秀婆さんの次男なのである。

こんなわけであり、他に参考にすべき書物もないので、お江の再縁の相手はどちらの秀勝であったか、古来誰も突きとめていない。

もし信長の四男の秀勝であるなら、お江の再婚生活は一年しかなく、お江は寡婦になったはずである。

日秀婆さんのせがれの方なら、文禄元年まで生きているから、八年くらいは再婚生活を経験したはずである。

秀吉はお江をこんどは九条左大臣道房に三婚させたが、お江は二女を生んだ後、また道房に死別したと、両書とも記述している。しかし、九条道房はこの時代にはまだ生まれていない。道房の父幸家の間違いでないかと思ってみたが、幸家は文禄元年にやっと七つであり、その死は徳川四代の将軍の時代寛文五年である。では幸家の父兼孝ではどうかと見ると、これは三代将軍家光の寛永十三年に死んでいる。九条家には一人として符合する人物がいない。幕府祚胤伝には、羽柴秀勝とお江との間に女子が一人誕生したが、これを成人の後九条幸家に縁づけて、その間に道房が生まれたとあるが、このことがまぎれて上記両書のような話になったのかも知れない。

ともあれ寡婦となったお江を、秀吉は文禄四年九月十七日に、家康のあとつぎ秀忠におしつけた。

おしつけたとはひどい言い方をするようだが、秀忠はこの時十七歳、一方お江は二十三だ。しかも、再婚ないし三婚した女だ。母のお市や姉の淀殿に似て美しくはあったろうが、ほしがってもらうほどの相手ではない。おしつけられたといっても、言いすぎではないだろう。

結婚の場所は伏見であったというから、伏見の徳川邸に輿入れしたのであろう。

二

女には天性母性愛がある。妹が兄を母性愛ともいうべき愛情をもって世話する例をわれわれはよく見るのである。妻の夫にたいする世話のしぶりにもそれがある。その夫婦がもし妻の方が年上であれば、それは一層強くあらわれる。年下の夫は可愛いものだとよく言われるのがそれであるが、それは往々にして最も強烈な独占欲となって来る。姉女房に、嫉妬深くて、夫を常に手もとに引きつけておかないと安心出来ないという人がよくあるが、それはこのためである。

お江はそういう姉女房であった。おかげで、秀忠は若い時は天下一の大々名の嫡子という身分であり、中年以後は征夷大将軍でありながら、お江一人をまもりつづけ、一人の側室もおくことは出来なかった。晩年に一度だけ大奥の端下女《はしため》に手をつけ、妊娠させたが、それを知ると青くなって狼狽し、その女をぜったい秘密と厳命して家来にあずけた。男の子（会津藩祖正之）が生まれたのだが、認知もせず、対面もしなかった。お江の怒りがこわくて、出来なかったのである。

こんなわけで、お江はせっせと子供を生んだ。男子三人、女子五人、総計八人を生んでいる。

最初は千姫だ。慶長二年に伏見城で生まれているから、結婚の翌々年である。

次ぎはねね。慶長四年生まれ、江戸城で誕生だ。成長の後加賀の前田家に縁づいた。

次ぎは勝姫。慶長五年生まれだ。年子《としご》である。成長の後、越前宰相忠直に縁づいた。いとこ同士の結婚だ。

次ぎは長丸《ちょうまる》。慶長六年生まれだ。これも年子。はじめての男の子で、皆よろこんだが、翌年病死した。

次ぎは初、これも年子だ。成長の後、京極忠高に縁づいた。忠高は高次の子だ。いとこ同士の結婚である。

以上、年子の連続だ。お江が手をゆるめず秀忠をおさえつけていたことがわかる。次ぎ次ぎに、ごくひんぱんに生んでいるのだから、体質もまた強健であったのであろう。

次ぎが本篇の主人公家光だ。慶長九年七月十七日の誕生。幼名竹千代。

次ぎが忠長。慶長十一年十二月三日生まれ。幼名国丸。一説には国千代。また一説には国松。最後の国松が最も広く通用している。

次ぎが和子。また年子だ。成長の後、後水尾《ごみずのお》天皇に入内して中宮となり、東福門院と称せられるようになる。

三

家光を伝する場合、ぜったいに逸することの出来ないのは、春日局である。

春日局は美濃の豪族で、戦国末期に一流の勇士として、また明智光秀の腹心の重臣として有名であった斎藤内蔵助利三《としみつ》の女《むすめ》である。本名お福。

斎藤内蔵助がどれほどの豪傑であったかは、こんな話が伝わっていることをもってもわかる。

内蔵助は一時やはり美濃士《ざむらい》で姻戚でもある稲葉一鉄《いってつ》につかえたのだが、光秀がよく士を遇すると聞いて、一鉄のもとを去り、光秀に仕えた。一鉄は光秀に返してくれるように交渉したが、光秀が聞かないので、信長に訴えた。信長は光秀を呼んで、

「斎藤は一鉄が家来の由、返しつかわせ」

と命じたところ、光秀は、

「斎藤は得がたき知勇の士であります。かかる者を拙者が召抱えましたのも、他に理由はありません。ひとえに君のおんためよき働きしてご奉公せんがためであります」

と抗弁した。

信長は怒り、光秀のもとどりをつかみ、

「おれが言うことをきかぬか！　推参なるやつめ！」

とどなって、二、三間もつき飛ばしたばかりか、斬ろうとして脇差を抜きかけまでした。光秀がすばやく隣り座敷に逃げたので、事なく済んだ。光秀は涙を流して、

「面目を失うた」

といって退出したので、人々は日向が風情ただごとでないとささやき合った。つまり、内蔵助の争奪にからまることを、光秀謀叛の原因の一つにしているのである。

どの程度まで実在したことか、わからないのであるが、原話は川角《かわかく》太閤記に出ているのだ。当時から世に信ぜられていたことであるのは確かだ。つまり、それだけ、斎藤内蔵助は世間から高く買われていたのだ。

内蔵助は光秀の叛乱においてもずいぶん働いたし、山崎合戦でも奮戦したが、戦い敗れると巧みに戦場を離脱して、生国の美濃に潜伏するつもりだったのか、あるいは当時は秀吉に対抗する大名らが多数いたから、それらの許を頼るつもりだったか、東に向い、大津まで行った時、捕えられた。明智が最も頼みとした人物として、秀吉の憎悪が集まっている。また厳刑に処さなければ、世間も納得しなかったからであろう、粟田口でハ

リツケにかけられた。

お福はまだ四つという幼さであったので、母のいとこである稲葉重通が引取り、養女としてはぐくんだが、そのうち、その家の養子で、つまり義兄にあたる稲葉正成が妻と死別したので、その後妻にされた。

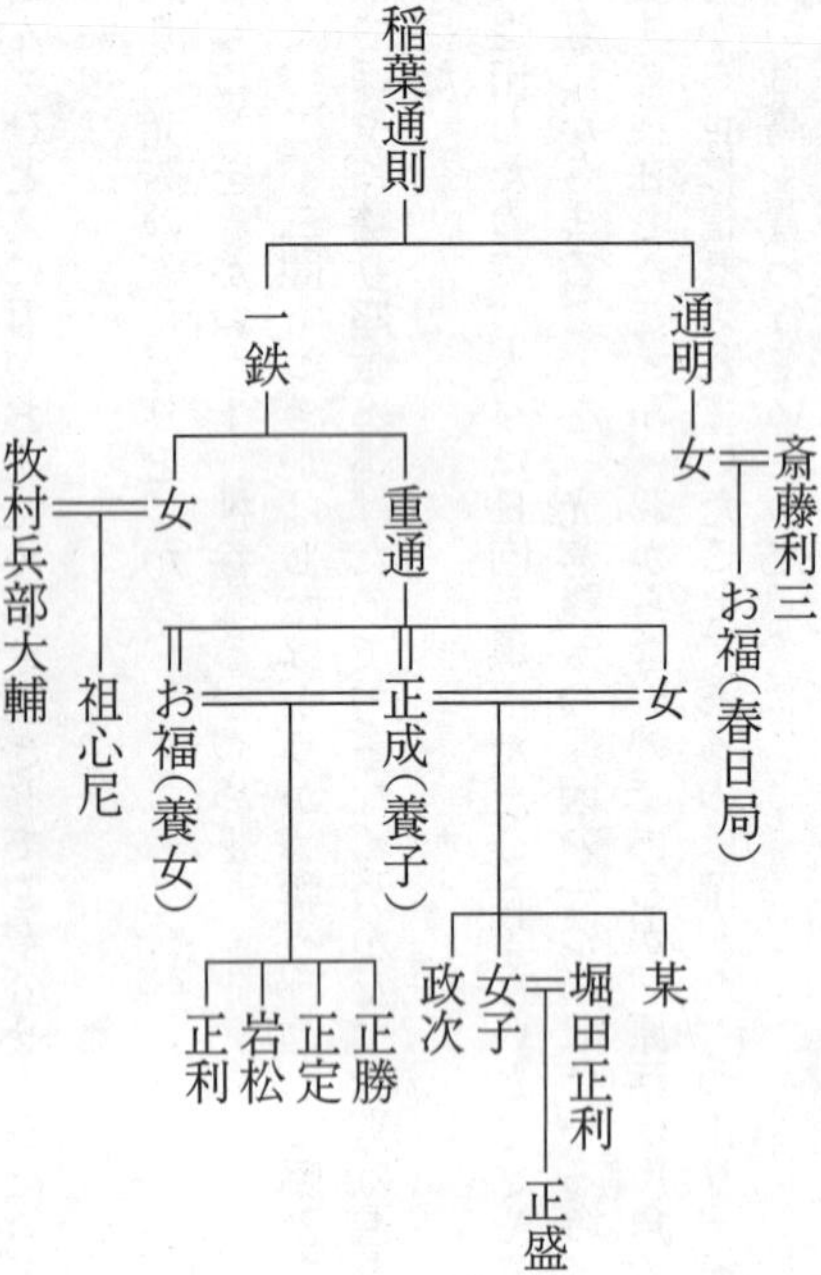

右のような続柄《つづきがら》になる。

正成には二男一女があったというのに、お福はまだずいぶん若く十四、五歳であったようだ。お福にとってはあまり気のすすむ結婚ではなかったろうが、養われた義理があるので、いやといえなかったのであろう。正成との間に男の子が四人出来ている。正勝、正定、岩松、正利（寛政重修諸家譜）。

正成は秀吉につかえ、秀吉の命によって小早川秀秋の家老となり、五万石を食《は》む大身となったが、関ヶ原役のあった翌年、主人と意見が合わず、岡山の城下を立ちのいた。一族全部甲冑を着し、鉄砲切火縄をたずさえて立ちのいたというのだから、追手がかかったら一戦あえて辞せない覚悟であったのである。

岡山を立ちのいた後、生国美濃に閑居していたが、その間に下女に手をつけた。お福は激怒し、その女を斬り、自分の生んだ幼い子供だけを連れて京に出た。

一説によると、下女ではなく妾で、正成が他にかこっているのを知って、正成の不在中に、ことば巧みに家に呼びよせ、刺し殺したのだともいう。

いずれにしても、ずいぶんはげしいが、これがこの時代の武家の女の気風だ。まして、お福ははげしい上にもはげしい性質である。

ともかくも、京に出たのであるが、どれくらい京に閑居していたろう。せいぜい一年くらいのものだったのではないだろうか。

慶長九年七月、家光が江戸で生まれると、幕府は民部卿局という女中を京に上せ、乳母となる者をさがさせたが、当時の京都の婦人らは、関東を恐ろしがって行こうという者がなかった。江戸が京都・大坂にどうやら対抗出来るようにひらけて来たのは、元禄頃からのことだ。慶長九年頃の江戸と来た日には、大名屋敷がぼつぼつ建ちかける頃で、町もさびしければ、人の気も荒々しいところだったのだ。優雅な文化と人気になれた京の婦人らが行きたがらなかったのは無理はないのである。

いたし方なく、当時の所司代板倉勝重は粟田口に札を建てて、乳母募集のことを一般に広告した。

お福はこれを見ると、早速所司代屋敷に出頭して、応募の旨を申入れた。

板倉はお福に会って、聞いてみると、斎藤内蔵助利三の娘で、稲葉正成の妻であるという。勝重は、

『生家といい、養家といい、夫といい、すべて武勇すぐれた人々じゃ。あっぱれ、天下を治め給う将軍家となり給う若君を育て申すにはかっこうの者じゃ』

と、大いによろこんで、関東に送った。

四

竹千代は幼い頃、父母にあまり愛せられなかった。父母の愛は竹千代に二年おくれて生まれた国松に厚かった。

それというのも、国松の方がかしこかったからである。故三田村鳶魚《えんぎょ》氏の説によると、

竹千代はどもりであったという。子供の間はこうしたことは相当精神にこたえる。後には豪傑で類《たぐい》まれな横着ものに成長して行った伊達政宗のような人すら、目ッかちであったため、少年時代は内気で、ともすれば顔を赤くして恥かしがったので、実母をはじめとして諸老臣のほとんど全部が武将となるべき器《うつわ》でないと考えていたというのだ。竹千代も劣等感のとりことなり、無口で、陰気な少年となっていたのだろう。武野燭談に「公ご幼穉《ようち》の頃はいと小心におはして、温和にのみ見え給ひし」とあるのがそれである。

これにくらべて、国松は活発で明るく諸事気がきいている。

親の本能として、愛情は長より幼に厚いものだ。幼いものの方が庇護を要するから、自然がそんな本能を賦与したものに違いないが、女親にはとりわけこの傾向が強い。これも子供を育てるのは主として雌の仕事であるからであろう。さなきだに、愛情は幼に厚いのに、幼い者の方が諸事すぐれているとあっては、お江の愛情は国松に厚からざるを得ない。

「国殿、国殿」

と、下へも置かぬ可愛がり方だ。

こういう場合、父親がその行きすぎをおさえなければならないものであるが、秀忠は結婚以来この姉女房の尻にしかれっぱなしだ。女房の意志を規制するどころではない。これもまた、

「国殿、国殿」

と、言っているうちには、目に入れても痛くないほどに愛するようになった。子供にたいする愛情はそんなものだ。可愛い可愛いといって可愛がっていると、いやが上にも可愛ゆくなるものである。

春日局筆と伝えられ、日光輪王寺に所蔵されて国宝となっている「東照大権現祝詞」に、「崇源院（お江）様、君（家光）をにくませられ、悪《あ》しくおぼし召すにつき、台徳院（秀忠）様も、同じおん事に（て）、二親ともに憎ませられ云々」とあるのが、この間の消息をよく語っている。

将軍夫婦がこうであると、家臣らの気持もそうなる。明治になって出来た書物だが、「徳川太平志」というのがある。その中に、

「秀忠もみ台所もことのほか国千代を鍾愛し、そのあまりには竹千代をうとむ様子さえ見えたので、諸臣も自然国千代の方を重く見て、伺候する者もそちらへ行く者のみが多く、将来は国千代様がご世子に立ち給うのであろうと皆思った。将軍夫婦の待遇も、偏《へん》頗《ぱ》があって、国千代の方には毎晩み台所からいろいろな飲食物を給わり、またおりおりの服飾品や玩具類に至るまで結構なものを下さったが、竹千代の方はまるで顧みられなかった。竹千代が七歳の時疱瘡をわずらった際も、おつきの者以外は誰も見舞に来なかった。（これは誤り、家光は二十五の時疱瘡にかかっている。この時家光はすでに将軍であったが、台所の役人が忠長のために家光と全然同じ膳部をこしらえていたので、酒井忠勝が怒って膳をたたきつけたという話がある）またたまに来る者があれば、将軍夫妻のごきげ

んにかなわない風であった。乳母の春日局はいたくこれをなげいて、御用の呉服方後藤縫殿助《ぬいのすけ》に話をし、その好意によって、竹千代の衣料を調えた。家光は後藤の好意を徳として、その方の恩は生涯忘れない、忘れるに於ては神罰を蒙るであろうと自筆の書を与えたという」

とある。どんな書にもとづいてこの記述をしたかわからないが、情況から判断すれば、最もあり得べきことである。

こんな風であったので、お福は心痛して、伊勢参りに行くと言い立てて江戸を出、駿府の家康のところに行き、これを訴えた。

家康は一言の問返しもせず聞きおわったが、忽ち、

「女のせまい料簡でなにを申す。将軍家の心をいいかげんに推しはかってはならん。黙れ、黙れ」

と、叱りつけて追い帰した。

しかし、間もなく、供まわりも少なく、ふらりと江戸に出かけた。

秀忠はおどろいて神奈川まで迎えると、

「急に孫どのらを見とうなっての」

という。

秀忠はすぐ引きかえした。

翌日、家康は江戸に入ると、竹千代と国松丸とは、幸《さいわい》橋まで出迎えた。孫らを見る

ために来たと家康が言ったので、秀忠が二人をそろえて迎えに出したのであろう。

家康が西の丸に入ったあと、二人が伺候すると、家康は竹千代には、

「おお、おお、竹千代どの、大きゅうなられたのう。ここへござれ、ここへござれ」

といって、自分のすわっている上段の間に呼びよせてすわらせ、いとも丁重にあつかったが、国松が兄につづいて上段の間に上ろうとすると、手を振って、

「国は下にいよ」

と言って、下段の間にすわらせた。

また、菓子をあたえるにも、家来共に、

「先ず竹千代殿にまいらせよ。次ぎに国にもつかわせ」

と、はっきりと嫡庶の区別を立てて見せたので、秀忠夫妻も家康の意のあるところがわかった。家臣らはもとよりのことだ。竹千代を大事にするようになった。

以上は武野燭談の説である。三田村鳶魚氏はその著「徳川の家督争ひ」の中で、これを元和元年十月十日のことと考証している。つまり、豊臣氏が大坂でほろんだ五月後のことである。鳶魚氏の考証した通りであるなら、この時竹千代十二、国松十である。

お福の働きがなくても、家康の目の玉が黒いかぎり、嫡庶の順を狂わせるようなことはさせなかったに違いない。それは、竹千代の器量のためではない。家康は徳川家万代のため、長子相続のルールを確定しておきたかったのであろう。この規定にももちろん欠陥はある。不肖の者が長男であるために将軍となって天下を治めるめぐり合わせにな

ることもあるが、それは老中らが適当に補佐すればなんとかしのぎがつく。ルールが確定していないと、代がわり毎に相続争いがおこり、天下が両《ふた》つどころか、将軍の子の数《かず》ほどの党派に割れ、ついには家を危くすると考えたのであろう。家康らしい行きとどいた思案である。

こんなわけで、家康の生きているかぎり、竹千代が相続者の位置からはずされることはなかったに違いないが、その家康はこの翌年四月に死んでいる。こうなると、竹千代のお福をありがたがることは一通りや二通りではない。生涯お福を大事にしている。

先ず、その家族らをとり立てている。

お福と稲葉正成との間に出来た稲葉正勝は老中となり、八万五千石、その子正通の代には十四万石となっている。正勝は父正成のあとを嗣いだのだが、正成が二万石で召出されたのが、すでにお福の縁による。さらに二万石から八万五千石や十四万石までとるようになったのは、もちろんお福の七光りによる。

堀田正盛はお福の義孫にあたる。正成の前妻が生んだ女《むすめ》、すなわちお福にとっては継《まま》娘《むすめ》が堀田勘左衛門正利に嫁して生んだのだ（一三四頁系図参照）。お福は正盛を自分の養子分とした。そのため、その立身はおそろしく迅速なことになった。正盛の父正利はわずかに千石とりの旗本に過ぎなかったのに、正盛は家光の世となると、老中となり、ついに十五万石の大身となっている。

お福の言うことが何によらず聴き入れられ、その権威が当時の人々に恐れられたことは大久保彦左衛門の逸話でわかる。島原一揆のおこった時、江戸城中で討手の大将には誰をつかわされるであろうかと、色々うわさをし合っているところに、彦左衛門が登城して来て、この話を聞いて言った。

「各々の思案は皆あたり申さぬ。誰彼と申そうより、討手の大将とご目代《もくだい》とは、春日局と南光坊（天海）とが仰せつけられるでござろう」

人々が笑って、

「戦さの場に行くのでござる。女と坊主が何の役に立ちましょう」

というと、彦左衛門は、

「かかる時ご用に立つは、日頃よほどに上様から大事にされている人でなくばならぬ。今日この二人ほど上様に大切にされている人はござらぬ。必ずご用に立つべきものと存ずる」

といったというのだ。彦左衛門のことばはもちろん悪謔《あくぎゃく》であるが、お福がどんなに家光に大事にされていたかがわかるのである。

家光はお福の生前、お福の菩提のために神田湯島台に五千坪の地、木材、白銀三千枚をあたえて、麟祥院天沢《てんたく》寺を営ませ、徳川家の菩提寺に準ずることにし、寺領三百石を寄進している。

恩を忘れないのは人間として大事なことには違いないが、政治権力の第一人者――国王であるとか、大統領であるとか、日本の武家時代の将軍であるとか、いうような人々の報恩のしかたは普通人と違わなければならない。生涯を気楽に送られるようにしてやるのが限度で、自らの持つ政治権力にタッチさせるようなことをしてはならないのである。一人の恩に報いるために天下を苦しめることになるからだ。

幸いにして、お福は道義的な性格であり、女にはめずらしく意志的な人でもあったので、政治にタッチしても悪害をなすことは少なかったが、それでも一人の人間がこれほどの権力を持つことになれば、害悪が生じないとはいえない。いろいろなことがあるのである。その一例。

寛永五年八月十日、老中井上主計頭正就《かずえのかみまさなり》が殿中で目付豊島《としま》刑部に殺されるという事件がおこった。その原因に、お福の権勢がからんでいる。

井上は四人の娘がいたが、三人はすでに縁づいて、一人だけまだ家にいた。豊島はそのことを知っていたので、同役の島田越前守の息子の嫁に世話したいと思い、島田に話をすると、島田は乗気で、よろしく頼むと答えた。豊島は井上家に行って、話をもちかけると、井上は返答を渋っている。

「ご当家は大名、島田は旗本、釣り合わぬ縁と思《おぼ》されるか」

と、豊島は突っかけた。江戸初期の旗本はあらッぽいのである。

「いやいや、さようではござらぬ。拙者が渋っているのは、拙者は数ならねども老中職をかたじけなくし、島田殿はお目付、お世話なさる貴殿もお目付、三人ながらお大切なお役儀についています。それが縁を結んでは、党派をつくろうとしていると人に言われるかも知れぬと案じてのことでござる。しかしながら、さほどまで仰せられる上は、いかで異議いたしましょう。よろしくお願い申す」

と、井上は言った。

豊島はよろこんで辞去し、島田方にこのことを通じた。島田方のよろこんだことは言うまでもない。

その後、間もなくお福から、井上家に使が来た。

「ご息女を出羽山形城主鳥居左京亮《さきょうのすけ》忠政殿のご舎弟土佐守成次殿の奥方につかわさるまじきや。わたくし、おとりもちいたします」

という口上だ。

井上ははたと当惑した。これが普通の人から言って来たのなら、すでに島田家と縁談が出来ていると言ってことわることが出来るのだが、相手が家光が実母以上に慕い、また立てているお福だけに、テキパキとことわるわけに行かない。ことわるにしても曲《きょく》がなければならないと思った。

「仰せの趣きは、追ッつけ、参上してご返答申し上げるでありましょう」

と答えて使を返し、井上自身、大奥に参上して、お福に会って、委細のことを話した。

お福としては、ここで無理押しをすべきではないのだが、こう言った。

「話はよくわかりましたが、島田家との縁談はまだ上様に申上げておられるのではありませんから、これは内々の談合であります。わたくしの話はそれとは訳合《わけあい》がちがいます。

ご承知の通り、鳥居家は先代の元忠殿が関ヶ原ご陣の際、伏見城を死守して忠死をとげられたお家であります。されば、上様はいつもあの家を特別なものに思し召しておられます。この縁談のことも、実はかねて大御所（秀忠）様からわたくしに、成次殿によき奥方を世話するようとのお話がありましたので、方々に心をつけていましたところ、お前様に年頃の姫君がおられると聞きましたので、大御所様にも申上げ、お許しをいただいているのでございます。お前様の話は内談、こちらは上聴に達していること、いずれに従わるべきかは分明《ぶんみよう》でありましょう」

たとえ、大御所秀忠の内意を受けているにしても、すでに縁談がきまっていると知ったら、秀忠の名など出すべきではない。

「存ぜぬこととて、失礼を申しました。お前様の家に悪かれと思うて申したのではありませんぞえ。それはお察し下さい。いく久しくめでたくあられますよう」

というようなことを言って話を引ッこめるべきなのだ。秀忠だとて、事情がわかれば諒承するはずである。そうしたからとて、別段秀忠の権威が軽くなるわけのものではない。だのに、こんな風におしつめて行ったところに、賢いようでも、お福が権威にほこる心があったからだと考えないわけに行かない。

こんな工合に秀忠の名前まで出して説かれると、井上としては拒絶することが出来ない。それでは島田との話は破談にいたしますと答えて帰り、豊島刑部の許に使者をつかわした。

「先般、貴殿のお取持ちにて島田殿と縁談が調いましたが、存ずる子細のござれば、これは破談にしていただきたい」

豊島は大いにおどろいて、深い子細のあることと存ずる、それを承らずば、島田へ話も出来申さぬと、きびしく論判した。それにたいして、井上は、

「存ずる子細があるだけのことにて、申上ぐるほどのことはござらぬ。ただただ、縁談は破談に願い申す」

という。

しかたがない。豊島は島田家に言ってやり、破談のことを承諾させた。

間もなく井上家と鳥居家の縁談がととのったという発表があった。鳥居家が旗本で、あまり景気のよくない家であったなら、そうでもなかったろうが、出羽山形二十六万石、秀忠や家光の受けもよく、羽ぶりのよい家だ。豊島は、

「さては、主計頭《かずえのかみ》の古狸《ふるだぬき》め、鳥居の大身に目がくらんで、見かえたな！」

と激怒した。

この時代は、大名と旗本との軋轢《あつれき》のはげしかった時代だ。荒木又右衛門らの伊賀越えの仇討の根底にあるものが、大名と旗本との反目軋轢であることは、広く知られていることだが、それのあったのはこの時から六年後である。外様《とざま》大名と旗本とが不和であったことはもちろんだが、譜代大名と旗本のなかも決してよくはなかった。同じく先祖代々苦労して徳川家をもり立てて来たのに、一方は大名になって世を豊かに渡っている

のに、一方は旗本となって貧しく送らなければならないのであるから、不平不満が起こるのは当然である。豊島刑部の井上正就にたいする怒りには、旗本のこの不平不満も手伝ったのであろう。

　ついに八月十日、殿中に待ちかまえていて、井上の通るのを、うしろから主計頭殿、主計頭殿と二度呼びかけ、立ちどまりふりかえるところを、少々御意を得たし、と言いながら近づき、

「この間の遺恨、お覚えあるべし！」

　と叫びざま、脇差を引きぬき、真向《まっこう》から切りつけ、二刀で斬りたおした。小十人《こじゅうにん》青木久左衛門という者が、はるかに見て、飛んで来、うしろから抱きとめた。豊島は井上にとどめを刺そうとして、離せ、離せ、ともがいたが、青木がはなさないので、刀を逆手《さかて》に持ちなおし、おのが胸先をつらぬき、あわせて青木をもつらぬいてたおれた。壮烈、凄惨をきわめた最期は、さすがにこの頃の武士の剛強さである。

　春日局は決して悪い女ではない。徳川家にたいする忠誠心という点から言えば、第一級といってよいであろう。また善意に満ちた女性でもあったろう。彼女の善行美事として伝えられる話は実に多いのである。しかしながら、人間社会の複雑さは、忠誠心や善意だけで始末のつくものではない。権勢ある人とあってはなおさらのことだ。権勢ある者が動けば、影響するところが大きい。山が動けば付近の人家や人畜に大被害があるようなものだ。彼女としては、余計なことをしてはならなかったのだ。乳母は乳母なのだ

から、つつましく分をまもっているべきであったのだ。権勢に乗じたお福がいけないことは言うまでもないが、責任は、乗じさせた家光に先ずあろう。

五

家康の機略によって竹千代の世子《せいし》たることが確定すると、武野燭談によると、秀忠は輔導の臣をつけた。酒井忠世、土井利勝、青山忠俊の三人である。

「忠世は徳川家代々の家老の家の者であるだけでなく、行儀厳正、年長《とした》けてものなれている故、竹千代が万事に慈悲深くして軽はずみにならぬよう導け。利勝は明敏で才知すぐれている故、機に臨み変に応じて、よき策を立てるように導け。忠俊は剛強にして不屈の性質なれば、竹千代の勇気を引き立て、柔弱にならぬように導け。その方共三人、隔意なく、心を一つにして、竹千代が行く末頼むぞ」

と言ったという。この三人を、当時の人々は智・仁・勇のご輔導役といったと伝えている。

三人はそれぞれ熱心に竹千代を輔導したが、竹千代は土井利勝以外の二人をきらったという。土井利勝は家康の落胤《らくいん》であるという風説が当時からあったくらいで、容貌もよく似ていた。この風説にいうところはどうも本当であるように、ぼくには思われるのだが、それはこの際必要がないから深く入らない。ともあれ、家康も秀忠も大へん利勝を信任している。またその信任にそむかないほどの働きもあった。利勝はかしこい人であったし、機略もある人で、竹千代にたいする輔導も、やわらかで、うまみのある行き方をしたので、家光は気に入っていたが、他の二人はそうは行かない。

酒井忠世は家柄から言っても徳川家では大事にしなければならない人で、同役の二人も忠世には手をついてあいさつするほどである上に、当人の忠世が威厳のある人で寡黙であったので、家光は恐れはばかっていたというのだ。

徳川実紀に引く葛藤別紙という書に、ある時竹千代が大手前を通りかかって、そこにあった邸を、誰の屋敷じゃと問うたところ、おつきの者が、

「酒井雅楽頭《うたのかみ》（忠世）の屋敷であります」

と答えると、竹千代はぷいと顔をそむけたという話が出ている。恐れていただけでなく、きらってもいたのである。

しかし、これはまだよい。竹千代が最もおそれたのは、青山忠俊であった。竹千代に過《あやま》ちがあれば、強諫してはばからなかった。強情をはって改めないと自らの脇差を脱して次の間に投げすて、大肌ぬぎになり、竹千代の膝にのしかかって、

「われらが申すことがお気に召さずば、われらをご成敗あって後、お心のままに遊ばされよ」

と極言《きよくげん》するのが常であったと、これも武野燭談にある。

藩翰譜にも、「忠俊は譜代の人々多い中に、保傅《ほふ》（もり役）の重職に任ぜられたことに深く感激して、若君が立派に育ち給うように考え、ある時はやさしく教誨し、ある時

はご機嫌をもはばからず強諫した。だから、竹千代君がご幼少の頃は、大へん忠俊を恐れはばかられたので、自然行状も正しくあられ、将軍家（秀忠）も深くよろこんでおられたという」とある。

忠俊の極諫の例として伝わっているのは、徳川実紀附録に、榊原日記と名臣金玉を引いて、こう記述している。

これは家光がすでに将軍になってからのことだ。その頃、小袖に綿を厚く入れ、他は薄くして仕立てる着物がはやったが、ある時家光がそのはやりの着物を着ていると、忠俊が出仕した。見るや、眼をいからせて、

「このご軽薄な御装束《おいでたち》は何事でござる。まさしく将軍たるお身でありながら、衣紋《えもん》のはやりを追い給うなど、あってしかるべきことではござらぬ」

と、家光の着物を引っぱって諫めたという。

また、その頃家光は踊りが好きで、家来共に踊らせて見物もしたが、自分もよく踊った。ある時、その踊装束をしようとして、髪を結い、合せ鏡をしていた。そこに忠俊が来た。いきなり、家光の側により、鏡を引ったくって庭に投げすて、

「それが天下を保たせ給うおん方のご所行でござるか。おなごのするようなことをして、あわれ、お情なきなされ方！」

と、きめつけたという。

こんな風であったので、家光も幼少の頃は恐れていたが、成人して来ると、忠俊を憎

むようになり、ついに勘気蟄居を命じた。忠俊は武州岩槻五万石の所領を召上げられ、遠州に配流《はいる》され、十八年後に配所で六十六で死んだと、藩翰譜にある。

以上のような事実はどう解釈すべきであろうか。家光を英邁と見る人は、その英発する気性が自らを拘束するものをきらってはねのけずにいられなかったと解釈するであろうが、英邁でないと見る人は、単にわが儘で放縦で、そこらにごろごろしている無頼の少年的素質で、とうてい天下人《てんかびと》たるの器量はなかったと解釈するであろう。

いずれの解釈があたっているかは、後年の性行で見るよりほかはない。織田信長がもし少年時代に死んでしまったら、一個の無頼の悪少年にすぎないと評価するよりほかはないようなものだ。

さて、竹千代は元和六年に元服して家光という名になった。国松も同時に元服して忠長と名づけられた。すでに江戸に来ていた勅使が位記《いき》を伝達する。家光は正三位権大納言、忠長は従四位下参議兼右近衛権中将。家光は十七歳、忠長は十五歳だ。

二人を同日に元服させ、同日に任官させ、その官位にもそれほどの差をつけていないところ、秀忠夫妻が忠長にたいしてなお絶ちがたい強い愛情をもっていることが感ぜられる。もっとも、これは秀忠夫人が主動者で、秀忠は引きずられているのであろう。

家光が将軍になったのは、この時から三年後の元和九年七月であった。家光二十歳である。

秀忠は家光とともに上洛して、将軍職を辞し、家光に将軍職を受けさせた。宣下《せんげ》は伏見城で行なわれた。

徳川将軍はこの家光までが京に上って将軍宣下を受けたが、あとはずっと江戸で受けている。財政上、上洛出来なかったのである。家光の時まで、江戸幕府は諸国の金山が盛況をきわめている上に、貿易の利などもあって、金銀財宝うなるばかりで、大へんに富有であった。家光は前後三回上洛しているが、それはいずれもおそろしくはでなもので、皇室や公卿・殿上人、神社仏閣等にたいする贈りものや寄進もおびただしく、京の町にすら銀を下賜した。寛永十一年の三度目の上洛の時には銀十二万枚を下賜した。これは一戸あたり百三十四匁八分二厘であったという。銀六十匁を金一両というこの数年後の換算率で計算してみると、金なら、二両二四七だ。匁にして八匁九八八。一匁二千五百円とすれば、二万二千四百七十円。全戸にそれをくれたのだから大束《おおたば》である。

これほどの徳川家の富が、この家光の時代に鎖国したため、貿易の利が入らなくなった上に、次ぎの家綱の世になると、金山も衰微したので、次第に財政難に陥り、将軍宣下のために上洛しようにも上洛出来なくなった。十五代目の慶喜《よしのぶ》は京で宣下を受けているが、これは幕末のあのさわがしさのため、役目がらたまたま京都に滞在していたから、京都で受けたにすぎない。

家光が毫末も吝嗇《りんしょく》な心がなく、施与を好んだことは、徳川実紀に実例をあげて特筆してあるが、それは家康以来の蓄積がある上に、なおどしどし金銀が府庫に入って来たからである。こんな境遇にいて、吝嗇だったら、病的な人物といってよかろう。きればなれがよいからとて、美徳としてとり立てて言うほどのことはあるまい。

六

さて、家光は将軍になったが、この頃のこととして、最も有名な話が伝わっている。

家光は外様大名を集め、

「この度余が将軍となったについて、その方どもに申しわたすことがある」

と前おきして、

「前代までは腹からの将軍ではなかった。その方どもと同列の大名であった時期もある。それ故に、その方共にたいするあしらいにも、その含みがあったが、余は生まれながらの天下人である。これまでとは格式をかえ、その方共を譜代大名と同じく家来として遇するから、さよう心得るよう。もし不承知の者あらば、謀叛いたすがよい。今日より三年の猶予をつかわす故、国許にかえって、その支度をいたせ」

と、高飛車に宣言しておいて、居間に引きとり、一人一人呼んで、自分は無腰でいながら、刀をあたえて、ぬいてよく中みをしらべよと言ったので、外様大名全部、威におされて、平伏したきりであったというのである。

一体、家光は小心で、吃りで、ものを言おうとする時には酒を飲んで、いくらか口がきけるようになったという人である。二十歳頃から元気がよくなったと伝えられているが、それでも諸大名が参覲交代する時には、出入りには必ず将軍に謁見してあいさつをし、将軍またこれに返事をするのだが、その際にはいつも酒井忠勝（前出忠世とは別系統、若狭小浜《おばま》の酒井家の先祖である）が「お取合《とりあい》」としてついていたというのだ。お取合とは助手だ、助手がついていなければ、適当な受答えが出来なかったという次第だ。

こんな家光が、外様大名にたんかを切って、大見得が切れたのは、裏に演出者がいたからであろうとは、容易に推察されることだ。その演出者は誰であろう。土井利勝あたりではなかったろうか。利勝はなかなかの権謀家だ。この以前、秀忠の時代には計略にかけて、千姫事件の坂崎出羽守を片づけており、この以後には家光のかつての有力な競争者であった忠長を殺して家光を安心させ、その数年後に大老に任ぜられている。その利勝にとって、家光に芝居をさせて、さなきだに幕府をこわがっている外様大名らの荒ぎもをひしぐくらいのことは、何でもないことであったろう。

こんな次第であるから、将軍職就任のはじめに、外様大名らを恫喝《どうかつ》したという事実をもって、家光の英邁を証明することは出来ないのである。

家光の逸話として後世に伝わっていることは、その多くは感心出来ないものである。少し列挙してみよう。

その一。

家光は若い頃には女にたいして全然関心がなく、美少年ばかりを寵愛していた。彼の寵童はずいぶん多数あるが、最も有名なのは堀田正盛と酒井重澄《しげずみ》の二人だ。堀田は前にも書いたように春日局の継孫《まままご》でその養子分となった人物で、あとで老中にまでなった。

酒井重澄は本来は酒井姓ではなく飛騨国守であった金森可重《よししげ》の七男であったが、非常な美少年だったので、家光に寵愛された。家光は愛するあまり、酒井忠勝の養子分として酒井の名字を名のらせた。徳川家において酒井という名字は容易ならないものであるのに、寵愛のあまりにそれを名のらせたのである。また、三万石の大名にまで取立てている。

この重澄が病気で引きこもっている間に、妻や側室に子供を生ませたことが家光にわかったので、家光は嫉妬し、重澄を備後福山の水野日向守勝成にあずけ、家は改易にしたという話がある。

これを徳川実紀によって調べてみると、寛永十年五月十三日の条にこう出ている。

「重澄は堀田加賀守正盛と同じく一双の寵臣で、官職の進め工合も同じようにされ、いささかの物を賜わる時でも、重澄は正盛が下になってはならず、正盛は重澄が上になってはならずと仰せられて、全然同じように賜わった。だから正盛を三万石の大名にとり立てられた時、重澄にも三万石下さったのだ。しかるに、どんな理由があったのか、重澄は病気である由を言い立て、出仕もせず自邸に引きこもっていたが、そのうち妻が男子二人生み、妾もまた二人生んだので、重澄の病気は虚病《けびよう》で、実は酒と色にふけっているのだと申上げをする者がいたので、この勘気をこうむることになったのだ」

とある。

これが普通の主従なら、虚病を怒ってこの処置にしたと言えようが、同性愛のなかだったたけに、嫉妬感情があったと古来解釈されているのである。この時、重澄二十七であり、家光三十である。もう二人の間にそんな関係があったろうとは思われないが、家光自身はまだ同性愛の愛好をつづけている。彼がこの趣味を離れたのは、寛永十六年三十六歳からである。

堀田正盛のこの面のことについては、こんな話が伝わっている。家光が将軍になって間もない頃であったようだ。ある日、酒井忠世が家光の許に伺候すると、堀田正盛がはかまをしどけなくはいた姿で、そそくさと出て、あわてた風で他に去った。入ってみると、家光が妙にそわついた顔ですわっている。忠世は用件を言上した後、ふと見ると、書院棚にその頃大へんはやった刑部梨地《ぎょうぶなしじ》の印籠《いんろう》がおいてある。

「あれは何でございますか」

と、忠世がたずねると、家光は顔を赤らめて、

「加賀が……」

といっただけであとは言えない。正盛は十六の時に加賀守に任官している。忠世は、

「いかほどご寵愛のものでも、かかる所に印籠などおかせてはなりません。時と場合というものがございます」

と、諫言したというのだ。

こんな話もある。

家光の寵愛していた少年の一人に、水野成貞がいる。前に出た備後福山の領主水野勝

成の三男で、有名な水野十郎左衛門成之《なりゆき》の父だ。ある時、堀田正盛とともに家光に呼ばれて茶をたまわったが、その時、家光が正盛の方に先きに茶を立ててやったというので成貞は怒り、畳を蹴立ててそのまま退出し、それからはどう召されても出仕しなかったというのだ。荒旗本十郎左の父だけあって、剛強な嫉妬ぶりである。

この他にも家光の男色に関する話はいくらでもあり、故三田村鳶魚氏はたしかなものが十人はあると言っていたほどである。

人間は年頃になると、異性にたいする愛恋の情が出て来るのが普通であり、正常な姿なのであるが、家光は女になんの不自由もない境遇にいながら、いつまでも同性にしか興味を感じなかったのである。この時代の男色の好尚は社会一般の風だったのだから、今日考えられるほど変態的なものとはいえないが、それがいつまでもつづき、異性にたいして全然興味を感じないとあっては、異常である。

その二。

堀田正盛が老中になってからのことだというから、寛永十二年二月以後、即ち三十二以後のことだ。家光の草履とりにひどい反《そ》ッ歯の男がいて、歯が唇の外に出ているので、いつも笑っているような顔に見えた。ある日、家光は鷹野《たかの》のかえりに、猟がなかったので、不機嫌で馬を駆っていたが、ふとふりかえってみると、その草履とりの顔が目についた。家光はかっと怒り、側の者に、

「今あの草履とりが笑ったが、その方も見たろう」

る。あわれと思い、

と、鋭くたずねた。その者は草履とりの顔が生まれつきのものであることを知ってい

「拙者の目には見えませんでした」

と答えた。家光は怒り、

「その方は見たろう」

と次ぎの者にきく。

「見ませんでした」

「なにィ？　見ない？　その方は見たろう」

と、さらに次ぎの者にきく。

「見ません！」

家光は烈火のようにいきどおり、佩刀を持たせている者を呼びよせ、その刀をとって腰にさし、

「卑怯な者共め！　主人を下郎に見かえるということがあるものか！」

といって、馬に輪のりをかけていきり立った。じだんだふまんばかりである。草履とりは塩でもまれた青菜のようになって平伏し、近習の人々もどうなることかと、おびえ切っていると、堀田正盛が来た。

「加賀！」

と、家光は正盛を呼びよせ、

「あの草履とりめ、しかじかであって、無礼なやつ故、斬捨てよ」

と言った。

「かしこまりました」

正盛は言って草履とりを連れ去らせた。

翌日、正盛が出仕すると、家光は早速たずねる。

「昨日の草履とりは斬ったか」

「まだ沙汰におよびませんが、今晩斬ることにいたします」

その後、おりおり、家光は正盛にたずねて催促する。その度に正盛は、今晩とか、明日とか答えてその場をつくろったが、そのうち家光の方でたずねなくなったので、草履とりはいのちが助かったというのである。

これは正盛の機略で、一人の無辜《むこ》を助けたのであって、家光の誇りになることではない。

その三。

家光が隅田川へ行った時、書院番の佐野権左衛門は同じ書院番の人々の弁当番になったので、昼食時にその世話をして、皆がすんだあとで食事をはじめていると、早くも、

「お出まし！」

という。人々は家光の許へ駆けつけた。

家光は今まで人々の食事をしていたところにどしどし出て来た。おくれて食事にかか

っていた佐野は、おどろいて、食事を中止して平伏した。

「不都合なやつだ！　成敗しろ！」

と、家光は叫んだ。これは家光の早合点《がてん》なのだ。家光は弁当がかりという者がおり、その者は食事にかかることが遅いのだということに思いをいたさず、おれが出発するというのに、おちつきはらって食事をつづけている、横着千万、と思ったのである。

堀田でも、阿部忠秋でも酒井忠勝でもよい。この場にいれば、家光に諫言し、なだめて、事なく収拾したであろうが、この時は誰もいなかった。佐野はついに首をはねられたのである。

その四。

これも同様な事件だ。家光が品川に行って舟に乗ろうとしているところへ、四、五人の者が来かかった。

「成敗せい！」

と家光が言ったので、斬捨てられてしまった。

その五。

家光は武術を好んだが、最も剣術を好み、柳生但馬守宗矩《むねのり》について学び、伝授印可まで受けた（寛永譜、柳生家譜）。この剣術好みのためであったろう、夜、時々微行した。ある冬の夜、家光が夜歩きに出かけようとして、草履とりのそろえる草履をはくと、温かいことに気づいた。よく考えてみると、いつもこんな時には草履が温かいことを思い出した。不思議に思って、草履とりに聞いてみた。

「讃岐守様が、いつもお草履をふところに入れてお温めなされているのでございます」

といった。讃岐守とは時の老中酒井忠勝のことだ。後に大老となり、晩年には入道して空印といった人だ。

家光は忠勝が自分の夜歩きを危険がって、ひそかに尾行して護衛しているであろうと察して、以後夜歩きをやめたという。これは空印言行録にある話である。家光が何のために夜間微行したか、明記していないが、「弱冠のおん頃勇気たくましくおはして、内々微行のおん聞えあり」とあるから、辻斬のためであることは明らかである。

諷諫をさとって行ないを改めたのは美事としても、天下人ともあろう人が辻斬を好んで出歩くなど、あってしかるべきことではない。勇気たくましいなどといっていてよいことではない。

その六。

これは三田村鳶魚氏が「徳川の家督争ひ」の中に書いていることで、鳶魚氏は正保元年三月八日のこととしているが、徳川実紀を参照すると、同年二月九日のことになっている。この日家光は千住へ行くといって、乗物で出かけたが、浅草の鳥越橋の先きの旅籠《はたご》町まで行くと、不意に乗物をおり、馬に乗りかえ、

「思い出したことがある。余は帰るぞ」

と言いすて、馬に鞭打って駆け出した。すばらしい名馬である。小十人だの、徒士《かち》だ

のという供廻りの連中があわてて追いかけたが、追いつくものではない。常磐橋まで来た時には、もう十人くらいしかついていない。馬のまわりには堀田正信、阿部忠秋、阿部重次、小十人頭本目《もとめ》直信、新番頭中根正寄、小十人河内吉久の六人だけとなり、家光が大手の門をくぐって玄関についた時は一人もついていなかった。馬をおりようとしても、馬の口をおさえる者もない。やっと本目直信が駆けつけて来て、口をとらえた。つづいて堀田正信が走りついて、還御のおふれをした。家光は疲れ切って、馬からおりることも出来なかったので、正信がかかえおろし、腰をおして奥へ入ったというのだ。

家光は翌日堀田と本目とをほめて、特に本目には金子《きんす》五枚をくれたという。このことは、家光が供の者共の体力を試験したのだということになっているが、家光はこの時四十一だ。同じ試すにしても、四十一にもなった者のやり方としては、少し若すぎはすまいか。三田村氏は家光の精神薄弱者としての気まぐれにすぎず、体力検査というのは、老中らがそういうことにとりつくろったのだと解釈している。精神薄弱から来る気まぐれというのは刻烈にすぎるが、たとえ検査のためであるとしても、年輩にふさわしくかしこい人のやり方とは言えない。

その七。

家光の中年以後、奥讃岐《おくさぬき》、野讃岐《のさぬき》ということばが、当時の幕臣の間でささやかれていた。説明するまでもない。讃岐というのは、大老酒井讃岐守忠勝のことだ。この人は家柄もよい上に、本人もなかなか立派な人物であり、家光にも尊敬され、その言うところ皆聞かれ、非常な権勢があった。だから、奥讃岐というのは大奥の讃岐という意味であり、野讃岐というのは鷹野の讃岐という意味である。奥讃岐とは、春日局（お福）の親戚で、局の死後局にかわって大奥の束ねをしていた祖心尼《そしんに》のことである。祖心尼の言うところ皆家光に聞かれたので、大奥の讃岐守殿という意味でこんなあだ名がつけられたのである。野讃岐は鷹匠《たかじょう》の小野久内《くない》のことだ。いつも鷹狩にお供をして、大へん気に入られ、言うところ皆聞かれたので、こんなあだ名がついたのである。

一体、天下人ともある人が、女中がしらや鷹匠輩のいうことを何でも聞いてやって、権勢を持たせるとあっては、政治の公正をけがすものであり、世の乱れはこんなところからはじまる。かしこい君主は決してしないことである。

七

少し家光の婦人関係をさぐってみよう。

家光の正夫人は関白鷹司信房の姫君であった。名前はどうしたものか、家光の生前は中ノ丸殿、死後落飾してからは本理院殿としか伝わっていない。元和九年十二月に江戸に下って来て、西ノ丸の秀忠夫妻のもとにあり、翌年十二月に本丸にうつって結婚している。この時二十三であったというから、家光より二つ年上である。

この頃の家光は、美少年にしか興味を感じない上に、年上の女だ、しかも、柳営婦女伝系によると大へん嫉妬深かったという。家光が心を傾けようはずはない。中ノ丸にうつして、そちらにはまるで足ぶみもしないで、美少年ばかりを愛していた。

老中らや、お福は心痛した。男相手では世継が出来ないからだ。

お福はやっと家光を説きつけて、自分の縁者である祖心尼の外孫であるおふりを枕席にすすめた。

祖心尼がお福の死後大奥で大勢力を得て、奥讃岐の異名《いみょう》をとったことは、前に書いたが、前に竹中半兵衛伝でもちょっと祖心尼のことに触れておいた。半兵衛とともに秀吉の与力衆となった美濃武士牧村兵部大輔利貞が稲葉一鉄の娘をめとってその間に生まれたのが祖心尼であると書いておいた。お福の母は一鉄の兄通明の女《むすめ》であるから、お福と祖心尼とは義理としてはいとこ、実際には二《ふた》いとこになるわけだ。(一三四頁系図参照)

この祖心尼が蒲生家の老臣町野幸和《ゆきかず》に嫁した。二人の間に生まれた娘が、同じ蒲生の家中岡吉右衛門に嫁して、その間に生まれたのがおふりであった。

岡吉右衛門という名はあまり知られていないが、吉右衛門の兄岡左内貞綱の名は知っている人が相当あろう。戦国末期の第一流の勇士である。関ヶ原役の頃は上杉景勝に仕えていて、伊達政宗と一騎打ちの勝負をしたという人だ。マネー・ビルの名人で、この戦さに際して、景勝に永楽銭一万貫献上したというし、晩年には蒲生家に仕えていたが、死ぬ時、主君忠郷に黄金三万両と正宗の刀一ふり、忠郷の弟忠知《ただとも》には黄金千両と景光の刀と貞光の短刀を、かたみとして献上、また家中の朋輩らにたいしても、それぞれ数十両から数百両の金をおくり、かねて貸しつけていた金銀の借用証文はのこらず本人らに返してやったという話のある人である。キリシタンであったという説もある。

ともあれ、おふりは名門の娘だが、この時代は名門の武士でも娘を身分高い人の側室に出すのを一向恥としていない。この面における日本上流人の道義観念は低いものだったのだ。

さて、おふりは祖心尼から見れば孫にあたるから、お福からすれば二いとこの孫という次第だ。

お福はこの娘を大奥に入れて、家光に提供した。おふりが大奥勤めとなったのは、寛永三年三月であったと幕府祚胤伝にあるが、枕席に侍するようになったのは、数年あとのことになるらしい。家光はお福の言うことだから、ちょいちょいは用いたらしいが、大してはげみもしない。依然として同性に興味を示していたが、おふりが寛永十四年閏《うるう》三月五日に千代姫（後に尾張光友に嫁す）を生むと、もう用事はすんだとばかりに、男色専門になった。

ところが、この家光が自分の方から女に目をつける時が来た。

おふりが千代姫を生んだ翌々年の寛永十六年の三月、伊勢の慶光院の女住職が新しくあと目を相続したお礼のために江戸へ来て、家光に拝謁した。

伊勢の慶光院というのは、禅寺だが、尼寺である。この寺は代々伊勢神宮を崇敬して、戦国時代に神宮の式年造営も思うにまかせなかった時期に、造営に尽力し、また信長、秀吉、家康等の時の権力者ともうまく結びついたので、これらの権力者から出す神宮造営の朱印状は、この頃までは慶光院あてに下付されるほど重んぜられていた。朝廷でもこの寺を重んじて、代々の住職は伝奏を経て勅許され、紫衣《しえ》を賜い、住職には権門の姫君が任ぜられることになっていた。

この時住職になった尼さんは、その素姓は六条宰相有純の姫君で、七歳の時から慶光院に入室《にゅうしつ》して得度《とくど》して、この時十六、六代目の住職となったので、お礼のために江戸に下って来たのであった。

この尼さんを見て、家光はぼう然となった。生まれてはじめて異性にたいしてこんな気になったのだ。思うに、美少年的な、きりりと引きしまった凜々しい感じの少女だったのであろう。

お目見えがすんで、尼公が退出したあと、家光はお福を呼んで、

「慶光院のあの住職、おれは気に入った。なんとかせい」

と言った。

お福はおどろいた。尼さんなど趣味が悪いとは思ったが、三十六歳にしてはじめて女に心を動かしたのだから、これは何とかしなければならないと思った。

もっとも、あとで説明するが、お福はこの尼さんに家光の子供を生ませる気はないのだから、お福のこの時の気持は、親馬鹿のおふくろがわがまま息子の言い分をなんによらず通してやるに似ている。あるいは、これが機縁になって、家光が正常な性愛に目ざめるかと思ったのかも知れないが、それにしても、この尼公は犠牲にされるのである。

ともあれ、お福は、

「かしこまりました。必ず仰せのようにはからいます」

と、答えておいて、大老酒井忠勝に相談した。忠勝もおどろいたが、これから家光の心が女に向いて、あとつぎが生まれてくれれば大いに結構だと思い、

「何とかご上意のようにはからわれるよう」

と言った。

お福は尼公を呼んで口説いた。相談という形式ではあるが、権力者の相談は命令である。尼公は承諾せざるを得ない。しかし、髪を剃った尼を枕席に侍《はべ》らせることは出来ない。還俗《げんぞく》させてお万という俗名にかえらせて、田安御殿におき、ある程度髪の生えそろうを待って大奥に入れ、家光に供した。

お万は美貌でもあれば、素姓が素姓だけに上品でもあり、また才気もあったので、家光はずいぶん気に入り、権勢も一方ならないものになったが、お福はお万には子供を生まさない。妊娠すると堕胎薬を服用させて、みんな流してしまった。お万の生んだ子が将軍になれば、京都朝廷の勢力がのびて来るにちがいないと恐れたのだ。恐ろしい婆さまである。

お万によって女体に開眼《かいげん》した家光は、その次ぎにはお蘭という女を寵愛するようになった。この女は、柳営婦女伝系に、お万に似ていたとあり、また上様のお気に入るべき容貌であったとある。

この女を見つけたのは、一説ではお福であるとあり、一説では祖心尼であったとあるが、多分お福であろう。お福説によると、お福が浅草観音に参詣の途中、乗物の中からその少女を見かけ、供の者に、

「あの娘の住所、親の名、たずねておじゃれ」

と命じ、報告を受取ると早速、娘の両親に会って、

「娘はいず方へも奉公に出すな」

と言いおいて、あとで奥奉公をするように命じたとある。

お福が直接行ったとは思われないから、城に帰ってから、使の者をつかわして交渉したのであろう。

この娘の名はお蘭、その時十九であった。神田鎌倉河岸の古着屋（一説傘屋。また一説では永井信濃守尚政《ひさまさ》の家臣）七沢作左衛門の娘ということであったが、実は作左衛門にとっては妻の連子で、この母子には人に話せない履歴があった。

お蘭の父は本名を一色《いっしき》惣兵衛といって、元来は下総古河《こが》の城下に近い鹿麻《かま》村という農村の百姓であった。気のきいた男だったので、江戸に出て旗本の朝倉家に仕えて、家老にまでなって、主家の名字をもらうほど信任されたが、主人が死んだあと親戚の者が集まって会計検査をしてみると、相当使いこみをしていることが露見した。朝倉家の一族の者は怒って、

「向後、江戸に出て来てはならん。江戸で見つけたら、斬って捨てるぞ」

と厳命して追放した。

惣兵衛は生まれ故郷に帰って、猟師として生計を立てていたが、ある時あやまって鶴を撃ってしまった。鶴は禁鳥で、将軍だけが鷹場で獲る権利を持っていた。大名でも特に許可をもらわないかぎり獲れないことにしてあった。一般の者はなおさらだ。犯せば死罪という法律だ。

惣兵衛は仰天したが、捨てるのもおしく、江戸に持って出て、日本橋の小田原町の問屋に話してみると、こんなものはかえってほしがる人もいるもので、意外に高く売れた。いつも貧しい生活をしているので、これは強い誘惑になった。ちょいちょい密猟しては江戸に持って出て売っていたが、ついに露見して、本人は死罪となり、のこる家族は領主である古河の城主永井信濃守尚政の家の「あがりもの」となった。あがりものとは官に没収されたものを言うのだが、人間の場合は罪人の家族で、官に没収され、自由をうばわれて奴隷となるものをいうのである。王朝時代の官奴、官婢である。

遺族は妻、男の子一人、娘が二人いた。お蘭はその姉の方であった。妻は旗本の家ながら家老の夫人であったこともあるので、当時としては教養のある女で、諸礼作法の嗜《たしな》みがあり、容貌もまた醜くなかったし、男の子も、娘二人もまた美貌であったししたので、妻は紫《むらさき》という名をあたえられて奥女中にされ、男の子は茶坊主にされ、娘二人も女中にされた。

間もなく、永井家の姫君が筑後柳川の立花忠茂に輿入れすることとなった時、紫とお蘭とは姫君つきの女中となって立花家の人となった。二年の後、姫君が病死したので、付添って行った女中らは皆永井家にかえったが、この時、お蘭母子は奴隷の身分を解放された。そのうち縁あって七沢作左衛門に再縁し、お蘭を連子にして嫁したのであった。お蘭の母は以上の話をお福の使の者にすっかり打明けたであろうし、お福もおどろいたであろうが、それでもお蘭を大奥に引取った。

お蘭が家光の寵を受けた動機は、お蘭が故参《こさん》の朋輩らにせがまれて、在所の麦搗唄《むぎつきうた》をうたっている時、その無邪気な様子が、ふと来た家光の心をとらえ、その夜から伽《とぎ》に召されたといわれている。間もなく妊娠して、寛永十八年八月三日に、男の子を生んだ。家光の長男であり、後に四代将軍家綱となる。

かくて、旗本の家老の娘、片田舎の猟師の娘、死罪人の子、一生奉公の奴隷、古着屋の継子という数奇《さつき》な履歴を十九年の間に経て来たお蘭は、将軍世子の生母となり、お楽の方という名になる。

このお楽の方についてはまだいろいろ面白い話があるが、これくらいにしておこう。

次ぎに家光の手をつけたのはお夏という女だ。この女はお福が京からさがして連れて来た女という説があり、正夫人鷹司氏の下婢だったという説があり、はっきりしないが、家光はこれに湯殿で手をつけて、寛永二十一年(正保元年)五月二十四日に男の子を生ませた。この子が後に甲府宰相綱重になる。綱重の子が六代将軍家宣となる。

次ぎに家光が子供を生ませたのは、有名な桂昌院お玉だ。お玉の素姓については両説ある。普通に行なわれている説は、京都のまずしい八百屋の娘というのであるが、この時代の芸州藩の儒医であった黒川道祐《どうゆう》の遠碧軒記という書物には、この八百屋が家に召し使っている朝鮮人の下婢に手をつけて生ませた娘とある。いずれにしても、ひくい身分の生まれである。お玉はお万の方の下婢として江戸に下って来て、城内で奉公している間に家光の寵愛を受け、正保二年二月二十九日に亀松という男の子を生んだが、これは半年で夭死《ようし》した。しかし、もうこの時にはお玉には次ぎが入っていて、翌年正月八日にまた男の子を生んだ。徳松と名づけられた。後の五代将軍綱吉である。

こんな工合で、家光の女色は長足の進歩で、もう稚児さんなんぞ見むきもしない。せっせと女にはげんで、以上あげた者のほかに譜牒《ふちょう》に記されている者がまだ二人いる。そぞろ心のおもむくままにつみすてたのはいくらあるかわからない。彼の死は腎虚《じんきょ》であったと伝えられている。

八

家光の治世にあった政治上のことで重なものは、忠長の処分、紫衣《しえ》事件、幕府の組織の整備、島原の乱ならびに鎖国、日光東照宮の造営と、大体五つであろう。

忠長の運命は母浅井氏が寛永三年九月に死んだ時から傾きはじめたといってよいだろう。彼は母の生きている間は、最初甲州をもらい、信州小諸を加増してもらい、寛永元年には駿・遠五十五万石の太守となり、駿府を居城とし、官位は従二位権大納言、世間では「駿河様」とか「駿河大納言様」とか言って、なかなかの羽ぶりであった。忠長をこんなに優遇したのは、秀忠にとっては妻がうるさかったからであり、家光にとっては母のごきげんとりのためだったのであろう。

だから、その人が死んでしまうと、秀忠としても、家光としても、忠長にたいする態度はかわって来る。秀忠は忠長とて子だし、幼い頃はあんなに可愛がったのだしするから、憎かろうはずはない。忠長がおとなしくしていれば、やはり温かさを失わなかったはずだが、忠長の方では、子供の頃兄貴より大事にされ、兄をこえて自分が将軍にされるだろうと思っていた気持が失《う》せない。兄より自分の方が万事に立ちまさっているという気もあって、それが言行の端々《はしばし》にあらわれる。

こうなると、秀忠は、今はもう憚らなければならない女房もいない上に、次男にたいする愛情より天下のことを考えなければならないので、このへんで忠長の鼻柱をくじいておくことが、天下のためでもあり、本人のためでもあると思ったのであろう、寛永七年十一月、わがままで素行が荒々しいという名目で、甲府におしこめたが、忠長の心がさらに謙虚にならないので、翌年の九月には上州高崎の安藤家におあずけにした。

秀忠はその翌九年の正月二十四日に死んだ。

今や忠長は木から落ちた猿だ。ついに翌年十二月、自害せざるを得ないことになる。

この自害について、こんな話が伝わっている。幕府では安藤家に、駿河殿がご自分の思い立ちで自害されるようにはからえと命じた。

当時の安藤家の当主重長は、忠長はわがままな人ではあるが、死にあたるほどの罪はないと思っている。徳川家万代のためには忠長を生かしておくことはよくないとは思ったろうが、それは政治上の必要であって、罪科とは別である。まして譜代の主筋の人だ。この命令をむごいと思った。しかし、家光が忠長を憎み切っていることはわかっている。命令でもある。いたし方なく、お請けして、家来共に命じて、忠長の住いの庭の広縁に沿って竹で矢来を結いまわさせた。

「なぜこんなものをこしらえるのだ」

と、忠長は安藤家の家来にたずねた。

家来共は、

「これはご公儀からの仰せつけでいたしますので、手前共はくわしくは存じません」

と答えた。

忠長は鋭敏な性質だ。ピンと来た。それで、日暮になると、側近く召使っている女中どもを局々に引取らせた。のこっているのは女小姓二人であった。忠長は一人には、

「酒を燗してまいれ」

といい、一人には、

「そなたは肴を持って来い」

といいつけて立ち去らせた。

間もなく、女中らが命ぜられたものを持って帰って来てみると、忠長は白小袖の上に

黒の紋付の小袖をかぶってうつ伏せになっている。白小袖は血に染み、脇差で首の半ばをかき切り、すでにこと切れていたというのである。

この忠長にたいする処置が適当した処罰であろうと、不当で刻薄な処罰であろうと、これは家光の知恵でも策略でもない。家光は忠長を憎悪していたに相違ないが、策を立てて処置したのは幕閣である。三田村氏は、新井白石が藩翰譜の土井利勝の伝で「大相国（秀忠）かくれさせ給ひし時、利勝ただひとり謀《つまび》をもつて、天下を泰山の安きに置くといふ。そのこと秘しぬれば、詳らかなることを世人知らず」と書いていることをもって、土井利勝のしごとであろうと言っているが、この見当は違っていないであろう。

紫衣事件。

慶長二十年七月十七日に徳川家康が出した公家法度《くげはっと》の中に、諸寺の僧にたいする紫衣の勅許は幕府に相談あってなさるべきことという条目があり、上人号の授与なども慎重であるべしとの条目がある。ところが、この紫衣勅許は朝廷の一つの収入源だったので、公家法度発布後にも朝廷だけの判断で勅許していた。寛永三年に幕府はこれを問題として取り上げ、当時の後水尾天皇がこれまで大徳寺、妙心寺等の僧数十人にあたえておられた紫衣着用の勅許や上人号等を無効であるとして、紫衣と上人号をとり上げた。

坊さん達の間にも抗論がおこり、朝廷も、

「公家法度にそむいたのはもとよりよくないが、すでに綸旨の出ていることであるから、これまでのところは大目に見てもらいたい。以後は大いに慎しむ」

彭《ほう》と幕府に頼んだが、幕府はきかない。最も強硬に抗論する坊さん達、大徳寺の沢庵宗《そう》彭、玉室宗珀、江月宗玩の三人は奥羽各地に流謫《るたく》された。

天皇は激怒された。

「これでは十余年間の数十通の綸旨が無になったのである。天皇の尊厳がどこにあるか。まろは退位する」

と仰せ出された。

幕府の方では待っていましたとばかりに、退位後の天皇のために仙洞御所の造営にかかる。天皇が退位されれば、皇位には天皇と中宮徳川和子（秀忠の女《むすめ》、東福門院）の間に生まれた高仁《すけひと》親王がつかれることになるのだ。この親王は寛永三年十一月十三日の生まれであるから、問題の最も沸騰している五年三月頃はわずかに一年四カ月の幼親王だったのだから、ひどい話だ。

天皇は益々怒っておられると、この年六月十一日、高仁親王が夭死《ようし》された。和子は天皇との間になお二方生んでいるが、いずれも皇女であった。

女帝の先例は奈良朝の孝謙（称徳）天皇以来、絶えている。孝謙女帝のことはめでたい例とはいえないが、天皇は皇女一ノ宮に譲位すると言い出された。幕府はこまった。天皇の退位の思い立ちが幕府との衝突がもとであるだけに、久しく絶えていた女帝を復活しては、幕府は天下後世に何といわれるかわからない。天皇に退位を思いとどまっていただくように嘆願したが、叡慮はなかなか強硬だ。ついに、もみにもんで、寛永六年に至った。

幕府ではお福を上洛させることにした。伊勢神宮・京都清水寺参詣の名目で上り、参内して天皇のお怒りの程度をうかがい、中宮とのおん間柄の工合も打診して、あわよくば天皇のお心をなだめようというのであった。

朝廷では、幕府の大奥においてこそ権勢第一の女であろうが、無位無官の者が参内して天顔を拝した先例はないと、むずかしいことになったが、お福は固く参内を乞うてやまない。お福としては、こうなると、当面の目的より、幕府の権威の問題である、一歩も退《ひ》いてはならないと思ったのであろう。

朝廷ではこまって、色々評定があって、ついに武家伝奏の三条西実条《さねえだ》の妹分ということにして、緋の袴をお免《ゆる》しあって参内、天顔を拝し、春日局の称号を下賜された。

こうしてお福は大いに幕府に威勢のあるところを朝廷に見せつけ、無理に参内し、春日局の称号をもらったのであるが、天皇のお怒りは一層かき立てられ、翌月ついに退位、皇女一ノ宮が即位された。明正天皇である。

紫衣事件は徹頭徹尾幕府側にうまさのない事件である。朝廷から今までのことは大目に見てくれと頼みがあったら、向後のことを固く約束して看過すればよいのである。それで幕府の威も十分に立てば、天皇のご面目も立つのである。あくまでもおしておしまくったのは、幕府がおのれの権威を立てるに急であったためである。この時まで朝幕の間はなごやかであったのに、以後奥歯にもののはさまったような感じになったのは、ほめたやり方とはいえない。

しかし、この事件の間はまだ秀忠が大御所として健在であったのだから、実際の責任は主として秀忠にあると言えよう。

幕府の組織の整備。

幕府の制度が完備したのは家光の時代になってからである。この時代から老中、若年寄、大目付、寺社奉行、町奉行、勘定奉行等の職制がしっかりと立ち、常置の職となったのである。これらは幕府成立以来のこれまでの経験によって、次ぎ次ぎに必要なものが出来て行ったので、別段一人の才覚によってこしらえたものではない。家光の時代に全部出来たのだから家光の功績といえばいえるかも知れないが、出来る必要があって、いわば自然発生的に出来たのだから、家光の功でないといえばそれもまた通る理屈である。

鎖国。

徳川幕府は第一世家康からキリスト教ぎらいであった。貿易の利は大いにほしいから外国との通商は大いに奨励し、外国船の渡来も歓迎していたのだが、キリスト教に対してはしばしばきびしい禁令を出し、信徒を迫害して禁断につとめた。うまい肉だけを食って、骨は吐き出そうというやり方だったが、うまく行かなかった。貿易とともに来るキリスト教の潜勢攻勢にはほとほとこまらされた。

しかし、どうやら大したこともなく家康、秀忠二代を経過して、家光の治世になったが、その十五年目の寛永十四年に、ついに島原の乱がおこってしまった。
この一揆は単なる宗門一揆ではなく、領主松倉氏の苛酷な徴税にたいする反抗と、宗門にたいする弾圧にたいする抵抗とが結びついておこったのであるが、幕府では宗門一揆の方を重く見た。農民一揆でありながら、おそろしく強く、最初の幕府派遣の司令官板倉重昌を戦死させたほどで、乱がおこってから五カ月目にやっと平定した。

幕府はキリスト教に身の毛をよだたせた。貿易の利どころではないと考えた。この頃までまだ諸国の金山の景気がよかったから、貿易の利もおしげなく捨てる気になったのであろうが、金山の景気が悪かったら、幕府の役人らも考えが違ったのではなかろうか。金山の景気はこの時から二十年ばかりで、ばったりと悪くなるのである。

ともかく、幕府は国を鎖《とざ》して、オランダ人と中国人としか、それも額を定めてしか貿易しないことに法を定め、厳格に励行した。キリスト教にたいして徹底的な弾圧をもってのぞむことにしたのはもちろんである。寛永十六年七月十五日、島原の乱の平いだ翌年である。

鎖国ということは、これまでの日本にはなかったことだ。日本は上古以来、自由に門戸をひらいて、外国の文化を受入れて来たのだ。徳川幕府は歴史上かつてなかったことをはじめたのであり、しかもそれを励行するに厳刻をきわめた。このため、いつの間にか、鎖国は日本の建国以来の祖法であるような観念がほとんど全部の日本人の心理に築き上げられた。幕末維新の時代における鎖国攘夷論も、この錯覚からはじまっているものが多いのである。

　長州の長井雅楽《うた》が航海遠略の説をもって、孝明天皇や公家らに、鎖国は寛永からはじまったことで、僅々二百数十年ほどのしきたりに過ぎず、その以前は神代といえども自由に外国と交通していたのであると説いたところ、天皇も公家さん達も仰天せんばかりにおどろいて、

「かほどの卓説をはじめて聞いた。夜の明けたような気がする」

と、感嘆している。

　維新時代の鎖国攘夷の論は、もちろんこれだけが原因ではないが、こういう錯覚からスタートしているものも大いにあるのだ。幕府自身の掘った墓穴といえるであろう。

　鎖国の功罪については、明治以後いろいろな論議がある。よしとする側では、一つ、金銀貨の海外流出をせきとめた。二つ、国を鎖して外からの風の通い路《かよいじ》を塞いだために、二世紀半もの間平和が保てた、こんなに長く平和のつづいたことは世界の歴史に類例がない。三つ、二世紀半の平和の間に、温室《むろ》の中で酒が醗酵するように文化が成熟した。今日日本的文化といわれるものは、皆この時代に出来たものである。四つ、こんなに高度な文化が出来ていたから、明治になって西欧の文化を容易に消化することが出来たのだ。五つ、国をひらいていたら、西欧諸国に侵略されてしまったろう。

　鎖国を可とする人々の説は、大体以上に尽きる。

　鎖国を非とする人々は言う。一つ、鎖国のために、日本は世界の文化の進運に二世紀

半おくれた。明治以来の日本のあわただしさはこの遅れをとりもどすために生じたものである。二つ、鎖国によって生じた功のごとく見えるものは、ことごとく日本人の功であって、鎖国そのものの功ではない。人間は活物である。すぐれた人間はすぐれた活物である。こんな人間はあたえられた境遇に空しく屈服はしない。その境遇内で最も立派に生きる努力をする。このために日本の鎖国も美果をみのらせることが出来たのだ。もし鎖国時代というものがなかったら、それはそれでまた最善の努力をして、よき精華を咲かせたであろう。三つ、以上のようであるから、金銀も流出ばかりはしなかったであろう。かえって流入させたかも知れない。四つ、当時の西欧諸国の有様から見て、日本が侵略されたとは思われない。むしろ日本こそ南洋各地やアメリカ西部に発展していたであろう。

いずれの側にも理がある。こんなことは解釈だから、いずれが当っているかほんとはわからないが、ぼくの好みから言えば、鎖国を非とする議論の方に軍配を上げたい。人間が努力し、成長し、変化する活物であることを認めてこれを前提としない議論は、人間を対象とする問題においては、意味がない。

日中事変のはじまった頃、菊池寛氏と同席した座談会で、鎖国の功罪如何という問題が出ると、菊池氏は、

「鎖国は徳川氏のためにはなったが、日本のためにはならなかった。日本のためには悪いにきまっている」

と、持前の最も直截なことばで言った。

鎖国したために、日本は広い世界からの風波の影響のおよぶのをまぬかれ、コップの中の平和を二世紀半にわたって保ち、徳川家は安泰であることが出来たのだが、そのために日本人は損したという意味であろう。最も端的で、核心をえぐっていると、ぼくは今に至るまで最も感銘深く記憶している。

これも家光が鎖国がよいと主張してきめたわけではなく、大老や老中らのきめたことであろう。この点、家光は信長や、秀吉や、家康とは違う。この人々は皆自分で判断し、自分で決定したのだ。秀忠とも違う。秀忠はこの人達ほどではなかったが、それでも半分くらいは自分で考え、自分で決定している。家光は全然重臣まかせなのである。幕末頃になると、幕府の重臣らも幕府中心の考えから脱却して日本を土台にしてものを考える人もずいぶん出て来るが、この頃の重臣らは一人のこらずお家中心である。幕府の安泰ということだけを考えて、鎖国にふみ切ったに違いないのである。

こんなわけだから、鎖国に罪ありとしても、家光の罪といっては苛酷であろう。将軍は独裁君主という建前《たてまえ》になっているのだから、法理論的に言えば、もちろん家光は責任をまぬかれることは出来ないが、内実に即しての論である。

日光東照宮造営。

家光にとって、家康は最もありがたい人であった。家康が家光を家の相続者と決定してくれなければ、家光は将軍になることは出来なかったのだ。彼が家康を崇敬思慕したことは非常なもので、将軍となって以来、ずっとこの偉大にして、自分にとっては特にありがたい祖父の廟所を、最も壮麗に営みたいと考えつづけていたが、秀忠の生きている間はそれが出来なかった。秀忠が堅実好みの人であったためでもあろうが、一つには自分を廃嫡する気持すら持っていた父にたいするあてつけのようにとられる心配があったのであろう。

それで、秀忠が寛永九年正月二十四日に死に、翌年弟の忠長を自殺させると、十一年には工事設計にかかり、十一月から着手、十三年五月には完成した。結構壮麗をきわめたことは、今日われわれが見る通りである。

従来、この造営が十三年の長年月を要して完成したとか、諸大名の財力をそぐためにうんと金を出させたり、建造物を寄進させたりして、幕府自身はほとんど金を費《つか》わなかったとかいう説が踏襲されてきたが、最近東照宮から出た「徳川家光公伝」に、平泉澄博士と大熊喜邦博士の研究を綜合して書いてあるのを見ると、工事日数は一年半、費用は全部幕府が支出し、それは金五十六万八千両、銀百貫目、米千石であるという。東照宮に諸大名から献納しとある鳥居や、石燈籠や、五重塔や、有名な杉並木の杉なども、皆後年の寄進であるという。

「誰からの寄進も受けない。おれがひとりでやる」

という家光の意志だったというのだ。家康がありがたくてならず、敬愛の情を捧げたくてならない家光としては、もっともなことである。

東照宮の造営は、家光の価値に寸毫の重さも加えはしない。恩になってありがたくてありがたくてならないと思っている孫が、金のあるにまかせて、じいさまのために立派な廟所を営んだというだけのことだ。

日光東照宮が、ある面での日本建築の粋を集めたもので今日立派な文化財となり、世界の人々を驚嘆させていることも、家光の価値には関係のないことだ。これをもし偉大であるというなら、ピラミッドをこしらえたエジプトの古代帝王達は皆偉大ということになろう。

ぼくと違った見方をする人は、家光を英邁不群の将軍と解釈するかも知れないが、ぼくには以上の通り、中以下の人であったとしか考えられない。ちょうど徳川家の勢力が最も堅固にかたまり、将軍が最もはなやかな存在である頃に将軍となり、当時の老中らが懸命になって家光を名君として宣伝したので、名君ということになったのだと思うのだ。

彼の逸話や言行はいくらも伝えられており、ほとんど全部がほめことばで飾られているが、ぼくにはそのほめことばが空《から》まわりしているものが多いように思われるのである。

西郷隆盛

一

鹿児島市の西郊半里ほどに水上坂《みずかみざか》という坂があり、坂を上り切ったところに、藩政時代には「お休み茶屋」という藩の建物があった。参覲交代の往復に、藩主がここで休息して装束がえをし、その間に随従の家臣らは送り迎えの人々と名ごりをおしんだり、久闊《きゅうかつ》を叙《じょ》したりしたのである。

安政元年正月二十一日、島津斉彬《なりあきら》は参覲交代のため鹿児島を出発、ここに休み、しきたりの通り装束を改めた後、ふと思い立つことがあって、随従の者共の見える場所に出て、近習《きんじゅ》の者をかえりみて、

「西郷吉之助と申す者が供の中にいるはずであるが、どの者であるか」

と問うた。

近習の者はおどろいた。西郷吉之助は士分ではあるが、まことに低い身分のものである。どうして殿様はその名をご存じなのであろうかといぶかりながらも、あれこれと見

まわした後、

「あの者でございます」

と指さした。

「ああ、あの者か」

「お呼びでございましょうか」

「いや、呼ぶにはおよばぬ。大きな男だな」

斉彬はしばし目をはなたず凝視《ぎょうし》していた。

この時、西郷はなにをしていたろう。殿様に見られているとは知らず、見送りの弟らと名ごりをおしんでいたのであろうか。同じく随従の友人らと談笑していたのであろうか。それともただひとり大きな目で城下の方や、桜島でも見つめて物思いにふけっていたのであろうか。

これが、西郷が斉彬の目にふれた最初である。

この事実は、斉彬が西郷の存在を前から知っていて、ある興味を抱いていたこと、そしてまたひょっとすると、彼の意志で西郷を特にこの参覲の随従者の中に組み入れたらしいことを語っている。

たしかに、斉彬は、西郷に特別な興味を抱いていたに相違ない。三月六日に江戸につくや、四月には彼をお庭方に任命している。お庭方は庭園のことを司《つかさど》る役目で、賤役《せんやく》ではあるが、特別な手続きを要しないで、随時に会うことの出来る便宜があるのである。

このことを、西郷は後年人に、

「わしが斉彬公の知遇をいただいたそもそものわけはよくわからんが、その以前しばしば藩政についての意見書を藩庁に差出したことがある。それがお目に触れていたのではないかと思う」

と、述懐している。

おそらく、そうであろう。

西郷は下級武士の生まれである。鹿児島藩の制度では藩士をその居住地によって城下士《ざむらい》と外城《とじょう》士《ざむらい》（郷士）とに分ち、城下士を一門・門閥・一所持《いっしょもち》・寄合《よりあい》・小番・新番・小姓組・与力の八階級にわけているが、西郷の家は小姓組である。下から二番目だ。士分ではあるから、殿様に拝謁《はいえつ》の資格はあるが、つまり下級将校だ。この敗戦前の軍の制度では、陸海軍の将校は皆宮中席次を持ってはいたが、下級将校は資格だけのことで、特別な場合以外は宮中に召されることもなく、天皇に拝謁することもなかった。それと同じようなものだ。天皇が特別なことがないかぎり、下級将校の名前をお知りでなかったように、藩主もまた小姓組の者の名前など知ろう道理はないのであった。

西郷はどんな意見書を藩庁に差出したのであろうか。

西郷は十八の時から二十七の時まで、つまりこの前年まで、郡方《こおりかた》奉行の配下に書役《かきやく》（書記）として勤務しているが、その間のこととして、こんなことが伝えられている。

西郷の家はまことに貧しく、彼が郡方奉行所の書役として得る手当は家計上の重要な収入であったにかかわらず、彼は生活に困窮している農家を見ると、自分の家のことも打ち忘れて、手当の一部分を割《さ》いて恵むことがしばしばであったという。

また、ある時、役目のために地方を巡回して農家に泊ったところ、あたかもその家では納税のために牛を売らねばならないはめに陥っていた。主人はその夜牛小舎に入って、泣きながら牛を撫でさすって名ごりをおしんでいた。西郷はそれをひそかに見て、感動すること一方《ひとかた》でなく、くわしく事情を聞いて郡方へ報告し、税額を減じてもらうよう尽力したという。

あわれむべき人を見ては自らの境遇を忘れてしまう強い感動性と愛情の深さは後年に至るまで彼にはきわめて濃厚で、生来的なものだと、ぼくは思うのであるが、こういう性質である以上、彼の藩政にたいする意見書は、ほとんどすべてが民政に関するものであったに違いないと考えてよいかと思う。

民政といえば、当時のこととて、すべて農政のことであったにちがいないと思うが、もし農政に関してのことであったなら、後のことになるが、安政三年の八月頃に、西郷が斉彬から意見を徴せられた時の上書《じようしよ》がのこっているから、それによって、この時代の彼の意見をある程度うかがうことが出来るであろうと思う。

この上書は、当時の郡奉行相良《さがら》角兵衛が農民救助に関して意見書を提出したについて、斉彬はその意見書を西郷に示して、

「そちはどう思う」

と意見を徴したにたいしてたてまつったものである。

相良の意見書はのこっていないので、どんな趣意のものであったかくわしくはわからないが、西郷の答申書から判断すると、

「薩摩領内では百姓が逃散《ちょうさん》して年々に減少し、ために田地も荒廃に帰するものが多く、従って御収納も減少しつつある。これは村々の租税が不公平なためである。検地をしなおして、村々の収穫量を正確につきとめ、徴税を公平にする必要がある」

というのであったらしい。

これにたいして、西郷は、

「御領内で最も近く検地が行なわれたのは、享保年度であるが、その時、村々の耕地が昔より殖えていたら、それはその村の所有高にするとのおふれ出しであったので、村々はなるべく耕地が多いように報告した。しかるに、検地がおわると、これをすべて藩のものにしてしまった。つまり、民を詐術《さじゅつ》にかけたのである。以後、租税の制度も乱れ、民心も失った。すべてこれは一時の功をもとめる奸吏共のなせるわざである。相良の献言によって、検地を行ない、民苦をお除きになろうとの御趣意は大いに結構であるが、役人共の心術が旧態依然では、かえって民の苦となることは明らかである。先ず役人共の心掛けから改めておかかりになる必要があり、然らざるかぎり、一切無益有害である」

と前おきして、縷々《るる》数千言におよんでいるが、彼は肥後の農政の行きとどいているの

と比較して、痛烈に薩摩の農政を罵倒して、「こんな無慈悲な苛斂誅求《かれんちゅうきゅう》をしている国は他国にはない」とまで言っている。また徴税の時の桝《ます》や、肥料のことや、農具や牛馬のことにまで言及し、一々地名を指摘している。

このことは、彼がいかに農政のことにくわしかったか、そして民を見る目が愛情に満ちていたかを示すものであるが、同時に彼が天性最も強烈な正義感と誠実心の持主であったことを語っている。

境遇にたいする人間の順応性はおどろくべきものがある。どんな境遇にも人は慣れる。役人社会に入った当座は、そこに充満している不義・不正・非道・無慈悲に憤りを感じていても、やがて人はそれに慣れて来る。こういうものだと思い、こうでなくてはならぬものだとそれを合理化までするようになるのが普通であるが、彼は足かけ十年の役人生活の間、ずっと最初の憤りを持ちつづけているのだ。

この深い愛情心と、強烈な正義感と、真摯《しんし》な誠実心は、特筆すべき彼の特性であり、彼の生涯を形成する大きな骨格となるのである。

二

斉彬は西郷を愛すること一方でなかった。彼はよく西郷を相手に話したが、その頃のこととして、薩摩では、

「西郷が斉彬公のお気に入っていることは一通りや二通りのものではなかった。公が西

郷を相手にしておられる時は、煙草盆をおたたきになるきせるの音がちがった」

と言い伝えられている。

また、これは水戸家に伝わっている話であるが、ある時、斉彬が水戸家を訪問して斉《なり》昭《あき》（烈公）に会った時、斉彬は侍座していた水戸家の名臣藤田東湖・戸田蓬軒《ほうけん》の二人にむかって、

「わしはこの頃、大へんよいものを見つけ出した。わしの家の中小姓で西郷吉之助という者は、軽い身分のものではあるが、中々の人物のようにわしには見える。いずれ遊びによこす故、よろしく指導してくれい」

といったところ、二人は、

「修理大夫様ほどのお方のお目がねにかないましたお人、なかなかのものに相違ございません。ぜひ会いたいものでございます」

と挨拶したというのだ。

こういうわけで、西郷は藤田東湖の家にも遊びに行くようになった。

東湖という人は学者でありながら豪傑の風のあった人だ。こんな逸話がある。

彼は大酒家で浴びるように飲んだが、ある時、遊びに来た諸藩の青年らに、酒中、こう言った。

「諸君はバクチを知っているか」

「存じません」

「それはいかんな。大丈夫たるものは何でも知っとらんければならん。よし、拙者が教えてやろう」

といって、サイコロと茶碗を出して、バクチの方法を教えて、

「さあ、覚えたら一つやってみよう。そなた、相手さっしゃい」

といってやり出した。

先ず羽織をかけ、次ぎに帯、次ぎに着物、次ぎに下着、次ぎに襦袢《じゅばん》、ことごとく東湖の負けになり、ふんどし一つになると、

「親がはだかじゃ、子がそのままというわけには行くまい」

とふんどしをはずし、

「さあ、こんどはこれだ」

と張って、負けたというのだ。

豪快の風格、想察すべきものがある。御三家水戸家の謀臣であり、大学者であり、天下第一の名士と仰がれている人がこうであっては、血気な青年らが慕いよったのは当然である。東湖の家にはひとり水戸といわず、諸大名の家臣らの中の志ある青年らが雲集《うんしゅう》した。

西郷がはじめ東湖を訪問した時のこととして、東湖が客間に待たせておいて中々出て来ないので、西郷は床の間にあった刀をぬいて床柱に切りつけたという話が伝わっている。いや、刀ではない、鉄砲だ、鉄砲がおいてあったので、それを打《ぶ》っぱなしたとも言

われている。

いずれも、ぼくは信じない。これらの話は、西郷は豪傑であり、英雄であると考えるところから、講談的英雄の型をあてはめて作為された伝説にすぎないと見ている。西郷は生涯を通じて豪傑ぶることのなかった人であり、そんなことの大きらいな、ごくまじめな、至って礼儀正しい人だ。ごく謹直な態度であったにちがいない。その証拠に、彼の最初の訪問は、すでに東湖の家に出入りしている友人の樺山三円《かばやまさんえん》に連れられて行ったのであるが、帰途、樺山に東湖の印象を問われて、

「東湖先生は山賊の親方のごとあるな」

と言ったという。田舎育ちの純真な青年の驚きの様子がよくわかるのである。

恐らく、西郷はその初対面においてはなじめないものを感じたのではないかと思う。しかし、何となく魅力は感じたにちがいないし、最も敬愛する主君斉彬からも遊びに行くように言われているし、何といっても天下の名士として名声の高い人だしするので、訪問を重ねているうちに、次第に引きつけられ、ついには東湖に心酔するようになったのではなかろうか。

この年の七月末の日付で西郷が母方の叔父椎原《しいはら》与右衛門・同権兵衛にあてて出した手紙がのこっているが、それにその心酔の心理が書かれている。

「東湖先生宅を訪問すると、まるで清水の中に浴したような気持で、心中一点の雲霞《うんか》なく、ひたすらに清浄な心になって、帰るを忘れてしまう」

と書いている。また、

「もし水戸の老公（斉昭）が鞭《むち》を上げて異国船打払いに乗り出されることでもあったら、真先きに馳せ参じて戦場の埋草《うめくさ》になりたい」

とも書いている。

東湖もまた西郷を特に愛したようだ。やはりこの手紙の中に書かれていることだが、東湖は西郷をいつも、「偉丈夫、偉丈夫」と呼んで、その言うことは、「そうだ、そうだ、その通りだ」と賛成したとある。

東湖が西郷を偉丈夫と呼んだのは、西郷の体格が雄偉《ゆうい》であったために、漢文式に呼んだのであることは明らかだが、精神面でも偉丈夫と認めたからであろう。

ついでだから書いておく。西郷の体格は、後年西南戦争の際、彼の年五十一の時、身長五尺九寸余、体重二十九貫、カラーが十九半であったという。若い頃はそれほど肥満はしていなかったらしいが、それでも、かなり肥大漢と認められているから、身長から見て二十五、六貫はあったろう。眉の太いこと、眼裂《がんれつ》が大きく、眸子《ひとみ》のかがやきの強いことは、彼の特色である。見るからにただものでない風貌であった。

東湖という人はなかなかの策士で、水戸家を天下第一等の藩に仕上げ、場合によっては水戸家から将軍を出して天下に号令したいとの野心を抱いていたような点もあるから、西郷にたいするこの優遇には、あるいは、

『薩摩侯の寵臣だ。これを籠絡《ろうらく》しておけば薩摩を味方に引き入れるよすがにもなる』

という含みがあったのかもしれないが、そうとばかり考えては小人の器度《きど》をもって英雄の心をはかることになる。年の違いを忘れて英雄と英雄との心琴《しんきん》のふれ合いが大いにあったと考えることを忘れてはなるまい。

東湖との交際は、西郷をして時事に目ざめさせた。ペリーが最初に浦賀に来て日本に開国をせまったのは前年の六月だ。この年の三月、すなわち西郷が斉彬の参観交代の供をして江戸に到着する両三日前、幕府はペリーと神奈川条約を結び、その翌々月にはペリーと下田条約を結んでいる。ロシアのプーチャーチンもこの前年長崎に来て通商を乞うており、英国もまたこの年の八月、迫って和親条約を結んでいる。つまり、外交問題を契機《けいき》として、日本の旧体制が大きくグラグラとゆすぶられはじめている時代だ。この時代に西郷が日本の片隅から出て来て、東湖のような人物に愛せられて教示されたということは、日本歴史の上で相当重大である。とにかくも、単に正義好みで、良心的で、誠実で、純真な田舎青年にすぎなかった西郷は時事に目ざめた。世界における日本の位置を知り、日本の危機を知ったのだ。

西郷を愛すること深い斉彬が、特に東湖をえらんで遊びに行くようにさせたのは、西郷をして時事に目ざめさせるためであったと思われるのであるが、それは十分に達成された。

しかし、ちょいときききすぎた点もある。まじめである上に年若な西郷は、水戸学流の攘夷論《じょういろん》を真向《まっこう》正直に受取ってしまったのだ。「水戸老公の攘夷軍の先駆けをして戦場のみで、しきりに西洋の文物を研究するのが気に入らず、斉彬に諫言を奉っている。彼は斉彬が洋学好埋草になりたい」などと叔父に書きおくっている点などそれである。

斉彬は笑って、

「そんな固陋《ころう》な根性では日本は立ち行かんぞ。採長補短ということを忘れてはならん。西洋の文明はおどろくべきものがある。固陋な国粋主義を墨守《ぼくしゅ》していては、日本は、列強たがいに覇を競い、弱は強の餌食となる今日の世界情勢の中では、到底存立は覚つかないことになる」

と、世界の情勢を説き聞かせている。

斉彬は単純な開国論者でもなければ、単純な攘夷論者でもない。彼は日本が今のまま開国するのは危険であるから、西洋文明を採用することによって国力をつけた上で開国に持って行こうという意見の持主であった。このことは、彼と当時の老中阿部正弘との間にかわされた文書によって明らかだ。こんな斉彬だから、西郷から水戸流の真向西洋ぎらいをたたきつけられては、「薬がききすぎたわい」と苦笑せざるを得なかったろう。

「水戸の老公は、その方どもが考えるほどの人物ではない」

とも言っている。薬のききすぎを直そうとする斉彬の親心がうかがわれるのである。

それはそれとして、西郷が死を決した事件がおこったのはこの年のことであった。

斉彬は出府して三月後に突然病気になり、家中の者が心配していたところ、七月二十三日に当年六歳の斉彬の世子虎寿丸が急死した。

虎寿丸の病気は今の疫痢《えきり》であったらしいから、普通ならば、凶事ではあるにしても特別な意味をもっては考えられないのであるが、薩摩の家中には非常な衝撃をもって迎えられた。

因縁がある。元来、島津斉彬という人は、お家騒動の後、やっと当主になった人である。斉彬には妾腹の弟久光があった。二人の父斉興は久光を愛し、斉彬をあとに立てることをきらった。そのために斉彬は世子でありながら、またその頃から天下第一の人傑として阿部老中のような人に敬愛されているほどの人物でありながら、四十を越しても当主にされず、部屋住みでいた。しかも、斉興は年六十を越えている。こんな例はどこの家にもありはしない。どんなに遅くても世子が三十二、三にもなったら、家督《かとく》をゆずって隠居するのが当時の風習なのだ。斉興が斉彬をあとに立てることをきらったことは明瞭だ。

のみならず、虎寿丸の前に斉彬には四人の男の子があったが、これが皆つぎつぎに若死にした。

斉彬を敬慕している家臣らは、これは久光党の者共の呪咀調伏《じゅそちょうぶく》によるものと信じ、全藩の物議が沸騰《ふっとう》した。呪咀だの調伏だのということは現代にとってはナンセンスだが、当時の人は皆その力を信じていた。今日の歴史家の中にはそんなことはなかった、それは斉彬敬慕派の連中のひがみであり、他のことで祈禱したのを誤解しているのだと主張している人もいるが、そういうことの行なわれた形跡はたしかにある。ぼくの生まれた村でも、山に壇を築いて調伏の修法《ずほう》が行なわれたと、古老が言い伝えている。修法によって斉彬の子供らが夭死《ようし》したのではないまでも、修法が行なわれたことは事実にちがいないと、ぼくは考えている。とにかく、薩摩では大さわぎで、斉彬派の武士らが逮捕されて切腹させられたり、流罪に処せられたり、逃亡したりした。

その騒ぎが幕府に聞こえた。幕府部内では斉彬の親友である阿部正弘は一日も早く斉彬を島津の当主として、これと手を結んで時代の難局を処理したいという気持がある。そこで、斉興が年頭の祝詞言上のために江戸城に登城した時、例年のしきたりの下賜品にそえて、朱色の道服と肩衝《かたつき》（茶入）を下賜した。いいかげんに隠居せぬかとの謎である。こうなれば、斉興としてもしかたがない。隠居して、斉彬を当主に立てた。それは安政元年から三年前の嘉永四年のことだった。

こういういきさつがあるだけに、斉彬が急病になったかと思うと、たった一人の子である虎寿丸が急死したとあっては、

「またしても、悪人ばらが」

と斉彬を敬愛している家臣らが考えたのは無理からぬことだ。

西郷もまたそう思った一人だ。西郷は斉彬の身の上を案じて、目黒不動に参籠《さんろう》して水行《ぎょう》をとって、斉彬の病気平癒と安泰を祈願している。この頃の彼の手紙に、

「自分はつまらん者だから、死ぬことは塵埃《じんあい》のように軽く思っている。いつでも死ねる。よき死所を得て、国家（薩藩）の災難を除きたいと思う」

という文句がある。また、

「奸女《かんじょ》をたほし候ほか望みなき時と伺ひ居り候」

という文句もある。奸女とは久光の生母由羅《ゆら》のことで、これが媚《こ》びをもって斉興を動かしていると、当時は考えられていたのだ。

こういうことは疑い出すときりのないもので、

「高輪稲荷の境内の老杉に呪い釘を打った者がある。それを見た者もある。この呪いによって虎寿丸様はなくなられたのだ」

という噂さえ立った。この稲荷は薩摩の高輪邸の近くにあり、その邸に虎寿丸は住んで居たのだ。

ついに、江戸在勤の青年藩士らはよりより集まって、国許へかえってお由羅を斬る申し合わせまでした。

しかし、この計画は斉彬の知るところとなって、西郷はひどく斉彬に叱られている。

「その方まで、そんなくだらないことを考えているのか。今は薩摩だの、島津家だのという小さいことを考えている時ではないぞ。日本の国の安危が問題なのだ。くだらんことを考えるではない」

のみならず、斉彬は虎寿丸のあとに哲丸という男の子が生まれたのに、久光の子忠義をあとつぎに立てることに決定している。藩内の争いの根を絶ったのである。

あくまでも日本全体を念として、一身一家に拘わらない斉彬のやり方は、西郷の心魂に痛切にこたえるものがあったに相違ない。生涯私心にとらわれまいと努力しつづけた西郷だけに、斉彬のこの心事には大いに感激もし、感銘も深かったと思われる。

安政二年十月、いわゆる安政の大地震があり、江戸は大へんな損害であったが、この地震で水戸の両田が圧死した。東湖はもとよりのこと、蓬軒も西郷の尊敬おくあたわざる人物だ。日本の大損害でもあった。西郷は国許にかえっている樺山三円に、

「水戸の両田もなくなられた。何とも言うべきことばを知らない。残念千万である。察していただきたい」

と書きおくっている。

西郷を教育しながらも、斉彬はしきりに西郷を諸家へ使いに出している。水戸の家老である安島帯刀《あじまたてわき》や、その他名士として天下に名をはせている諸藩の重臣らの許へ使いとしてつかわしている。一方、西郷の宣伝にもつとめている。両田にたいして、「近頃西郷吉之助といういい家来を手に入れた」といったのも、その一つだが、この頃、越前の太守松平慶永《よしなが》（春嶽）と会った時こう言ったという。

「拙者にはずいぶん多数の家来がござるが、いざという時、真に役に立つ人物は至って少のうござる。ただ一人、西郷吉之助という者だけは役に立つ者で、わが家の貴重な宝と思っています。しかしながら、この者は独立の気象に富んでいる者でござれば、拙者でなければ使いこなせますまい」

独立の気象ということばは、漢文的表現であるから、今日では説明を要する。「特立」

とも書いて、英雄的気象があって、人の制馭《せいぎょ》を受けず、自分の志をもって世に立ってことを行なうという意味だ。つまり、ややもすれば持って生まれた英雄的気魄《きはく》のために支配外に逸脱するの意である。

さすがに、斉彬は西郷をよく見ている。この気象のために西郷は英雄たり得たのであるが、この気象の故に彼は後に厄難にも陥るのである。

ぼくは前に西郷は誠実で、正義好きで、良心的で、愛情が深くて、礼儀正しくて、謙虚な人がらであると述べたが、そうでありながら、彼にはおさえておさえ切れない英雄的なものがあったのだ。人間は誰でもそうで、小説に描出されているような単純な性格の者はいない。一見豪放に見える性格の人に案外神経質なところや狡猾《こうかつ》なところがあったり、一見気が小さく見える人に案外大胆不敵なところがあったりするのが実在の人間のすがたであることは、少し注意深く人間を観察する者なら誰も気づいていることであるが、その点、西郷の性格は実に複雑である。しかも、その持つ各種の性向が人並はずれて大きく深い。小説中の人物として具体性をもって描出するにこれくらい描出しにくい人物は稀である。彼の誠実さに主眼をおいて描くと、その人物像は鈍重で保守的な感じのものとなってしまい、彼の英雄的面に重点をおくと単に粗豪《そごう》放胆《ほうたん》な月並な英雄像になってしまい、彼の正義好きで良心的な点に重点をおけば、神経質で怒りっぽい人物像となり、彼の礼儀正しくて謙虚な面を中心にすれば、気のきかない田舎ものになってしまうのだ。彼は諧謔《かいぎゃく》好きで、いつも冗談を言って、人を笑わせていたというが、ここに主眼をおいて書くと、他愛のない冗談やになってしまう。しかし、彼はこのような人物だったのだ。

さて、こんな工合に、斉彬ほどの人が西郷の人物を買い、世間に吹聴《ふいちよう》もしてくれたので、西郷は忽ち天下の名士となってしまった。その身分といえば小姓組、その役儀といえばお庭方という卑賤さでありながら、

「薩摩に西郷あり」

との評判は、大名といわず、藩士といわず、浪人といわず、いやしくも当時国事を念としている人々には隈なく知れわたった。西郷が後年天下の人の信頼を得て縦横に活躍し得る基盤はこうして出来たのである。

三

ずっと以前、安政になる前年の嘉永六年の秋頃から、幕府と島津家の間に縁談が持ち上っていた。将軍家定の御台所を薩摩からほしいという相談が、阿部正弘老中から斉彬にもちかけられたのだ。

阿部としては、家定将軍は賢くもない上に体質も虚弱であるし、幕府の威勢も何となく心細くなっているので、外様《とざま》大名とはいいながら薩摩のような、しかも斉彬のような賢明な藩公をいただいている大藩と手を結ぶことは大いに有利であると考えたのであった。

斉彬としても、かねて親しい阿部の切望ではあるし、自らの抱懐《ほうかい》する経綸《けいりん》をもっと自由に幕府をして行なわせたいと思っていたので、これを承諾し、一門の娘篤子《あつこ》を養女として輿《こし》入れさせることにした。

ところが、これに異議をとなえる者が出た。異議は幕府部内からも出たが、とりわけ水戸の斉昭の反対は猛烈であった。

「薩摩は東照公の敵である。その薩摩の一門とはいえ、すでに臣下となっている家の女《むすめ》を将軍家の御台所とし、将軍家の実母その他をして礼拝させるようなことは許せぬ。これは薩摩が天下を奪わんとする野心である」

というのがその言い草であった。斉昭という人は賢明である一面、おそろしく頑固でひがみの強いところがあり、万一朝幕相争うような事態となったら、水戸家は朝廷側について幕府を伐つのであると、純粋勤王家のようなことを放言するかと思うと、強い特権意識をもち、こんな工合に外様大名を敵視しているといった工合で、ちょっと変質者的のところのあった人である。

とにかく、こういうことで縁談は行きなやみになっていたのであるが、斉彬は乗り出した以上半途であきらめる人ではない。角《かど》立たぬように方々をつくろい、篤子を近衛家の養女という名義にして、足かけ四年目の安政三年の暮についに幕府に入輿《にゅうよ》させた。これが後の天璋院《てんしょういん》だ。

この輿入れについて、西郷は斉彬の命令を受けて、ずいぶん働いている。大奥の女中らとの交渉、いよいよ縁談がまとまってからの輿入れの準備など主として西郷が働いたようだ。後年、西郷があの人柄に似ず、金銀細工や、漆器や玳瑁《たいまい》の髪飾などの鑑別に長じているので、人が不思議がったところ、西郷は笑って、

「天璋院様のお輿入れの時、ずいぶん骨を折りもしたのでなあ」

と答えたという。

この輿入れの少し前あたりから、将軍世子の問題がおこった。

「今日の急務は日本が強くなることだ。強くなければ、欧米諸国の餌食になってしまう。国力劣弱であった東洋の諸国は皆やられてしまったではないか。日本はどうしても強くならなければならない。それには政務の中心である幕府が強くなる必要があるのだが、今の将軍家では、まことに心細い。賢明でもあれば、年も相当に長じている人を将軍にしたい」

との考えから、国を憂える大名達の間にその議がおこった。越前の松平慶永・宇和島の伊達宗城《むねなり》・土佐の山内豊信《とよしげ》・上州安中《あんなか》の板倉勝明・薩摩の斉彬・老中の阿部正弘などという人々だ。彼らは、将軍職継承権のある御三家・御三卿中をさがして、一橋慶喜《よしのぶ》に白羽の矢を立てた。慶喜は賢明の名が高いし、年も二十になる。

しかし、慶喜の擁立には難関があった。慶喜は水戸の斉昭の第七子で、出でて一橋家をついだのであるが、実父の斉昭がひどく大奥の女中らにきらわれていた。

斉昭がきらわれたについてはいろいろな原因がある。一つは彼が口やかましくて、遠

慮会釈もなく大奥の女中らを叱りつけたこと。二つは仏教ぎらいで領内の仏教徒を圧迫したり、梵鐘《ぼんしょう》を徴発して大砲を鋳造したりしたため、僧侶らが大奥の女中らに斉昭のことを悪しざまに告げたこと。

この二つが世に知られていることだが、故三田村鳶魚《えんぎょ》氏はその著「大名生活の内秘」で、もっと手ひどいことを言っている。

斉昭の兄斉修《なりのぶ》の夫人は十一代将軍家斉《いえなり》の女峰姫であるが、峰姫が水戸家へ入輿した時連れて来た女中に唐橋というのがいた。京都の公卿高松三位の娘であるが、大へんな美人であった。斉昭はかねてからこの女に心をこがしていたが、斉修が死んで自分が水戸家の当主になると、ついに迫奸《はくかん》(強姦とは書いてない。微妙なところである)して妊娠させてしまった。峰姫が幕府の大奥から来た人だから、斉昭のこの暴行沙汰は筒抜けに大奥に聞こえた。女中らは憤慨して、家斉に訴えた。家斉という人も女好きで、素行のおさまらなかった人であるが、訴えられるとしかたがない。

「腹の子は水《みず》にし、女は京におくりかえせ」

と指図して、その通りにはからった。しかし、斉昭は唐橋を忘れかね、唐橋の実家高松三位家に多額の金をあたえてひそかに呼びもどし、水戸城内にかこっておき、時々水戸へ帰っては楽しんでいた。水戸家は江戸定府の家柄で、代々めったに水戸には帰らないのに、斉昭はやたら帰っている。軍事を調練するためだということになっているが、実は唐橋に逢うためであったと当時の人が書いているとある。

また、斉昭の子の慶篤《よしあつ》の夫人は有栖川宮家から降嫁された線姫《いとひめ》という人だが、あろうことか斉昭はこの人に迫って犯し、ために線姫は自殺してしまわれた。このことも、峰姫つきの女中らから大奥へ筒抜けにわかった。

三田村鳶魚氏は水戸ぎらいの人ではあったが、いいかげんなことを書く人ではなかった。よく調べて書く人であった。まんざら根も葉もないことではないと思うが、斉昭が異常なくらい好色な人であったことは事実で、藤田東湖が諫言《かんげん》したところ、斉昭が、

「おれの女好きもだが、そちの酒好きはどうだ。そちが酒をつつしんだら、おれも女をつつしもう」

と言ったので、東湖が閉口したという話がのこっているくらいである。

はたして、三田村氏の言ったような事実があったとすれば、大奥の女中らが慶喜を将軍世子とするのをいやがったろうのは当然である。

「まあ、いやらしい。あの狒々爺《ひひじじい》さまが上様のおやじ様面してここへ来るのでございますよ、よりどり見どりといった顔をして。お前様など、おきれいですからお気をおつけ遊ばせ。——これ、そちはいくつじゃ……」

「あれッ！　いやでございますよ。よして下さいましな。鳥肌が立ちました、これこんなに」

といった調子であったろう。女は男以上に好色な面もあるが、男の想像もおよばないくらい道徳好みで潔癖な面もある。老人の好色沙汰にたいしてはわけてそうだ。

女中らはこの斉昭ぎらいを、少し足りない家定将軍にも吹きこんだ。そうでなくても、劣等感のかたまりのような家定は斉昭のようなアクの強い爺さまはきらいなのだ。

「水戸の子の一橋など、わしはいやじゃぞ」

と、どもりどもり言い出す。

世子問題は暗礁《あんしょう》にのり上げた。

西郷がこの問題について、斉彬の命を受けて奔走したことは言うまでもない。彼が越前の松平慶永の謀臣橋本左内と知り合いになったのもこのことによってであった。

伝説では、左内がはじめて西郷を訪問した時、西郷は若者共を集めて角力を取っていた。そこへとりつぎの者が、橋本の来訪をとりついで来た。西郷はジロリと見ると、白面小柄の、まだ少年といってもよいほどの青年だ。心中軽蔑して、なお角力をつづけて、大分たってから挨拶し、座敷に通して談論すると、その状貌《じょうぼう》婦女子のような弱々しい青年の口から、卓抜な議論が湧くがごとくに出るので、西郷は感服し、慚愧《ざんき》して、詫びを言ったとある。

しかし、この話は信じられない。左内が越前の名臣であることを、慶永とごく懇親である斉彬が知らないはずはなく、知っていれば西郷に教えないはずはない。しかも西郷はまじめで謙虚な性格だ。傲慢《ごうまん》な態度であしらったとは思われない。あるいは好きな角力に夢中になっていて、しばらく挨拶がおくれたのが、こんな工合に伝わったのかとも思う。

西郷はひんぴんと左内と往復して、面会を重ねるにつれて、いよいよ敬服した。
「先輩として藤田東湖先生、同輩としては橋本左内先生、わしが生涯の間に最も啓発されたのは、この御両人だ」
と、後年言っている。

四

将軍世子問題は、安政四年六月に阿部老中が死んだので、一層難かしいことになった。阿部老中の生きている間は、首席老中が幕閣内にあって賛成しているのだ、困難なように見えてはいても、ついには達成出来るにきまっていると、安心に似たものがないわけではなかったが、こうなっては目途《めど》がつかなくなった。

そこにもって来て、大奥の女中らは、紀州家の当主慶福《よしとみ》（後の家茂《いえもち》）を将軍世子の候補者としてかつぎ出して来た。慶福は当時十二歳。可愛い、美しい少年だ。不自然な禁欲生活を送っている大奥の女中らの抑圧された母性愛に訴えるものがある上に、紀州家の家老の水野忠央《ただなか》がなかなかの策士で、十分に鼻薬を嗅がすので、女中達は夢中になった。

「有徳院（八代将軍吉宗）様以来、今の上様まで、御代々みな紀州様の御系統でございます。御親等《ごしんとう》もお近うございます。水戸様などは東照公の御末男のお末とはいいながら、これが下々の家なら今の上様とは赤の他人といってもよいほどの親等のへだたりがございます。世つぎを定めるには何よりも親等が大事でございましょう。それに紀州様のあのお子柄！　なんというお美しい！　なんというお可愛らしさ！」

といった調子だ。

老中やその他の重役等で、賛成する者がふえて行く。斉昭ぎらいの人々は全部そうなって行くわけだが、それがまた多いのだ。斉昭は当時の大名君《だいめいくん》として評判の高い人であったが、その評判は大体において無力な野次馬連の評判で、今のことばでいえば票を持っている人々には好かれていないのである。慶福派の力はあなどりがたいものとなった。

この問題に、米国との通商条約問題がからんだ。かねて約束のあった米国との通商条約締結の期日がせまって来たので、幕府の老中首席堀田正睦《まさよし》は安政五年二月に上京して、朝廷の許可を得ようと運動したが、当時の朝廷は頑固な攘夷論者に説得感化されて、攘夷思想にこりかたまっていて、まるで歯が立たない。

しかし、どうやら、将軍世子問題について、一橋慶喜を立てるなら、朝廷も許可をくれるのではないかと考えられるような点もあったので、堀田は幕議をそれにまとめるつもりで東へ帰ったが、帰って二日目には、井伊直弼《なおすけ》が大老となった。

井伊の大老就任には二つの使命があった。一つは紀州慶福を将軍世子とすることであり、一つは通商条約を締結することであった。だから、井伊は大老になると八日目には慶福を世子とすることに内定したと発表し、つづいて幕府の役人で慶喜派と目されている者を全部閑職に追いやったり免職にしたりした。堀田老中も松平忠優老中も免職にした。

つづいて、米国との通商条約を結んでしまった。もちろん、朝廷の許可などは得ていない。朝廷には宿次《しゅくつぎ》奉書で届けた。宿次奉書というのは、責任者が届書をずっと捧持して京都まで行くのではなく、宿場々々が次ぎ次ぎに受けて逓送《ていそう》するので、言ってみれば、届捨ての形式だ。

井伊のこの思い切って荒々しいやり方は天下の人々に最も激烈な衝撃をあたえた。大名も、藩士も、浪人も、いやしくも国を憂えている者は井伊を非難してやまなかった。井伊は強力政治を布く覚悟をきめて政治場裡に上っている。非難する者は大名といわず、藩士といわず、一切容赦しなかった。大名には隠居蟄居《ちっきょ》を命じ、それ以下の者は召捕った。安政の大獄と歴史上にいわれているものだ。

西郷は橋本左内やその主人の松平慶永と連絡をとって、あるいは江戸、あるいは京都、あるいは国許と、席のあたたまる暇なく飛び歩いた。斉彬の命を受けて、一橋慶喜擁立のための運動であった。しかし、井伊が大老に就任して、将軍世子が紀州慶福に内定したと知り、諸大名も井伊のすさまじい覚悟におそれて逼塞《ひっそく》の状態におちいりつつあるのを見ると、斉彬の改めての指示を仰ぐべく国許に向った。斉彬は前年から国許に帰っているのであった。西郷の心は暗かった。一切の努力が空しかったと思うのであった。

六月七日、鹿児島に帰りついた西郷は、磯の別邸にいる斉彬の許に伺候して、中央の形勢をのべ、今はもうよほどに思い切った手段が必要であると言った。

斉彬はうなずいて、

「わしもそう思う。わしはその方のこれまでの報告や篤姫からの報告で、大体の見当がついていたので、ずっと工夫をつづけて、一つの工夫に達した。向うが力で来るなら、好むところではないが、こちらも力で行こう。わしは兵をひきいて上洛する。そして、朝廷にこうお願いする。『従来の幕府の制度——老中になる者はきまった家柄からしか出られぬというような固陋《ころう》な制度では、今日以後の日本に適合出来ませぬによって、時勢に適合した制度に改めるよう、幕府に仰せつけていただきたい』と、こうお願いするのだ。これは必ず御聴許になる。それだけの種をわしはかねてから朝廷に蒔いておいた。わしはその勅命をもって、幕府に遵奉《じゅんぽう》をせまる。素直に勅を奉ずればよし、奉ぜずば兵をもってせまるという段取りだ」

聞いていて、西郷は胸のふるえるような感激を覚えたろう。夜の明けたような気がし、高い山を仰ぐような気持で改めて斉彬を仰いだろう。

斉彬はこの計画にもとづいて、新しい任務を西郷にあたえた。すなわち、京都の近衛家・筑前の黒田長溥《ながひろ》・越前の松平慶永・幕府の海防掛川路左衛門尉等へあてた書面をとどけ、補足して口頭で達すること、兵を宿営さすべき屋敷を京都に用意すること等であった。

近衛家への手紙は朝廷内部に下地ごしらえを依頼したのであり、黒田家や越前家へのは大名中に同志を募ってくれと頼んだのであり、川路への手紙は幕府内に下地をこしらえるように説いたものであった。近衛家は島津家の始祖以来親しくしている家であり、従来とて朝廷方面のことは島津家は近衛家を通じてやっており、黒田長溥は元来薩摩から黒田家へ養子に行った人で、斉彬の大叔父にあたり、先年のお家騒動の時も斉彬に大変な好意を示し、阿部老中にことの次第を訴えたのもこの人だったのである。

西郷は自宅にとどまること十一日で、六月十八日、また東上の途についた。途中福岡で黒田長溥に謁し、大坂では大坂城代である土屋家の用人大久保要《かなめ》に会った。大久保の主人の土屋但馬守も斉彬に好意を持つ人だったので、これにも説いて同志に引入れるためであり、あわせて情勢の変化を聞くためであった。ところが、西郷が国許へかえっている二カ月の間に、情勢はおそろしい発展をしていた。

西郷が国許へ立った当時は、井伊の大老就任、紀州慶福の世子内定だけであったのが、その後、幕府は通商条約に朝廷の許可なくして調印したばかりか、それを朝廷に報告するのに宿次奉書をもってするという非礼をあえてし、当然のこととして天皇は激怒されたという。

幕府が最初から朝廷に勅許など願い出なかったのならまだよい。幕府は大政を朝廷から委任されているのだから、幕府の責任において調印したのだという筋道が立つ。しかし、これはそうではない。堀田正睦が勅許をお願いに来たのにたいして、朝廷では「まかりならん」とはねつけたのだ。それを調印したとあっては、勅旨に反抗したと見てよい。天皇が、

「幕府はまろの勅答をなんと聞いたのだ。まろを何と思っているのだ。皇位にある者の意志がこうまでふみにじられては、まろは祖宗にたいして申訳がない。まろは退位する」

とまで仰せ出されたという。

これを漏《も》れ聞いて、在京の諸藩の武士や公家侍や浪人儒者らはまた、

「暴悪むざん！　黙視すべきでない！」

と慷慨《こうがい》して、その勢いは枯野を焼く火の手のように燃えひろがりつつあるという。

幕府はおどろきあわてたが、こういう場合、とるべき方法は二つしかない。前非を悔いて朝廷と天下の人々に詫びるか、さらに暴力的に出て権力をもって弾圧するかの二途だ。前者は道理を重んずる誠実な政治家のえらぶ途であり、後者は力を重んずる独裁者のえらぶ途だが、井伊は後者をえらんだという。

京都で天皇が憤激されたと同じように、江戸では水戸斉昭・その子慶篤《よしあつ》・尾張慶恕《よしくみ》（慶勝）・一橋慶喜・越前慶永らが怒って不時登城して、井伊の無勅許調印、宿次奉書の件を責め立てたところ、それにたいして井伊は、

「まことに恐れ入りました。しかし、すでにすんだことでございますから、早速お詫びの者を上京させます。何分にもおゆるしを」

の一点ばりで詫びたくせに、十日後の七月五日、突如として、「将軍家の思召しによって」という理由によって、処分命令を出したという。

「水戸斉昭は駒込の中屋敷へ移り住んで蟄居謹慎。他人へはもちろん、家来共へも文通は許さない」

「水戸慶篤は当分登城さしとめ」

「尾張慶恕は隠居して外山《とやま》屋敷へ移り住み、蟄居謹慎しているよう」

「一橋慶喜は当分登城さしとめ」

「越前慶永は隠居して謹慎しているよう」

と、こんな工合だという。

つまり、慶喜を世子に立てようと努力した徳川家の一族の大名らと、慶喜その人と慶喜の父と兄を一挙に処分したわけだ。

西郷は大久保要の宅を辞して藩の蔵屋敷にかえると、国許から持って来た慶永と川路にあてた斉彬の手紙を、蔵屋敷に頼んで江戸にさし立ててもらって、京に上った。江戸に行くのはやめる気になっていた。こうなった以上、京都における準備にだけ力を集中すべきだと判断したのであった。

西郷は泊りつけの柳ノ馬場錦小路《にしきのこうじ》上ルところにある鍵直《かぎなお》というはたごやに投宿して、その夜、梁川星巌を訪問している。星巌は年七十になる老詩人であったが、その頃在京の浪人志士の巨擘《きょはく》と言われていた人であるから、ここへ行けば浪人志士らの空気がわかると思ったのであろう。ちょうどその日は山陽の遺子の頼三樹三郎と長州藩士の大楽《だいらく》源太郎とが来合わせていて、彼らの意見を聞くことが出来た。彼らはおそろしく井伊のや

り方に憤激していて、

「近いうちに井伊は自ら京都に上って来て、主上を関東へお移し申そうとの計画を抱いているという。もしそれが事実なら、われわれは主上のお供をして吉野か西国へ御巡幸を仰がなければならんと思っている」

とまで言った。

西郷には京都の空気は火を呼ぶばかりに熱しきり、志士達の心はぐらぐらと煮えたぎっているように感ぜられたにちがいない。彼は薩摩に急使を立てて、

「一日も早く御上洛あるように」

と、斉彬に申しおくっている。斉彬が薩摩の精兵をひきいて上洛して来れば、これらの志士らは皆斉彬の指揮下に立って働くであろう、かくて天下のこととなるべしといった感慨に、血肉の躍動する気持であったにちがいない。

こうなると兵の宿舎を早く用意しなければならない。西郷は馬力を出して懸命にさがしまわり、ついに上京《かみぎょう》の相国寺の裏手に広々とした土地をもとめて、不日に建前《たてまえ》にかかる手筈にしたが、間に合わないかも知れないので、用心のため付近一帯の民家と契約して分宿出来る用意までした。

こうまで張り切って待っていた西郷の許に斉彬の訃報《ふほう》がとどいたのは、七月二十四日の夜であった。錦の藩邸から鍵直にとどけてくれたのだ。斉彬は上洛の準備のため、炎暑の中を連日甲突川《こうつきがわ》の河口右岸の天保山練兵場に出て、歩・騎・砲の三部隊を猛訓練し

ていたが、七月五日に帰城する頃から急に気分が悪くなり、やっと帰りついて臥床《がしょう》すると、もう起《た》てなくなり、次第に衰弱がつのり、七月十六日、ついに空しくなったのだという。(病気はコレラという説があり、赤痢という説があるが、症状から見て、赤痢と診断すべきであるというのが、薩摩出身の医学博士鮫島近二氏の説である。しかし、ぼくは毒殺だと思っている。父斉興がやらせたのだ。)

西郷はおどろいたに違いない。急には本当とは思われなかったに違いない。何度も読みかえしたろう。目の前が真暗になったに違いない。西郷にとって斉彬は主君であり、恩師であり、さらに慈父にもひとしい愛情をそそいでくれた人であった。この人によって人がましくなれ、この人によって天下のことを知り、この人によって天下のことに働ける身になったのだ。この先き誰を頼りにしようと思ったであろう。人一倍涙もろい西郷だ、ほろほろと泣いたろう。声を上げて泣いたかも知れない。西郷もまた毒殺に逢いなされたと考えたようである。

彼は即座に殉死《じゅんし》の決心をした。

彼のこの殉死の決心を諫《いさ》めてひるがえさしたのは、勤王僧月照であったと、後年西郷が言っている。おそらく西郷は近衛家に行ったろう。当時近衛忠熙《ただひろ》は斉彬の計画を助成するために朝廷内で大車輪の活躍をつづけていたのだから、西郷としては斉彬の死を告げてその運動を中止させねばならなかったのだ。

西郷が近衛家に行って、忠熙に会っているところに、月照が訪問して来て、西郷の顔色のただならないのを見て、あとを追って鍵直に行き、ことばをつくして諫めたのではないかと思う。

「殿様のおあとを追うて死になさって、殿様はおよろこびになりますかな。それより殿様のお志をついで日本のために働きなさる方を、殿様は、『それでこそ吉之助じゃ。わしが見込んだほどある』と、およろこびになるのではないでしょうかな。わしにはそう思われますがな」

といった工合に説いたろうと思う。

とにかく西郷は心をひるがえして、死んだつもりで国家のために働く気になった。

以後、西郷は朝廷から水戸藩へ下賜された密勅を水戸藩が受け得る自信があるかと瀬踏みするために江戸に下ったり、京へ上ったりして活動をつづけていたが、九月になると、所司代の酒井忠義と老中間部詮勝《のりかつ》が上京して来て、志士らにたいする苛烈な大弾圧がはじまり、捕縛《ほばく》されるものが相ついだ。

月照にもまた追捕《ついぶ》の手がのびた。近衛忠熈は西郷を呼び、月照の身柄を託した。

「奈良にまろの所縁《しょえん》の者がいる故、そこまでお連れして行ってくれんか」

西郷は同じ藩で少年時からの盟友である有村俊斎《しゅんさい》（後の海江田信義）とともに月照を守護して一旦奈良に向ったが、途中の警戒が厳重をきわめているのを見ると、奈良が安全だとは思えなくなった。そこで相談の結果、思い切って薩摩まで落ちようということになった。

いろいろないきさつがあって、月照・西郷・有村・月照の従僕重助の四人が海路大坂を出発したのは九月二十四日であった。

十月一日、三人は下関について、藩の御用宿屋である薩摩屋に投宿したが、大坂にいる間に見た蔵屋敷の役人共の様子を見ると、井伊が強力弾圧政策をとり出してから、どうも空気がおかしい。この分では、すでに斉彬公もなくなられたことだし、ひょっとすると、国許も方針がかわって幕府追随主義になっているのではないかという気もする。そこで、西郷が一足先きにかえって、藩地の様子をよく調べた上で、月照が無事に潜伏出来るように準備をととのえた上で連絡するから、それまで月照と有村はここにのこっていることにして、西郷は出発した。

十月六日、西郷は鹿児島に帰りついたが、鹿児島の藩情の変化は想像以上であった。斉彬があれほどの明智と熱情をかたむけて施設したことは全部くつがえされていた。軍器工場も廃止になっており、兵制も洋式から旧式になっており、藩の方針は天下のことには一切無関心、ひたすらに薩摩だけの安全を保てばよいという方向にかわっており、斉彬の生前その信任を受けて懸命に活動していた人々は全部退けられて、斉彬の時代には単に飾りものにすぎなかった家柄老職らが実権を回復して政局の中心に立ち、かたくな保守政策をとっていた。火の消えたようだ。あまりの変化のひどさに茫然《ぼうぜん》として自失する思いだ。

何よりも先ず、彼は斉彬の墓に詣で、土下座して伏し拝んで思うさまに泣いたろうが、その涙は悲しみの涙以外に、月照のことを思い、『殿様がおいでであったら』との口惜し涙もあったにちがいない。

ともかくも、どこに頼ろうすべもない。もちろん、大久保一蔵(利通)らの友人らにも相談したが、この人だって無力である点では西郷と同じだ。焦慮のうちに流れるように日が経った。

西郷が帰りついて四日後に、有村もかえって来た。月照にはすでに追手がかかり、京都中座の目明しで徳蔵・甚蔵の二人が猟犬のようにあとを嗅ぎ慕って来たのだ。下関で待っているのは危険なので、有村は月照主従をともなって九州にわたり、博多にいる旧薩藩士である北条右門に月照主従を託して、これまた国許の形勢を見るために、西郷のあとを追って帰って来たのであった。北条右門は薩摩にいた時の名は井上出雲守という。鹿児島城下諏訪神社の神職で、先年の薩摩のお家騒動の時薩摩を脱出して黒田長溥に身を投じて、以後長溥の庇護《ひご》を受けて、博多にいるのであった。

有村も国許のかわりはてた有様には茫然自失の有様だ。これもまた無力な点では同じだ。

西郷は月照のことを思って、心苦しくてならなかったろう。絶えず思いつづけて、いらいらとしながら日を送っていたにちがいない。

こうして一月以上経って、十一月八日、とつぜん、月照が西郷の家を訪ねて来たのだ。

西郷はとりあえず、家族の調度や衣服をとりちらした奥の一間を片づけてここに請《しょう》じ入れて、一別以来の話をした。後に大山元帥の兄彦八に嫁した西郷の末の妹がまだ家にいたので、この人がお茶の給仕などしたと伝えられている。西郷の父母はもういなかったが、祖母がいたから、この人も接待につとめたことと思う。

月照は北条右門の家に数日厄介になっていたが、ここも中座の捕吏がうろうろしはじめて危険になったので、転々と諸所に移り、最後に北条が平野国臣に、月照主従を薩摩に送ってくれと頼んだ。

「よござす」

平野は快男児だ、一諾して、月照主従をともなって、薩摩に向った。その途中は奇談快談の連続で、いく度か機智と奇策を以て危地を脱しており、快男児平野の面目躍如たるものがあるが、ここではそれに触れてはいられない。とにかく、平野は無事に月照主従を鹿児島に連れて来、島津領内の山伏の総元締である日高存竜院に、醍醐三宝院からの使僧一行というふれこみで泊りこんだ後、実はしかじかと、ほんとの身分を打明けたのである。

さて、西郷は月照に、心苦しげに、斉彬歿後の藩情の変化を打明け、詫びを言ったことと思われるが、彼のことだから言いっぱなしただけではなかったろう。必ずや、

「藩情は唯今お話し申し上げた通りでごわすが、必ず何とかいたします」

と言ったにちがいない。

月照は一先ず存竜院に帰ってみると、存竜院からの届出でによって承知した藩庁から、

市中の柳之辻の使者宿田原助次郎方へ移れというさしずが来ている。月照一行は小役人につれられて、そこに移った。この使者宿というのは、他国から来る上級の使者をとめる旅館であるから、座敷・諸調度・飲食物・寝具などはずいぶん立派なもので、丁重にあつかったわけだ。これは月照が朝廷からも重んぜられている名僧である上に、島津家と因縁浅からぬ近衛家の息がかかっているということからであった。しかしながら、警戒は厳重をきわめて、一切外出禁止、他人と会ったり、書信を通わしたりしてはならぬと命ぜられ、藩庁から番人がきて監視していた。

西郷は必死になって重役等を訪問して、月照を庇護すべきことを説き歩いたが、まるで煮え切らない。要するに、当時の薩摩の重役らは、近衛家に義理もあるが、幕府も恐ろしい、月照ほどの人を見殺しにしては世間体も悪いが、幕府も恐ろしい、西郷ら若い連中の人気も考えなければならないが、幕府も恐ろしい、といった気持で決しかねたのだ。

こうして早くも一週間経った。

そこへ、京都中座の目明し徳蔵と甚蔵とが、職権をもって筑前の盗賊方である白石潤太・松尾平太の二人を連れて、薩摩の入口まで来て、自分らは入らなかったけれど、白石と松尾を鹿児島まで入らせて、藩庁に月照の引渡しを要求させたのだ。

薩摩ほどの大藩がいくじのない話だが、狼狽してしまった。これを見ても、井伊の暴力政治がどんなに人心を動かしていたかがわかるのである。

藩庁では、西郷をかかり役人の宅に呼び出して、こう申し渡した。

「月照上人はせっかく当国を頼って落ちておじゃったのじゃから、御庇護申したいは山々であるが、大公儀のきびしい追捕を受けておじゃるのであってみれば、それが出来かねる。しかし、おはんが一個の存念をもって、庇護するのであれば、それはおはんの随意だ。藩としてはそれをさしとめはせん」

さらにまた、こう言った。

「御承知かどうか知らんが、実は筑前の盗賊方の者二人が上人のあとを追って、当地に入りこんで来ている。もしご城下において万一のことがあれば、お家としてまことに不面目である。されば、おはんは上人のお供をして、日向の方へ立ちのいてもらいたい。どうやって庇護しなさるか、それは指図のかぎりではないが、心得のために申そうなら、日向の高岡の法華岳寺のあたりに忍ばせ申したら、先ず安全ではないかと思う」

西郷ははげしい怒りを感じたにちがいない。庇護出来ないというのは、庇護する意志がないからだ、その気があるなら、島津家の力とこの広い領地がありながら、出来ないことがあろうかと思ったろう。

潜伏させよという高岡の法華岳寺は薩摩の領分とはいいながら、関外《かんがい》の地だ。しかも、ここと境を接しているのは、譜代大名である延岡の内藤家の領地だ。決して安全とは言えないのである。

煎《せん》ずるところ、重役衆の心理は明白だ、井伊がこわくてならないのだ、と思ったろう。

おそろしい顔をして、返事もしないでいる西郷に、役人は、

「事情ははなはだ切迫している。今夜中に当地を立ちのいて、少なくとも福山あたりまで行くように。見届役として、足軽一人さしそえる」

と言いそえて、

「これは特別なる思召しで、合力《ごうりき》下さる」

と、金包みをさし出す。十両入っていたという。

その夜は十一月の十五夜であった。よく晴れて、月は冴えていたという。十時頃、西郷は旅支度をととのえて、田原屋に行くと、入口の土間にもう坂口周右衛門という足軽が旅支度でひかえていた。この坂口は足軽ながら中々の人物で、色々おもしろい話もあるが、割愛しよう。

「おはんが見届役か。お世話をかけもすのう」

西郷は挨拶して、月照の座敷へ通る。

月照らはもう寝ていたが、外ならぬ西郷の来訪なので、起きてきげんよく迎えた。重助は少し足りない鈍《にぶ》い男で、西郷の来たのも知らず隣のへやで熟睡している。

西郷は平野とは初対面だから、月照の紹介で挨拶をし、月照を世話して連れて来てくれたことにたいして丁重な礼を言ったにちがいないが、彼はこの時すでに死を決意しているのだから、平生から言葉数の少ない彼は一層少なかったろう。一通りの挨拶をしたあとは黙っていたろう。

月照は、西郷が何か自分にだけ言いたいことがあるようだとさとったのであろう、平野に、

「平野さん。すんまへんが、お茶を一つもろうて来て下さりまへんか」

と言った。

「かしこまりました」

平野は出て行ったが、もう宿の者は皆寝ているので、つめたい廊下を台所に行って、自ら道具をさがして茶をいれて持って来た。

その間、何分かかったろうか、せいぜい三分ぐらいのものであると思うが、この間に、西郷と月照は死ぬ約束をしたらしい。二人きりでいた時間は、この時しかないのだから。

「上人、申訳ごわはん。こんなつもりではありませなんだが、どうにもならんことになりもした。死んで下さい。お一人だけ殺しはしもはん。拙者もお供します」

と、こんな工合に西郷は言って、両手をついて詫びたのではなかろうか。

月照も藩情の急変は知っている。すぐ諒解《りようかい》して、

「ようわかりました。覚悟はとうに出来ています。色々とありがとうおましたなあ」

とうなずいたのではなかろうか。

茶をのむと、西郷は、

「藩の指図で、これから急いで日向に行かねばならんことになりもしたから、御出立の用意をしていただきとうごわす。船で福山と申してこの湾の北のつまりまで行き、そこ

から陸路になりもす。福山には夜の明ける頃つきましょう。くわしか話は船の上でしもす」

と言った。

月照・西郷・平野・重助、それから坂口の五人が船にのって広い海に出て帆を上げたのは何時頃であったろう。西郷が田原屋に行ったのが十時頃だから、十一時を少しまわるくらいであったろう。霜月《しもつき》十五夜の月は天心に冴えかえっていた。

やがて、坂口は重詰めと酒徳利を出して、

「お重役方の御内意によって、町役人共《しょうじん》が調えたものでございもす」

と、披露した。重詰めには魚料理と精進料理の両方が用意してあって、なかなか行きとどいたものであった。

酒をあたためて酒宴がはじまった。西郷は笑いながら、

「上人、今夜はもう気のつまる話はやめにして、愉快に飲もうじゃごわはんか」

月照はニコリと笑った。

「結構でございます。わしもその方がようおます」

さしつ、おさえつ、酒がまわり、歌をうたい、詩を吟じ、まことににぎやかなことになった。平野国臣は天性の音曲好きで、後年投獄された時、しいている畳の糸と弁当箱とで一弦琴をつくり、これを奏しながら自作の今様《いまよう》を吟じて楽しんだという人であり、笛をたしなんで、いつも身辺からはなしたことがないので、この時もりょうりょうと吹

きすさんだという。

やがて、西郷は苫《とま》の下を出て船首に立った。月照も出て行ってならんだ。船は鹿児島湾内の風光の最も美しい磯の浜の沖を過ぎつつある。西郷は一々指さして、桜の頃の景色の美しさや賑わいを説明していたが、やがてまた二人とも苫の下にかえった。

月照は懐紙《かいし》を出し、矢立の筆で、月の光を頼りに歌を書きつけて、

「テニヲハはまだととのうていまへんが、志のほどだけはわかっていただけますやろ」

といって、西郷にわたした。

月の光に照らしてみると、二首かきつけてあった。

曇りなき心の月の薩摩潟
　沖の波間にやがて入りぬる
大君のためには何か惜しからむ
　薩摩の瀬戸に身は沈むとも

西郷はうなずいて、

「いかさま」

といったまま、自分のふところに入れた。

その間に、酒はますます進んで、人々は酔いたおれてしまった。西郷は再び立ち上っ

て、低い入口をくぐって船首に出る。月照もつづいた。

船はちょうど竜ヶ水の沖にさしかかっている。竜ヶ水には心岳寺という寺があり、天正の昔、島津の当主であった義久の弟歳久にからまる悲話がある。西郷はそこを指さして、その話をした。

船中は寝静まって、船尾に寒げにうずくまって舵を見まもっている船頭だけが起きている。船首に分けられている波の音と、帆に鳴る風の音だけの中に、西郷の声ははっきりとひびいたろう。

やがて、月照は身をかがめて、海水をすくって両手を清め、右の手をあげて西方を伏しおがんだかと思うと、左の手をのばして西郷の腰をかかえた。西郷の右手も月照の腰を抱いた。同時に、二人の足は舷《ふなばた》をはなれて、波間に飛びこんだ。

はげしい水音に、船中の人々は目をさました。

「どうした？　どうした？　何の音だ？」

「誰かおちたんじゃ！」

叫びながらも、平野と坂口は西郷と月照の姿の見えないのに気づいていた。

「帆をおろせ！」

「船をとめろ！」

とさけんだが、船頭はうろたえきって、おろおろするばかりだ。機転のきく坂口は船板をめくって海に投げこんで目じるしにし、刀をぬいて帆綱を切った。帆が落ちて、船の進行はとまったが、それでも船板の浮いているところから半町以上も行きすぎていたという。

五

やがて抱き合った二人のからだが浮き上ったので、助け上げると、月照は絶息しており、西郷にはかすかな息が通っている。年齢と体質の相違によるのであろう、月照はついに蘇生《そせい》しなかったが、西郷は翌晩の九時頃になって正気づいた。

しかし、幕府の逮捕の手は西郷にものびているので、藩では西郷も死んだと、筑前の盗賊方に披露して、重助の身柄だけを引渡した。盗賊方は死骸の検視は要求しなかったようである。二人は中座の目明しに強いられてやむなく来たのだ。この仕事に情熱があるわけではない。中座のやつらが見とるわけじゃなし、死んだちゅうならそれでよかろうという気持であったのであろうか。あるいはまた、そんな要求などしたら、気の荒い西郷の同志らがどんなことをするかわからんと恐れたかも知れない。

平野は二十日に田原屋を出発して、大口路を経て薩摩を出ている。大久保一蔵と有村俊斎がこれを追いかけ、鹿児島から五里の重富で追いついて、しばらく談論した後、金五両の餞別《せんべつ》をしている。

死に損なったことを西郷は恥じた。彼はよほど悩んだにちがいない。肥後の老臣長岡監物《けんもつ》は斉彬のひき合わせで西郷は懇意にしている人だが、その長岡にこの頃西郷の書いた手紙にこうある。

「小生は土中の死骨で、忍ぶべからざるところを忍んでいることは、すでに御承知でありましょう。天地にたいして恥かしいことではありますが、今さらどういたしようもありません。皇国のために何かつくしたいと思って、しばらく生きながらえているわけでございます」

彼がいかに恥じていたかがわかるし、自分は一旦死んだものだとの覚悟をきめたこともわかるし、こうして生きながらえている以上、国家のためにいのちがけの働きをしなければ申訳がないとの決心をかためたこともわかるのである。

十二月になると、藩庁が西郷家の親戚を呼び出して、こう申渡した。

「西郷吉之助儀は菊池源吾と改名して、病気快癒《かいゆ》次第、大島本島へまかりくだって潜居《せんきょ》しているよう。なお、御給料等の儀は、詮議の上、追って申渡す」

罪人としての遠島ではなく、幕府が西郷を追及しているので、かくもうためであった。

ここに菊池源吾とあるのは、西郷家は肥後菊池氏の子孫であるからであった。蒙古襲来の時の記録に菊池の一族に「西郷隆政」という人物の名が見える。

「ありがたくお受けいたしもす」

と、西郷は答えたが、これを打明けられた大久保一蔵は、西郷にこう言ったという。

「大島行きはやめやった方がよくはごわはんか。どうでごわす、肥後にのがれて、長岡監物《けんもつ》殿に頼んでかくまってもらわれては。天下の情勢がこんな際、大島のような絶海の孤島にいては、どうにもなりもはんぞ」

西郷は答えたという。

「おはんの言《い》やることは一応道理じゃ。しかし、わしの今の身でそんなことをするのは、悪あがきじゃと思う。わしはわしの身を運命にまかせ切ってしまおうと思うているのじゃ」

死をくぐって来て、彼が一つの諦観に達していることがわかるのである。

十二月半ば、有馬新七と堀仲左衛門とがかえって来て、中央の情勢を報告した。幕府の横暴は京でも江戸でも言語に絶し、井伊の方針に反対の者は、浪人といわず、大名の家臣といわず、宮家や公家の家臣といわず、僧侶といわず、召捕ってしまった。男だけではない。近衛家の老女村岡も捕えられた。月照の弟の信海も捕えられた。薩摩の家臣では日下部《くさかべ》伊三次が捕えられた。橋本左内も、ついに捕えられたという。暴風の吹きまくっているような中央の有様であった。

捕えられたという人々には西郷の知っている人が多い。感動したにちがいない。とりわけ、橋本左内のことを聞いた時の衝撃は一通りのものではなかったろう。

「井伊を生かしてはおけない」という怒りが新たに燃え上ったにちがいない。

二人の話によると、松平慶永の憤激は一方でなく、自ら兵をひきいて国を出、先ず井伊の爪牙《そうが》となっている老中間部詮勝の居城鯖江《さばえ》城を屠《ほふ》って血祭りとし、江州に打って出て彦根城を焼き、京に上って朝廷を擁して、井伊の罪を問うとの計画を立てていると左内が言ったので、二人はそれに参加することにして京坂の間を往来して準備をすすめていたが、事情が急変して思うように行かなくなった。先ず朝廷の情勢がかわって、親幕派の九条関白が返り咲いて、正義派の堂上方の勢いがとんとふるわなくなった上に、かんじんの左内が捕えられてしまった。それでも二人は頑張って局面の打開に努力していたが、二人にも幕府の嫌疑がかかったので、大坂藩邸の留守居役は、

「どうしても国許へかえれ。このままではお家に迷惑がかかる」

といい張ってやまない。やむなく、二人は、「この上は国に帰って要路の人々に説き、挙藩一致して越前の義挙に応じさせることにしよう」と思って帰って来たという。

「これがわしらの帰って来たわけじゃが、いかんなあ、お国の情勢はこりゃなんじゃ。先君の時代のあの意気はどこに行ってしもうたのじゃ。影も形もなくなっとるなあ」

と二人は痛嘆し、

「わしらは帰って来べきではなかったのだ。都辺《みやこべ》に死ぬべきじゃったんじゃ」

と、ほろほろと涙をこぼした。

この時の有馬新七の歌がある。

都べに死すべきいのち長らへて
かへる旅路のいきどほろしも

死を決して死ねなかった西郷には、二人の気持はよくわかったはずである。彼もまた涙をおさえかねたろう。

青年らは相談し合って、同志全部脱藩して越前侯の義挙に馳せ参ずることにし、堀を探索がかりとして東上させ、その報告次第突出することに話をきめた。

西郷は堀のために長岡監物にあてて、慶永の義挙計画と藩の同志の計画とを説明し、何分力になっていただきたいと頼んだ紹介状を書いてあたえている。前に「土中の死骨云々」と西郷の長岡へあてた手紙の文句を引用したが、あれはこの紹介状の一部である。

しかし、彼は藩命に従って大島に行く決心はかえなかった。彼の誠実さからのことか、運命に従順であろうとの新しく得た諦観からのことか、恐らくは後者ではなかろうか。

十二月下旬になると、西郷の体力はすっかり回復したので、二十六日、鹿児島を出帆して大島に向ったが、風波が烈しかったので、湾内の山川港に寄港して、風波の静まるのを待つことになった。

山川港は鹿児島城下から南へ十里、鹿児島湾口に近い位置にある。直径七、八町のほぼ真円《しん》形をした小さな湾だ。火口湖の一辺が決潰して入海になったといわれているだけに水深が深く、真青な水をたたえている。それに黒潮のためであろう、風物が大へん違って、熱帯樹などが繁り、亜熱帯的である。

西郷の乗った船は鹿児島を出た日にここに入って天気待ちにかかったが、折からの季節風がなかなか静まらず、ついにここで新年を迎えた。

すると、正月二日、鹿児島から同志の一人伊地知竜右衛門（後の伯爵伊地知正治《まさはる》）が訪ねて来た。伊地知は足が悪くて片目で、おまけに薩摩に伝わる合伝流《ごうでんりゅう》という軍学に通《つう》暁《ぎょう》していたので、山本勘介というあだ名のある人であった。

「めずらしいことじゃな。どうしておじゃったのじゃ」

西郷はうれしかったにちがいない。こういって迎えると、伊地知は、

「実はわしは同志を代表して来た。ここに一蔵どんの手紙がある。用件は全部書いてあるはずじゃが、わからんところがあれば、わしが補足する」

といって、一通の手紙をわたした。内容は同志の脱出計画の細部について、西郷の意見をもとめて来たものであった。

第一条、探索係として出国した堀君から肥後藩の都合よしとの報告があったら、我ら同志は直ちに突出すべきか。

第二条、万一不幸にして堀君が幕吏に捕えられるようなことがあった場合、同志は憤激に燃えて、急遽脱出せんとの意見が盛んになる事は必定だが、その場合はいかにすべきか、突出すべきか、隠忍して好機を待つべきか。

第三条、幕閣が尾張・水戸・越前の三藩へ、更に暴悪の処置をするような事態に立ち至った場合も、また無二無三突出説が出ると思うが、これまたいかにすべきか。

第四条、幕府は去年以来召捕った有志者にたいして極刑に処し、さらに進んでは堂上方にたいしても無法な振舞におよぶかも知れんと思うが、そのような時はいかがすべき

か。

第五条、貴兄がこれまで面接談合された諸藩の有志者中、頼りになる人物は誰々であるか。御教示おき願いたい。

ぼくの推察だが、大久保が同志にたいして、西郷の意見を聞いておくべきことを提議し、こうして聞きにやったのは、純粋に政治的の意図によると思うのだ。ここに列挙されていることにたいする回答くらい、第五条だけは別だが、他の個条については、大久保にわからないはずはない。大久保には胸中すでに回答があるのだが、まさかの際における同志らの過激な意見を、

「吉之助どんもこう言うておじゃるじゃないか」

と、おさえるために、同志中最も人望ある西郷の意見を聞きにやったのだと思うのだ。有馬新七などという人は同志中の最年長者であり、後に寺田屋事件の中心人物となったほどの、ものすごく猛烈果敢な人だ。もしこの人などが過激な意見を主張した場合、長幼の序のきびしい薩摩では、年少である大久保がこれをおさえることはまことに困難なのだ。この推察ははずれてはいないと思う。

これは西郷にもわかったはずである。

「一蔵どん、やりおるわい」

と、心中微笑を禁じ得なかったにちがいない。

「竜右衛門どん。わしは死にそこないの身の上でごわすが、お役に立つものなら、一応

の存じよりを書きつけもそ」

と言って、書いた。

「小生は武運つたなく、百策皆失敗に帰し、今や絶海の孤島に身を逃れつつあるもの、たとえば敗軍の卒、土中の死骨にもひとしいものではありますが、先君の憂国勤王のお志をついで、数ならねども、これに殉じ、そのためにはいかなる恥辱をもたえ忍び、方法のあらんかぎりは尽くして行こうと思いつめているものでありますから、汚顔《おがん》をもかえりみず、愚案を書きつけます。しかるべく取捨していただきたい」

と前おきして、一条一条に答えている。

第一条、肥後藩は独立しては立上るまい。必ずや越前藩に問い合わせ、謀を合わせてから立上るであろう。当方の突出もその時である。それを待ち切れずに、死にさえすれば忠義と心得て、軽々しく突出するは小生のくみせざる所である。

第二条、堀君不幸にして幕吏に捕えられた時のことだが、一人の同志のために同志全体の破滅となるようなことがあってはならない。堀君にしてもそれは喜ばざる所であるはずだ。

第三条、幕府が尾・水・越の三藩にたいして、今日以上の暴悪な沙汰をするといえば、それは三藩主に死を命ずるということ以外にはない。そうなれば万事破裂だ。三藩は必ずや立上るであろう。その時は我々同志も立って、三藩と死を共にしたい。先君はこの三藩と共に天下のことをなそうとなされたのだ。先君に報い奉る道でもある。

第四条、幕府が堂上方に手をかけることになれば、全国の心ある藩は皆立つであろう。必ずや傍観はすまい。我々もその時は立つべきである。しかし、事を急いで粗忽《そこつ》なことをしては、かえって堂上方の難儀を重ねることになる。慎重でありたい。

第五条、小生がこれまで会った人々の中で、才幹あり、力量あり、信頼すべき人物は、水戸では武田耕雲斎・安島帯刀《あじまたてわき》、越前では橋本左内（これはすでに幕府に捕えられたということが）・中根雪江《せっこう》、肥後では長岡監物、長州では益田右衛門佐《うえもんのすけ》、土浦では大久保要《かなめ》、尾州では田宮如雲斎等である。

以上をしたためて、伊地知にわたしした。この際、

「皆あせっとるようじゃのう。一蔵どんも心配じゃろ」

くらいのことは、西郷は言ったかも知れない。伊地知は微笑してうなずいたろう。伊地知は思慮周密な知略型の沈着な人物である。後年に至るまで、大久保をのぞいては、西郷が最も信頼していた友人である。

一月十一日払暁、西郷の乗った藩の砂糖積船福徳丸は山川港を出帆、折からの順風に帆を上げ、百里の水路を一気に乗り切って、翌日の昼頃、大島の阿旦崎《あだんざき》港についた。

六

西郷を叙してその経歴の三分の一におよばずして枚数が来てしまった。例によって人物評をしておわりたい。

ぼくの見るところでは、西郷はあくなき理想家である。理想家であったが故に、彼は幕府政治に不満を抱いてこれを打倒したが、その後に出来上った明治政府は立って数年ならずして腐敗の兆《きざし》をしめしはじめた。維新の元勲であり、新政府の大蔵大輔である井上馨が官権を悪用して南部の尾去沢《おさりざわ》銅山を奪取横領したのはその一例である。兵部大輔であり、近衛都督である山県有朋が陸軍の公金を一商人山城屋和助に融通してこげつかせたのがその二例である。

理想家であり、良心的であり、誠実である西郷にとっては身を切られるように切なかったに相違ない。

「こんなつもりで、おいどんらは幕府をつぶしたのではなかった」

という心が去らなかったであろう。

当時の高位高官らが、志士時代の艱苦を忘れて宏壮な邸宅を営み、美妾《びしょう》を擁し、綺羅《きら》をまとい、出入ともに肥馬軽車によっていた中に、彼だけは陸軍大将・近衛都督・主席参議という最も高い地位にいながら、一僕を相手に小さい家に住み、木綿着物に小倉の袴をはき、一僕をつれて徒歩で出仕している。この姿には一身をもって世を警醒《けいせい》しようとする心がうかがわれるとぼくは見るのだ。

板垣退助の談話の中に、こういうのがある。

西郷が病気と称して久しく太政官にも出仕しないので、板垣が見舞に行くと、西郷は病気ではなかったが、まことに憂鬱げな顔をしている。

「どうなさったのです」と聞くと、

「わしは世の中がいやになりもした。わしの言うことなんぞ、今の世には通りはしません。わしは北海道に行って百姓になろうと思うとります」

と言う。板垣はおどろきながらも、声をはげまして、

「西郷さん。あんたなんということを言われる。幕府をたおして新政府を立てた中心人物はあんたではありませんか。そのあなたがそんなことを言って逃避しようなど、無責任というものですぞ。悪ければ悪いで、なぜこれを正すことを考えなさらんのです」

と言うと、西郷は満面真赤になり、がたがたふるえ出して、涙をこぼして、

「申しわけのないことを言いもした。わしが悪うごわした。おたがい、しっかりやりもそ」

と言ったという。

彼の良心的な性質と、誠実さとを見るとともに、彼がいかに新政府にあき足りなく思っていたかがわかるのであり、このあき足りなさは、彼が飽くなき理想家であったところから出て来るのだと、ぼくは思うのだ。

彼が征韓論を主唱したのもここにその根源があろう。遣韓大使となってかの地で自分が死ぬことによって、明治政府の要人らを覚醒させ、その後につづく戦争によって明治政府を引きしめようと思ったのではなかったかとぼくは思うのだ。

西南戦争もまたここに根源をもとむべきであろう。彼はクーデターによって最も理想

的な政府をつくろうと思ったにちがいない。

しかしながら、もし西南戦争が彼の勝利に帰し、彼が東京に上って来、政府をこしらえたとしても、彼は決してそれに満足せず、再び革命を企てるか、彼の股肱《ここう》であった人々に殺されるかしたにちがいない。

理想的な政府なぞ、どこの世界だって、いつの時代だって、あったためしはない。彼の心理の中にあるだけだ。彼はそれを知らない。普通の人なら、それを知って、妥協に甘んずるか、哲人となって世を雲煙の下に高踏《こうとう》するかするのだが——彼はいく度かそうしようと試みているのだが、かなしいことに彼は英雄であった。おのれの力を信ずることが厚い。おさえてもおさえ切れない烈々たる熱情がある。実現可能と信じて、賽《さい》の河原の子供のように、積んではくずし、積んではくずすことをつづけざるを得ないのだ。最も悲劇的な性格というべきであろう。

勝海舟

海舟は通称は麟太郎、名は義邦、安房守に任官して、官名で有名になっていたので、明治以後、音の通ずる文字をえらんで安芳《やすよし》としたというのが、彼が自ら経歴世変談で言う所であるが、あるいは「アホウ」とも音通だというひねった考えもあったかもしれない。

海舟という号は、同じく経歴世変談で、

「おれが海舟という号をつけたのは、おれの室にある象山（佐久間）の書いた『海舟書屋』という額がよく出来ていたから、それで思いついたのだ。然し海舟とは、もと誰の号だか知らないのだ」

と言っているのを以て、由来が明らかである。海舟の曾祖父は越後の小千谷《おぢや》から出た盲人であったという。名前すら何といったかわからない。少年の頃、江戸に出て来て、あんまをしながら多少の金をたくわえ、それを高利貸しして、ついに鉅万《きよまん》の富をなした。

一代のうちに十万両という身代になり、十カ所の地所を持っていたというのだから、豪富のほどがうかがわれる。地所の所有を現代の考えで律してはならない。金以外に資格が必要であったのである。

一体、盲人の金貸は、江戸時代には特別に手厚く保護されていて、貸倒れなどほとんどなかったものであるが、それでもこれほどの豪富になったのは、この人が知恵もすぐれておれば、辛抱強さもなかなかのものであったことを語っている。盲人が爪に火をとぼすようにして金をためるのは、金で朝廷から官を買うことが出来たからである。こうして買った官には、世間も公儀も、官に相当した敬意をはらわなければならなかったし、按摩、鍼《はり》、音曲等のその職業上の利益を保護する力もあったのである。

海舟の曾祖父も買官して検校《けんぎょう》となった。盲官では最上の官である。また長男忠之丞のために御家人《ごけにん》男谷《おだに》家の株を買ってやって、幕臣にした。以後、検校も男谷姓を名のり、「男谷検校」という名前である。

男谷家の系図はよくわからないのであるが、海舟自身のえらんだ男谷家の略系図、寛政重修諸家譜、平凡社版大人名辞典等を綜合して考えるに、次のようになるようだ。

初代検校─┬忠之丞（旭斎）─精一郎（従兄彦四郎の養子となる）
　　　　　└三男平蔵┬彦四郎＝精一郎（信友・下総守・有名な剣客）
　　　　　　　　　　└勝氏　左衛門太郎（幼名小吉）─海舟

男谷家は最初検校の長男である忠之丞が相続したのであるが、その晩年、子の精一郎がまだ幼かったので、三男の平蔵がつぎ、その子彦四郎がつぎ、彦四郎のあとを精一郎がついだものと推察される。

精一郎は幕末の有名な剣客で、晩年下総守に任官し、この官名で有名である。普通には海舟の叔父と伝えられているが、実際は、名義上はいとこであり、事実は、父のいとこである。おじという説が出たのは、俗にこんな関係は、「おじさん」と呼ぶものであるからであろう。

男谷家は、寛政重修諸家譜には、平蔵からはじまっている。平蔵が十代将軍家治の安永五年に西の丸の御持筒《もちづつ》の与力に召加えられたとあるのが書出しである。この書は目見《めみ》え以上の家しか書いてないのだから、それ以前の男谷家は目見え以下の御家人だったのである。

江戸時代も中期以後は、幕臣は軒なみに貧乏であったから、目見え以下の家では持参金つきの婿養子を迎えて家督を譲ることが普通に行なわれた。つまり、家系と資格を売るのである。武家浪人が買手である場合ももちろんあったはずだが、金をもっているのは武家浪人より町人に多い時代だから、今日話として伝わっているのは、町人が買手であった例が多い。この場合は盲人のせがれが、おやじが高利貸でためこんだ金で買ってもらったケースだ。忠之丞は三万両もって男谷家をついだと伝えられている。

忠之丞はお目見え以下でおわったが、次の平蔵が西の丸の持筒与力に召加えられて、やっと旗本になった。才能のある人物であったようだが、才能だけでは出世出来ない時代だ。金もうんと使ったろう。関係のある上位の役人らにわいろを使うのである。持筒与力から勘定方になり、蔵米百俵とりとなっているが、これも大体は金の威光によるのであろう。

平蔵の長男は彦四郎思孝《ひろたか》、燕斎と号した人だ。これも勘定方となり、諸国の代官などつとめた。実子がいたらしいが、精一郎が年頃になったので養子にして家を譲った。これが後に剣聖とまで謳われる男谷下総守信友となる。

平蔵の三男は幼名小吉、長じて左衛門太郎、これが海舟の父である。幼名の小吉が有名であるから、この文章ではずっと小吉で通させてもらいたい。

小吉の生涯は、その自叙伝に「夢酔独言」というのがあって、よくわかる。日本人の自叙伝にはおもしろいものが至って少ないのであるが、これは実におもしろい。新井白石の「折焚く柴の記」、福沢諭吉の「福翁自伝」とともに、日本自伝文学の白眉であるとぼくは思っている。故真山青果氏の名戯曲「勝海舟」、子母沢寛氏の名作「父子鷹《おやこだか》」の最も重要な参考書になっているものだ。無学といってよいくらい学問のなかった人だが、天性文才のあった人なのであろう、誤字、仮名遣いの誤り、文法上の誤り、やたら無性にありながら、強烈な個性がそくそくと訴えて来るものがあって、一種異様な名文となっている。

無茶苦茶といってよいほどの快男児であったらしく、その快男子ぶりもおもしろいが、幕末の旗本や御家人の生態、専門剣術家の生態がよくわかって、その意味でもおもしろいのである。海舟全集九巻に収録されているから、好事の読者はぜひ読まれることをすすめたい。

小吉は平蔵の妾腹の子であった。小吉の妊娠中に母は平蔵のきげんにかなわないことがあって、家を出されて小吉を生んだが、平蔵の正妻徳井《とくい》氏はよく出来た人で、平蔵を説いて小吉を引取り、乳母をつけて育てた。

小吉はおそろしく活気にあふれた子供で、五つ六つの頃から喧嘩ばかりしていたが、七つの時勝家に養子に行ってから、その乱暴ぶりは一層ひどくなった。

この養子入りというのも、実は名字と家格を買ったのであるらしい。勝家は男谷家とちがって、三河以来の旗本であるというが、寛政重修諸家譜では、三河以来の御家人ではあるが、旗本になったのは、九代将軍家重の宝暦年度からである。海舟自身の調べたものによると、江州坂田郡勝村に住んでいた家で、駿河の今川家に仕え、後に徳川家に仕えたのだという。禄は至って少ない。知行と蔵米とを合して四十一石余であったとある。全部知行にすれば、百石を少し切れるくらいのものであったろう。

この家に小吉が養子となった頃、勝家では男は死にたえて、先代の老母と孫娘一人だけいたという。平蔵は相当金もはらったであろうが、目見え以下の家とちがって旗本の家だから、買切りで遺族をかまわないというわけには行かなかったのであろう、その老婆と娘とを自分の屋敷に引取って世話した。この娘が後に小吉の妻となるのだ。

はじめのうち、男谷家も勝家も一緒に生活していたが、男谷家が本所に新しく屋敷をかまえた時、邸内に別に勝家の住宅をこしらえてやったので、小吉は勝家の二人とともに別居することになった。

小吉の運命のゆがみは、この婆アさまからはじまった。おそろしくやかましやで、意地悪で、欲ばりで、小吉にたいして毎日やかましいことばかりを言う上に、食べものなども小吉にはまずいものばかり食べさせたというのだ。

小吉は家にいる気がしなくなって、毎日外に出て、いたずらばかりして遊んだ。喧嘩はもとよりのことだ。一人で数十人を相手にやっている。

とうとう十四の時、家出してしまった。上方に行って、一生帰らないつもりだったというのだ。七両あまりの金をくすね出し、それを旅費にして西に向ったが、途中道連れになった二人の町人に、駿府の宿屋で所持金、衣服、大小みな持ち去られて、のこったのはじゅばん一枚だったというから、ひどい話だ。むごいことをするのは、現代だけかと思うと、昔もいたのだ。数え年十四の少年にたいしてこんなことをするとは！

以後は乞食だ。宿の亭主がひしゃくを一本くれて、伊勢参りになって行けと教えたので、乞食をしながら伊勢参宮をしたが、そのあとしばらく伊勢と駿河の間を行ったり来たりしている。病気をしたりなんぞして、二本杖にすがらなければ歩けないほど弱っているくせに、江戸には帰らないのだから、よほど帰るのがいやだったのである。

小吉は可愛らしい、品のよいところのある子供だったのであろう、いろいろな人が同情して、世話を焼いてくれている。駿府の与力などは、いつまでも家にいるがよいと、子供のように可愛がっているし、伊勢の石部で逢った日向の秋月家の長持を運んでいる親方は、

「上方は頼る人もなく行ってはいかんところだ。江戸へ帰るがよい。おれが連れて行ってやろう」

と言って、小吉が杖にすがらなければ、歩けないほど弱っているので、駕籠にのせて、駿府まで来ている。

駿府でよんどころのない事件がおこって、親方が国に帰ることになったので、別れて、また乞食しながら帰って来る途中、崖から落ちて、下の岩で睾丸を打ち、それが腫れて化膿して、死ぬほどの目にあった。

ともかくも、やっと江戸に帰り、わが家にたどりついている。五月下旬に家出して、閏《うるう》八月中旬に帰りついている。大体三月半ばかり家出していたわけだ。

幕府の規制では、幕臣の当主が四カ月行くえ不明であると、家断絶ということになっているのだが、小吉は半月早く帰って来たので、どうやら助かった。組頭も小吉が全然包みかくすことなく、旅中のことを打明けたのに好意をもって、

「よい修業になったろう。今に御番入りさせてやるから辛抱しろ」

と言ってくれた。小吉も励みがついて、せっせと組頭の宅に出勤した。こうして小普

請の旗本が組頭の家にごきげん伺いに行くことを逢対《ほうたい》という。上下《かみしも》をつけて行くのだ。一日《ついたち》、十五日は、小普請は皆やらなければならないのだが、番入りを希望する者は他の日にも出来るだけ度々行く。組頭の家には帳面があって、それに署名することになっている。小吉はこれまで手習したこともなければ、学問したこともない。十二の時林家《りんけ》に弟子入りしたが、五、六枚習っただけで、垣根をくぐって馬借屋《ばしやくや》に行って馬の稽古ばかりして、一向学問に不熱心だったので、林家から破門されたという。自分の名前も書けない。人に頼んで書いてもらったという。

しかし、ともかくも、心を入れかえた気になっていたのだが、家に帰るとやかましやの婆アさまが、何のかのといびり立てる。何かというと、この前の家出のことを言い出した。

「小吉や、そなたのお蔭で、勝家は潰れようとしたのだえ。もう半月帰りが遅れていたら、きれいに潰れていたのだえ」

やり切れない。出来るだけ家にいないようにして、長兄の彦四郎が当時お代官となって、屋敷はその江戸の役宅にもなっていたので、いつもそこへ遊びに行っていた。その間に、彦四郎の使っていた手代が、吉原遊びをしこんだ。十六の時だったというから恐れ入る。

おもしろくておもしろくてならないが、忽ち金に詰まった。すると、悪い手代で公金を盗めと教え、二百両盗ませた。これを一月半で使ってしまったというから、出来すぎている。

これはすぐ兄貴にわかって、大問題になったが、隠居の平蔵が、

「そなたも若い頃にはあったことだ。わずかな金で小吉を傷物にすることは出来ぬ。なんとか料簡してみやれ」

と言ったので、それでおさまったという。

当時の旗本の青少年の気風、ものわかりのよい老人の様子がうかがわれる話である。この頃の江戸では女郎買いは悪徳ではなかったのだ。度を越してはじめて悪徳となったのだ。

この頃、喧嘩修業もはじめている。ある日親戚に遊びに行って、いとこ兄弟と話していると、その家の用人で源兵衛という者がいて、小吉に言う。

「お前様はいろいろあばれなさるようですが、喧嘩をなさったことがありますか。これはよほどに肝《きも》がすわっていないと出来ないことです」

「おお、喧嘩はおれは大好きだ。小さい頃から度々やったが、おもしれえもんだ」

「さようでございますか、あさっては蔵前の八幡様の祭りでございます。一喧嘩やりましょうから、一緒にいらっしゃいまして一勝負なさいまし」

「そいつはおもしろい。連れて行ってくれ」

という次第で、その日出かけて行って、四人で五、六十人を相手に大喧嘩して、十八人に手を負わせて帰った。

「源兵衛を師匠にして嘩の稽古を毎日毎日したが、しまいには上手になった」

と、小吉は書いている。

この喧嘩の時、刀が折れたので、刀の鑑定の稽古をはじめたし、また喧嘩の相棒のいとこと剣術してしたたかになぐられたのが口惜しくて、剣術の稽古もはじめた。いずれも忽ち上手になった。刀剣鑑定の方は、後年彼が相当な期間、刀の売買で生活しているほどであり、剣術の方は江戸でも有数な剣客となって、下谷、本所、深川あたりの剣術修業者は皆手下になったほどに上達している。

「夢酔独言」を通読してのぼくの感じだが、小吉はおそろしくカンの鋭い人間であったのではないかと思う。その鋭いカンの故に刀剣の鑑定にも忽ち熟達し、剣術も上達したのであろう。こんな人間は交渉事など上手なもんだ。こんな人の交渉は剣術の仕合のようなところがある。相手の気の動きを見て、さっと一挙に話を欲するところに持って行くのだ。

こんな小吉であったから、金もうけも実にうまい。当主が道楽もので、借金だらけで、おまけにお家騒動めいた事件まで起こっているような旗本の家を立直してやったことが一再でない。こういう際の小吉はヤリクリ用人的手腕を発揮するわけである。この時代ヤリクリ用人というのがあった。貧窮旗本の財政を立直すのがその仕事で、一人で数軒を受持っている者もあったというから、現代なら計理士と雇われ経営者を兼ねた職業といえよう。このヤリクリ用人が昇華されて、学問仕立になったのが、二宮尊徳であり、佐藤信淵だ。これまで来ると、日本的経済学といえよう。

小吉は学問なぞ全然ありはしないが、持って生まれた英気と、カンの鋭さと、機智をもって、人の家の経済を立直してやったのだ。もっとも、この面では金にはならなかったようである。そういういさぎよさがあるから、成功したといえるかも知れない。

金もうけは上手であったが、生来侠気に富んでいる上に、一種の親分のようになってしまったから、つき合いに金がかかるし、道楽はするし、いつも内輪は火の車であった。

彼の無法さを物語る恰好な話がある。

ある時、彼がある武家娘にほれた。よほどにほれたのであろう、悶々としているのを、妻が見て、ある日、

「その方をわたくしが行って貰ってまいりましょう」

と言った。

「貰ってくれる？　そいつは強気《ごうぎ》だ。そんなら頼まあ」

無法といってよいか、無邪気といってよいか、このへんが小吉の小吉たるところであろう。

「貰ってまいります。それについて、わたくしにお暇《いとま》をいただかせて下さいまし」

「なぜ暇がもらいて[illegible]だ？」

「わたくしは弁[illegible]ぜ[illegible]貰って来るつもりでございますが、先方も武士でございますから、あるい[illegible]も知れません。その時はわたくしが死んでお

願いして貰いたいと存じますから」

「なるほど、そうかい、じゃ暇をやろう」

と言って、短刀を渡した。

「ありがとうございます。それでは今夜まいって、きっと連れてまいりますから」

「そうかい。じゃ頼まあ」

小吉は遊びに外出したが、途中で懇意な拝み屋に会うと、拝み屋が、

「勝様はきびしい女難の相が出ていますが、心当りがありますか」

と言う。

「ねえこともねえ、実はこうだ」

と細君との話を打明けると、拝み屋ものんきなやつで、

「そうですか。それはようなさいました」

と、言って別れた。

小吉はぶらぶら行ったが、いくらか気になったのだろう、道筋にいる懇意な女易者の家に立寄ると、女易者は一目見るや、

「殿様、大へんな相が出ています。お上り下さいまし」

と家に上げて、さしせまった女難の相が出ていますが、どうしたのですと聞く。打明けると、肝をつぶして、意見をし、奥さまは貞実なよいお方です。以後は丁寧にしてお上げなさいましと、懇々と言って聞かせた。

小吉もやっと迷いがさめて、飛んで帰ってみると、妻は子供を婆アさまに抱かせて男谷に遊びにやり、書置きして家を出ようとするところであった。

「それからは不便《ふびん》をかけてやったが、それまでは一日でもおれにたたかれぬということはなかった」

と、小吉は書いている。

女の気持などまるでわからない、わがまま一ぱいの人間であったのである。

二

小吉は十八の時結婚したのだが、二十二の時、麟太郎を生んだ。文政六年であった。実はこの前年から二十四の時まで三年間、座敷牢に入れられているから、麟太郎は座敷牢でしこまれた子であると言う人がある。故三田村鳶魚氏などその説であったが、子細に「夢酔独言」によって検討してみると、そうではないようである。麟太郎は正月三十日に生まれているのだが、小吉が座敷牢に入れられたのは前年の七月である。月が合わないのである。

小吉が座敷牢に入れられたのは、平生の身持放埒もあるが、また江戸がいやになって、再び江戸に帰らないつもりで、五月二十七日に家を出て、七月まで遠州で、剣術の弟子のところに厄介になっていたのが、父兄の怒りに触れたのである。こんなわけだから、麟太郎の母は小吉がまだ江戸を出ない頃に受胎したに違いないのである。

こんなことをせんさくするのは、座敷牢の中で子供をこしらえたというので、小吉の悪口を言う人がおり、座敷牢の中で出来た子というので、海舟のことを悪くいう人がいるからのことだ。現代の人には通用しない論理だろうが、そんな不謹慎な者の子であり、そんなところでこしらえられた子だから、海舟の行蔵に操守がないのは当然だというような議論の進め方をするのである。海舟はぼくにとって特に好きな人物ではないが、こんな議論が根拠のないものであることは、はっきりさせておきたいのである。

麟太郎は七つの時に、当時の将軍世子家慶《いえよし》の命で、家慶の五男で、当時五つであった初之丞の遊び相手になることを命ぜられ、西の丸の大奥へ上った。

徳冨蘇峰氏の説によると、勝家の親戚で大奥に奉公しているお茶局という女性があった。ある日麟太郎がご機嫌伺いに行くと、お茶局は麟太郎の手をひいて庭に出て、そぞろ歩きした。それを家慶が見て、

「よい子じゃ、初之丞が相手に召出せ」

と言ったのだという。

麟太郎は青年の頃、小柄ながら俊秀な感じの白皙の美青年だったというから、少年の頃はきっと可愛い子供だったのであろう。でなければ、お茶局が連れて庭など散歩するはずもなかろうし、家慶がそんなことを言うはずもなかろう。

初之丞は一橋家をつぐことになり、慶昌という名前になり、麟太郎も従って一橋家に勤仕するように将軍の命まで下りたのだが、間もなく初之丞が七つで死んでしまったの

で、一切は無になった。麟太郎のご殿奉公は二年でおわりをつげたのだ。

好運からすべり落ちた時、人はよく大災厄におちいるものであるが、麟太郎の場合がそうであった。間もなく大厄難が襲いかかるのである。

青雲の途絶えて、麟太郎は西の丸を退って家に帰って来た。赤貧洗うがごときものがあるが、小吉は自分が学問がないために御番入りも出来ず、生涯小普請で終らなければならないのを身にしみて後悔している。子供には学問させて、自分の出来なかったこと——お召出しになって栄達させたいと思いこんでいる。多羅尾《たらお》という旗本の家の用人が学問が出来るというので、その男の家へ毎日通わせることにした。

多羅尾の用人というのが、どれほどの学識のある人物であったかわからないが、旗本の用人くらいの人物だから、大したことはなかったろう。愛している息子のために、こんな師匠をえらんだというところが小吉だ。自分がまるッきりなので、相手の力も量られなかったのであろう。

麟太郎は頭がずばぬけてよくもあり、学問も好きであったから、父のようになまけて馬の稽古になぞは行かない。熱心に毎日通っており、家でもよく勉強するし、親孝行でもあったしするので、小吉はほくほくよろこんでいたが、ある日師匠のところからの帰りに、犬に睾丸を咬《か》みつかれた。どうも、この父子は睾丸に異変がある。

子供のことだから、気絶した。そのへんの仕事師の八五郎というものが、家へ抱き入れて介抱しながら、勝家に人を走らせた。

駆けつけた。麟太郎は蒲団を積
も来ているが、おろおろしてろ
よくよく見た。ひどい傷だ。破れ
、出血がひどいし、そのために気力

と、心細い返事

小吉は麟太郎を叱りつけた。

「しっかりしろ！　睾丸を食われたくれえで何たるざまだ！　手前それでもおれの子か！　さむらいか！」

と、したたかにがみつけると、気力をとりなおした。

駕籠を呼んで自宅に連れて帰ると、地主の岡野という旗本が外科医を呼んでくれた。

ちょっとここで説明する。この時代の小禄の旗本は、自分の拝領屋敷は他人に貸して、他の旗本の邸地の一部分を貸してもらって家を建てて住んでいるのが多かった。勝家もちゃんと拝領屋敷があるのだが、それは人に貸していたのである。この時代の勝家の家のあった旗本岡野は戦国時代、小田原北条氏の使節として豊臣秀吉を感動させたことで

有名な剛

小吉はその頃脚気で寝ていたが、がばとはね起きて、

み上げたのに寄りかかって、うっとりとしている。医者

くな手当も出来ない。小吉は麟太郎の前をまくって、

口から丸《たま》がのぞいている。

「命は大丈夫か」

と医者に聞くと、

「むずかしゅうござんすなあ、急所のことではあい

がなくなっているようじゃし」

毒だ。

千五百石の家であったが、お定ま

らっている。

縫いにかかったが、何しろむごたらし

定かでない様子だ。

て麟太郎の枕元にすわりこみ、

首宙に飛ぶと覚悟しやがれ！　麟太郎

、たたっきってやるぞ！」

、医者も気力をふるいおこし、どうや

……」

助かるか、助からないかを聞いてい

れないというのだ。

と、どなりつけて、すっぱだかになって井戸ばたにとんで行き、水垢離《ごり》をとって、金比羅様にはだか参りをして、せがれのいのちの助かるようにと祈った。毎晩つづけた。家にいる間は麟太郎を自分が抱きづめに抱いていて、ほかの者には手をふれさせない。何かというと、どなり散らしてばかりいる。

気のあらい性質の小吉が全心的の望みをかけていたむすこの災難に際して、彼らしい愛情の傾け方をしていることがわかって、胸が熱くなるのである。

近所では、むすこを犬に咬まれて気が狂《ふ》れたといっていたという。しかし、この丹誠のかいがあって、麟太郎の容態は日ましによくなり、七十日ほどで床ばなれが出来たという。これは天保二年、麟太郎九歳の時だ。彼が生涯いく度か逢った大難の第一号である。

貧乏は依然たるものであったようだ。大体この頃のことであると思うが、ある年の暮に、よその家では餅をつき、松飾りなどしているのに、勝家では餅をつく銭もなかった。本所の親類から餅をやるからとりに来いといって来た。麟太郎がもらいに行き、風呂敷に包んで背中に背負って帰る途中、両国橋の上で、風呂敷が破れて、餅がちらばりおちた。もう日が暮れて真暗だ。二つ三つは手さぐりでひろったが、急にいまいましくなって、それも川にたたきこんで帰って来たことがあると、後年追憶談している。

この頃の麟太郎は父の所業をいつも見ているので、その反対の人間になろうとして、出来るだけおとなしく、出来るだけまじめに、出来るだけ辛抱強くして、学問のよく出来る少年であったが、こんなところを見ると、父ゆずりのはげしい気性が底にあったと思われるのである。

三

多羅尾の用人の家にはどれくらい通ったろう、どうせ四書の素読くらいしか教える力のない師匠であったと思われるが、その後誰について学んだか、記録するところがない。彼が後年語ったことを集めた「処世修養談」の中に、四、五年屏居《へいきょ》を命ぜられた間に、源氏物語その他の和文、漢学は二十一史まで読み通したが、ほんとの独学で、始終、康熙字典と首ッ引きで読んだ。「音《おん》などヘンやツクリをみていいかげんにやっつけたから、読みあやまりがあるかも知れない」と言っている。これは後年のことだが、この時もそうであったかも知れない。一応手ほどきが出来ていれば、漢籍は字引もあれば註釈もついているのだから、好きで、努力する根気さえある者には、やってやれないことはないものである。

麟太郎自身は、やはり前掲の書中で、「おれが本当に修業したのは剣術ばかりだ」と言っている。海舟年譜によると、剣術の稽古は十三、四の頃で、その手ほどきは男谷精一郎であったとある。

小吉自身がなかなかの達人なのだから、自分が教えたらよさそうなものだが、学問でも武術でも、自分の子は教えにくいもので、「子を易《か》えて教える」ということばが昔はあったほどで、それが原則のようになっていた。その上、小吉はさんざ乱暴な生涯を送り、道楽のかぎりをつくしているので、まともな人間にたいしては常に一種の劣性コンプレックスがある。近頃のグレン隊にはこんな殊勝な心はないようだが、昔の道楽ものには大ていあったものである。精一郎はわが一族ではあるが、文武両道の達人であり、行状も至ってよく、世間に尊敬され、公儀の覚えもよい人物だ。この感化によって、精一郎のような人物にしたいと思って、頼んだのであろう。ついでだから書いておく。精一郎が下総守に任官したのははるかに末年、文久二年である。

数年たって、豊前中津の士、島田虎之助が、浅草新堀に道場をひらいたので、麟太郎はこれに入門した。

島田のことは、古くは中里介山の「大菩薩峠」、近くは剣豪小説ばやりで、大へん有名であるが、十八の時に九州を遊歴して一度も負けたことがなく、その後江戸に来て各道場を歴訪して試合したが、どこでも負けない。男谷道場に来ても、高弟が全部たたき伏せられた。精一郎とも立合ったが、ほとんど互角であった。しかし、精一郎の人格に敬服して、師弟の礼をとったという人だ。江戸中の剣客らに恐れられていた。

この人は見山《けんざん》と号して、禅の修行も相当し、人物もなかなかであったというから、精一郎がすすめて入門させたのであろう。「夢酔独言」によると、この以前、麟太郎は島田と同じ師匠について柔術を学んでいた相弟子であったとあるが、その師匠の名は明らかでない。この時、麟太郎十六である。

この年、小吉は麟太郎に家督をゆずり、隠居して、夢酔と号しているが、貧乏世帯を一身にまかせられた麟太郎にしてみれば、こまったことであろう。

夢酔隠居と島田との初対面のことが、独言に出ている。原文のままでは読みにくいから、ちょっと手を入れてかかげる。

「息子が柔術の相弟子に、島田虎之助という男があった。当時一番の剣客だと、みなおそれていた。この男は疳癖の強い強気《ごうぎ》もので、男谷の弟子も皆たたき伏せられ、浅草の新堀に道場を出していた。息子がこれの弟子になったが、おれは一度も会ったことがない。ある日、あいさつに行くことにしたが、その時おれは思うた。九州もので二、三年前に江戸に出て来たというのだから、まだ江戸馴れていないであろう、最初からどぎもをぬいてやろうと。そこで、緋ぢりめんの襦袢に洒落た着物、短い羽織を着て、樫の木刀を一本さして出かけた。内弟子が出て来て、いずれからという。勝の隠居だよ。すると早速虎が出て来た。袴をはいて律義まッとうな姿よ。座敷へ通した。初対面のあいさつをしてから、せがれがいろいろと世話になっている礼をのべ、世間話や剣術話をしたが、その間中、虎はおれの姿をやたら見ていたが、そのうち世間の風俗の遊惰であることを慨嘆しはじめた。おれにあてつけているように聞こえた。こいつがひたすら剛健好みの男であることは前から聞いていたから、覚悟の前よ。一向わからんふりをしていた。間もなく午後の四時頃になった。おれは虎に、今日はじめて伺うこと故、何ぞみやげを持ってと思ったのだが、お好きなものがわからないので、手ぶらでまいった、お酒はいかがと聞いた。飲みませぬ。しからばあまいものは？　それは好きでござる。さようならば、ご足労ながら一緒に浅草へんまでお出で下さい。虎は、無用でござると、やたらことわったが、おれは無理に引き出した。浅草で、先ず奥山の水茶屋の女どもをからってみせた。虎はきもをつぶした顔で、少しおくれてついて来る。おれは心中笑って、寿司はいかがときいた。好きでござるというご託宣だ。しからば、おもしろいところで寿司をさし上げようといって、吉原に行き、大門を入りにかかった。虎のおどろきようッたらなかった。あ！　これは吉原ではござらんか、ごめんごめんと、しりごみする。それを無理に連れて、仲ノ町のお亀寿司に入って、二階に上った。間もなく、注文の寿司が来る。食いながら、おれは、たばこは吸いなさらんのか、とたずねた。吸うのでござるが、修行中の身故、やめていますという。それは気の小さいこと、たばこを吸ったとて、修行の出来ぬことはありますまい、世間ではお前のことを豪傑だというているので、わしは近付きになろうと思って参上したに、そんな気の小さいことでは、江戸では修行出来ませんぞ。しからば、今日は吸います。おれは店の者を呼んで、たばこ入れやきせるを買わせて、あてがった。こうしてたばこを吸わせることが出来たので、こんどは酒を飲めといった。修行中の身故しかじか。これも叱りつけて飲ませた。そのうちに日が暮れて、諸方に提灯がつく。おりから桜時だ、風情まことによい。太夫共が揚屋入りの道中をする。虎に二階から見ろ見ろと見せると、まことに別世界でござると、余念もなく見とれている。おれは、これからおれが威勢を見せてやろうと思って、虎を連れて外に出て、ひやかしにまわると、ふだんから蒔いている種子だ、どこの楼《うち》の者も皆おれを知っている。下へもおかぬわな。虎め、舌を巻いておどろいた様子だ。佐野槌屋に上った。花見時で、客がこんで座敷がふさがっていたが、おれが顔で都合をつけさせ、一番器量のよい売れッ子の女郎を上げて遊んで、翌日帰った云々」

というのである。

道楽のかぎりをつくし、しかも一骨《ひとほね》ある江戸旗本と九州出の木強《ぼっきょう》な剣客との対照が、たくまないおかしみをもって描き出されているのである。

麟太郎はその後年の懐旧談によると、島田の道場に寄宿して、自炊して修行したという。島田は麟太郎に、いつも、

「今時皆のやっている剣術は形ばかりのもので、真の剣術ではない。せっかくやるのだから、あんたは本当の剣術をやりなさい」

と言って、剣術以外のこともいろいろとやらせた。

心胆を練ることが先ず大切であるとて、島田は寒中になると、麟太郎を、毎日夕方から稽古着一枚で王子稲荷に夜稽古にやった。先ず拝殿の礎石に腰かけて瞑目沈思して心気を練り、やがて立ち上って木剣の素ぶりをする。これをくりかえし五、六回やって、帰って来て朝稽古をし、夕方はまた出かけたのだという。時々同門の者も一緒に出かけたが、寒さと睡さに閉口して、いつも近所の百姓家をたたき起こして、泊めてもらった、麟太郎は一度もそんなことがなく、馬鹿正直にやりとげたと、処世修養談で回想してい

る。

参禅もまたすすめられたので、牛島の広徳寺という寺に行ってすわった。

「多勢の坊主と禅堂ですわっていると、和尚が棒をもって来て、不意に肩をたたくのだ。片ッぱしから仰向けにたおれる。なに、坐禅していても、銭のことやら、女のことやら、うまいもののことやら、色々なことを考えて、心がそこになく飛んでしまっているので、びっくりしてころげるのだ。おれなんかも、はじめはひっくり返ったが、段々修行が積むと、少しも驚かなくなって、肩をたたかれても、わずかに目をあけて見るくらいのところに達した。ほとんど四年間、まじめに修行した」

と、語っている。

このような若い頃に修行をしたことが、後年大へんためになったと言っている。

「幕府瓦解の時分、万死の境に出入して、ついに一生を全うしたのは、全くこの二つの功であった。あの時分、沢山刺客や何かにおびやかされたが、いつも手取りにした。この勇気と胆力は畢竟《ひっきょう》この二つに養われたのだ。危険に際会して逃げられぬ場と見たら、先ず身命を捨ててかかった。そして不思議に一度も死ななかった。ここに精神上の一大作用が存在するのだ。一度勝とうという心が出たら、忽ち逆上し、胸おどって、措置がかえってあやまり、進退度を失うことになる。あるいは遁《のが》れて防禦の位置に立とうとすれば、忽ち退縮の気が生じて相手に乗ぜられるのだ。おれはいつも先ず勝敗の念を度外におき、虚心坦懐、事変に処した。それで、小にしては刺客や乱暴人の厄からまぬかれ、大にしては瓦解前後の難局に処して、しゃくしゃくとして余裕があった。これはつまり剣術と禅学の二道から得たものの賜《たまもの》であった」

海舟年譜によると、麟太郎が西洋兵学を学ぶ志をおこしたのも、島田のすすめによるという。

「これからは剣術だけではいかん。どうしても西洋流の兵学がわからんければ、武士の素質としては一人前でない。あんたはまだ若いのだから、やるがよい」

と、すすめたのだという。

イギリス船が日本の周辺に出没したり、ロシアが北方を荒したりしはじめたのは十五、六年前からのことで、一部の具眼の人々の間には、海防の急を言い出した人もあり、渡辺崋山や高野長英が、著述をもって、人々を覚醒させようとしたのは、麟太郎十六の時であり、高島秋帆の建白が入れられて、今の板橋近くの徳丸《とくまる》ヶ原で西洋流の砲術を幕府の高官の前で演じ、その優秀さが認められて、幕府に採用されたのが、麟太郎の十九の歳である。

しかし、海舟年譜の推察では、麟太郎が蘭学の勉強をはじめたのは十六、七の頃からだろうという。果してそうなら、島田は秋帆の実演以前に洋式兵学修得の必要を麟太郎にすすめているわけだ。その見識は当時としては抜群といってよい。

島田の藩である豊前中津は福沢諭吉の出身地だが、元来蘭学のさかんなところで、殿様から、家老の世子も蘭学に興味を持って勉強している藩だから、島田としては洋式兵学のすぐれていることを前から知っていたかも知れない。あるいはすぐれていることを認める土台が出来ていたのかも知れない。人間はそういうものなのだ。単にいつか名前を聞いて記憶のどこかにあるというだけの知識でも、後にそのことのくわしい話を聞く時には興味があるし、覚えやすいものだ。

こう考えて来ると、島田虎之助は、海舟の人間形成に大へんな力のあった人であることになる。

海舟年譜には、この頃のある日、江戸城内でオランダから献納した大砲を見たところ、砲身に横文字で何やら記してあった。それをしみじみと見て、

「これは文字だから、学べば読むことが出来るはずだ」

と考えたのも、蘭学研究の一動機であると出ている。

四

麟太郎がはじめ誰について蘭学をはじめたか、海舟自身の書いたものや、談話筆記には出ていない。伊藤痴遊の勝海舟伝には、最初箕作阮甫《みつくりげんぽ》に弟子入りしようとしたが、箕作は麟太郎の服装のみすぼらしいのと束修の軽少であるのを見くびって、ことわったので、筑前黒田藩の永井青崖（助吉）に弟子入りしたと言っている。

痴遊の伝記はあてにならないものが多く、その海舟伝にも幾多の誤りが指摘出来るのだが、痴遊は生前の海舟の家にしげしげと出入りして、いろいろ話を聞いている人であ

る。あるいはこういうこともあったかも知れない。

海舟年譜によると、麟太郎は二十一の時剣術の免許を受けたが、その以前から諸家に師匠の代理で稽古に行っていたところ、この頃になると、洋学をはじめたというので、評判が悪くなり、だんだんまわり先きを少なくしなければならなかったとある。

つまり剣術の代稽古で不足勝ちな生活費を稼ぎ出しつつも、学問は和・漢・洋にわたって大いにやったらしい。この頃のこととして、経歴世変談に、彼が後に語ったことが出ている。

この頃の彼は貧乏のために、書物を買う金がない。日本橋と江戸橋の間に嘉七という男が小さな書店をひらいていたので、時々そこへ出かけて行っては、書物を立読みすることにしていた。度々行くうちに、嘉七は麟太郎が貧しい身でありながら好学なのをあわれんで、「色々親切に言ってくれた」とある。上にあげてすわらせ、茶ぐらい出してくれるようになったのであろう。

ある日、嘉七が言う。

「手前の店のお客様で、渋田利右衛門という方がおいでです。北海道箱館の商人でありますが、商用で江戸に出て来られる度に、手前共をごひいきになって、いろいろお買上げ下さるのですが、殿様のことをお話ししましたら、それは感心なお方だ、ぜひ一度お目にかかりたいとこう申されます。一度お会い下さりませぬか」

あまり気が進まなかったが、嘉七の店で会うことにして帰った。

約束の日店に行くと、相手は待っていた。色の白い、瘦せ形の女のようにおとなしい感じではあるが、一種毅然たる風格がある。

渋田は、

「手前も書物が好きで好きでならない者でございます。同じ好みの道でございますから、今後ご交際をいただきたい。やがて手前もお屋敷に上らせていただきますが、殿様も手前の宿へお出で下さいまし」

と無理に宿屋に連れて行き、饗応してくれた。酒間の話に、自分は子供の時から書物を読むのが大好きであった、商人の子にはいらぬことと、父に見つけられて、大叱られに叱られた上、こらしめのため両手を縛られて二階におしこめられた、すると、室内に草双紙があったので、足でかきよせ、足でひらいて読んでいた、夕方になって、父にまた見つかったが、さすがに父も我《が》をおった、これからは家業さえ怠らなければ許すということになった、以後、いろいろな書物を買って公然と読み、江戸へ出た時には大金を出して沢山の珍本や有益な機械などを買って、国の人々に説き聞かせるのを一つの楽しみにしていると語った。

二、三日すると、渋田は麟太郎の家に来た。この頃は麟太郎は父とは別居していたようである。当時の麟太郎の貧乏はひどいもので、畳が三枚しかない。天井はみなはがして薪にしてしまったから、一枚ものこっていないというさんたんたるものだ。渋田は気にする様子もなく、三枚のこっている破れ畳の上に、麟太郎とむかい合ってすわり、落ちつきはらって話をする。やがて昼になったので、蕎麦を注文して出すと、快く食べて、なおおもしろげに語る。

いよいよ帰る時になると、懐から二百両の金を出した。

「僅少でありますが、これで書物でも買って下さいまし」

あまりのことに麟太郎は返事もしないで見つめていた。

「いや、そんなにご遠慮なさらないで下さいまし。これぱかりの金は手前が持っていれば、じきに訳もなくつかってしまうのです。それよりも、これであなた様が珍しい書物を買ってお読みになり、あとを手前に送って下さればいいのでございます。わずかな金でも生きるというものでございます」

と言って、無理において帰って行った。

その時、渋田は「渋田蔵書」という文字の入った罫紙をうんと持って来てくれた。

「おもしろい蘭書があったら、翻訳してこの紙に書かせて、筆耕料は今の二百両のうちからお払い下さい」

と言った。

海舟はこのことを、「実際はおれが貧乏で、紙にも乏しかろうと思って呉れたのだ。その後も度々罫紙を送ってくれた。この日記なども、つまりその紙で書いたのだ」と言って、維新前後の頃に書いた「海舟日記」を問う人に示している。

麟太郎は渋田の恩を徳として、いつも音信を絶たなかったが、後年彼が幕命を受けて

長崎に海軍術を修業に行く時、ちょうど江戸に来ていたので、会って話をすると、大へんよろこんでくれて、

「これでこそ手前の半生の望みも達したというものです。手前も一度は外国に行ってみたいと思っていますが、親の遺言もあって、自由なことが出来ません。しかし、こんどあなた様がこんな仰せを受けられたのは、自分がその仰せを受けたようなものと考えています。どうぞ十分に勉強なすって下さい」

と激励したばかりか、万一、手前が死んでも、手前にかわってあなた様のご相談相手になる人物をご紹介しておきましょうと言って、摂州灘の造り酒屋嘉納治右衛門（講道館流柔道の創始者嘉納治五郎の父）、伊勢の竹川竹斎という医者、日本橋の浜口吉右衛門の三人を紹介してくれた。皆その地方の大富豪で、書物好きの蔵書家であった。海舟が後に神戸に海軍伝習所を建てた時の機械類は、嘉納が買ってくれたものであるという。渋田は鱗太郎が長崎に行っている間に病死したが、海舟は生涯渋田のことをなつかしがり、遺族らにもつくしてやっている。

男の友情の美しさだ。こんな情景は、男の友情だけにあるもので、最も美しいものである。

蘭学の方の勉強は、ずいぶん猛烈であったようである。永井青崖について蘭学を勉強している時に荷蘭《オランダ》語字典「ヅーフ・ハルマ」を満一年かかって二部書き写して、一部を手許にのこし、一部を売って生活費にしたという。生活苦と戦いながらの勉強であるか

ら、大変である。こうして蘭文がどうやら読めるようになると、西洋の兵学や砲術のこと、航海術、測量法等を、書物によって、自ら勉強した。盲人の手さぐりのようなものだ。艱難想うべきものがある。

二十三の年の九月、妻をもらった。岡野孫一郎の女、実は砥目《とめ》氏の女であると、海舟年譜にある。岡野はずっと前に書いた旗本で、勝家が邸の一部を借りて家を建てている家。砥目氏はわからない。寛政重修諸家譜に出ていないところを見ると、幕臣ではあっても、お目見え以下の家だったのであろう。あるいは幕臣ではなかったのかも知れない。だから、岡野の養女とする必要があったとも思われる。

「嫁は目下からもらうべきものだ」

というのは、夢酔が独言で書いているところである。この考えで、夢酔がさがして見立てたのであろう。

この前年、麟太郎は佐久間象山を訪問している。象山がどの程度蘭書が読めたか、おそらく原書を読みくだくほどの力はなかったと思うが、あたまのよい、見識の立つ人だけに、西洋流の兵学を標榜して立っている人の中では最も有名な人であったから、訪ねて行ったのであろう。

「一見旧知のごとし」

と年譜は記している。双方ともただものでない。大いに気が合ったに違いない。海舟は晩年には、象山にたいして批評的になって、

「佐久間象山は物識りだったよ。学問も博《ひろ》し、見識も多少持っていたよ。しかし、どうも法螺吹きで困るよ。あんな男を実際の局にあたらせたらどうだろうか。何とも保証出来ない。（中略）顔つきから既に一種奇妙なのに、平生緞子《どんす》の羽織に古代模様の袴をはいて、いかにもおれは天下の師だというように儼然《げんぜん》とかまえこんで、元来覇気の強い男だから、漢学者が来ると洋学をもっておどしつけ、洋学者が来ると漢学をもっておどしつけ、一寸書生がたずねて来ても、直《じ》きに叱り飛ばすという風で始末にいけなかったよ」（清譚と逸話）

と、辛辣なことを言っているが、一頃は大変親しくなり、自分の妹を象山の後妻にやったほどである。

また結婚の翌年には住宅を本所から赤坂田町に移している。師匠の永井青崖のいる黒田家の上屋敷が霞ヶ関にあるから、通学の便利のためもあって引っこしたのであろう。

麟太郎の二十八の年の九月、夢酔が死んだ。その時から、麟太郎は蘭学塾をひらいて、子弟に教授することにした。これは嘉永三年のことである。日本の周辺には、英・仏・米・露の船がこもごもあらわれ、もはや海防のことは二、三の先覚者だけの憂えではなく、当時のインテリ全部の関心事になっていた。

麟太郎の蘭学塾は比較的に順調にスタートしたようである。

五

嘉永六年、即ちペリーが浦賀へ来て日本中の大騒ぎになった年だが、ペリーの来る二月前の四月に、麟太郎の武術を将軍が見て、巻物二つを賞賜していることが、年譜に出ている。続徳川実紀に照らしてみると、二十六日の条に「番士および小普請のやからの武術を上覧あり」とある。特に麟太郎の武術だけを見たのではなく、旗本一般の武術を覧《み》たのである。従って、この時麟太郎が演じた武術は、西洋流の砲術ではなく、剣術であったのだ。

この翌年、麟太郎三十二の年の九月、蕃書調所《しらべしょ》頭取の大久保忠寛《ただひろ》（一翁）が訪ねて来て、時事問題についての、麟太郎の意見をたたいた。思うに、ペリーの来航によっておこった当面の重大事である開鎖問題に関連しての国防策であったろう。ペリーはこの年正月また来て、強硬に論判し、ついに箱館、下田、長崎を互市場とする神奈川条約をとりつけてしまったのだが、世間はもとよりのこと、幕府内部にすら強い反対論があったし、たとえ開国しても国防はゆるがせにすべからざるものと思われていたのだ。大久保は役目がら、麟太郎の蘭学の力や見識のほどを役所の人々に聞いていたのであろう。

麟太郎が大久保にどんな風に説いたか、徴すべき直接の資料は全然ないが、全集の建言書類篇の冒頭に、この前年の七月十二日に水戸斉昭《なりあき》への建白書が出ている。これには江戸湾の防衛対策についてだけ書いてあって、彼の中心思想が開国論なのか、鎖国論なのか、はっきりしない。水戸老侯はこの頃幕府の政治顧問ではあるが、骨髄からの外国ぎらいなので、本心の開国論をかくして、当面の急務だけについて建白したのかも知れない。勝は本質からの政治家だ。純理論をふりかざして議論する人ではない。そんな議論は無意味だと思っている。出来るだけ衝突を避けて、しくしくと自分の欲するところへ持って行くのが政治だと思っている人だ。

しかし、大久保忠寛にたいしては、本心を打明けて説いたに相違ない。大久保は清白で、身を持すること謹厳で、古武士的なところが明治になってまであった人だが、頑迷な保守家ではない。蕃書調所の長官として、蘭学者らからいろいろなことを聞いているから、開国主義者であったはずである。麟太郎は開国論を説き、また海防策についての意見ものべたろう。

大久保は非常に感心して、海防意見書を幕府に差出すように言った。麟太郎は承諾して、意見書を草して提出した。この意見書ものこっていないが、多分前年水戸老侯に差出したものを骨子として布衍《ふえん》拡大して全国的の規模にしたものであったろう。

この意見書によって、麟太郎の運命がひらけた。年が明けるとすぐ蕃書翻訳勤務を命ぜられたが、これは単に登庸のための名目で、実際の仕事は他にあった。翌日、大坂湾と伊勢湾を防衛上の見地から視察することを命ぜられた。大坂湾は京都防衛の、伊勢湾は神宮防衛の、共に要地であるからだ。

余談だが、戦後、明治の藩閥政府が自らの勢力維持のために天皇制をつくり上げたという学説が行なわれているが、この一事をもっても、それが結果論的俗学説であることがわかる。皇室尊重の気風は江戸幕府二百七十余年間の学問奨励が自然に馴致《じゅんち》したのであり、この上に乗って封建制度を打破し、日本は統一国家となったのだ。その時代の常識であったから、明治政府はそれを政治体制化したにすぎない。そうする以外に、どう出来たろう。明治政府だけに責任を負わすべきではあるまい。

さて、麟太郎は早速出発して西に向い、視察をおわって、四月に江戸に帰って報告したが、七月にはまた新しい命令が下った。長崎に行って、オランダから寄贈してくれた軍艦の運用その他を蘭人について伝習せよという命令だ。前に書いた渋田利右衛門との別れはこの時のことである。

翌月、小十人組に番入りを仰せつかった。それまでは小普請のままだったのだから、蕃書翻訳勤務も、海防視察も、一時任用という格であったのであろう。金二枚と時服二枚を下賜され、九月一日、幕府の所持船昇平丸に乗って江戸を出発、十月二十日長崎港に入った。出島のオランダ屋敷に行き、蘭人の海軍教師ペルスレイケン等に会って入門の式を行なった。オランダ教官らは、士官、水夫ら合して二十二人いたのである。

この伝習所のいろいろな組織のことは、海舟の著書「海軍歴史」に詳細である。幕臣だけでなく、各藩から伝習生が来ている。薩摩、熊本、福岡、長州、佐賀、津、福山、掛川等の藩士の名が見える。これらの中で、維新時代と明治年代に有名であった人物は薩摩の五代才助、川村純義、長州の桂右衛門、佐賀の中牟田倉之助らだ。

麟太郎はここに足かけ六年いたが、その間のことを、後年こう追憶談している。

「航海術、運用術、機関術、算術など六課目を勉強させられた。天文学も無論勉強した。皆横文字でやるのだから、前から蘭学をやっていたおれのような者は都合がよかったが、漢学ばかりやっていた者が多かったから、なかなか骨がおれた。二年で卒業だが、おれは都合六年いて、新入生を教授したりなどしたから、かなり技倆を養うことが出来た」

またこう語っている。

「これは安政三年（四年のあやまり）のことだが、その秋ちょうど海軍伝習所の学年がわりで、生徒も教師も大抵かわったけれど、おれはなおのこっていた。その際三日ばかり休日があった。おれはゴットル船に乗って遠洋航海をやろうと思って、教師に願い出たところ、この二、三日は天気が危いから少し後に延ばせという。しかし、すでに海軍に出ている以上は、難船して死ぬのはもとより覚悟だといって、生徒柴弘吉外七、八名と水兵六名を連れて、強いて出かけた。教師はくれぐれも危いところには行くな、大てい十六里位を限りにして、それより遠くへは出るなと、親切に注意してくれたが、深く耳にとめず、ずんずん沖に出た。五島あたりまではなんの事なく進航した。すると、西南の方から忽ち暴風が黒雲とともに吹起こって帆も何もさっぱりきかなくなって来た。さあ、大変と、防ぐ方法を講ずるのだが、水夫共狼狽して、ちっとも指図通りに働いてくれない。ともかくも肥前の海岸へ寄ろうと思って総がかりであせるのだけれども風は益々荒れるし、術はまだ拙《まず》いと来ているから、瞬間の間に沖の方へ吹流されてしまう。

おれは早く錨を下せと命令したが、海が深くて、三十尋の錨縄《いかりなわ》では底へとどかないという。かれこれするうちに、とうとう暗礁へ乗り上げて、舵はこわれるし、船は穴があいて潮水がどんどん入って来る。おれはもう駄目だと思った。大声で、自分が愚かで教師の命令を用いなかったために、諸君にまでこんな難儀をさせる、実に面目ない次第だ、自分の死ぬのはまさにこの時だ！　とさけんだところが、水夫共はこれに励まされて、再び勇気を回復し、それからは手足を動かすように、万事おれの指図に従って、どうかこうか暗礁を離れた。また、この頃から風雨もやんで来たので、一同全力をつくして、海岸の方へ寄せつけた。その夜は海上に浮かびながら、ともかくも船を仮修理して、翌日晴天になるのを待って、とうとう、他人の助けは少しも借りないで長崎まで帰って来た。直きに教師のところへ行って、顚末を話して、命令を用いなかったためであると謝したところ、教師――カッテンテーキという男であったが、笑いながら、それはよい修業をした、いくら理屈を知っていても、実地に危い目に逢ってみなければ、船のことはわからないものだ、危い目といっても、十度が十度ながら各々別で、度々危険を経験するほど航海の術はわかって来るものだと教えてくれた。おれはこの時に理屈と実際とは別だということを、いよいよ明らかに悟ったよ」

理論を知っているばかりの未経験なものだけで、乱暴な話だが、この時代の青年のこの壮烈な気概が、やがて短時日の間に日本を発展進歩させた原動力といえよう。

「これもやはりその年の秋の末であったが、咸臨丸に乗って五島あたりへ航海し、対馬《つしま》に行き、府中に入って、三日間対馬藩からいろいろ親切な待遇を受け、さらに釜山沖へ行って朝鮮の陸地を眺望して帰ったことがあった。その対馬にいる頃だ。おれは教師のハントローエンとハルジスと共に、対馬の西北を測量したが、その時、小川の海に注いでいるあたりがあまり景色がよいので、ボートをおろして三人で、その小川を一、二町さかのぼった。あまり深くはないが、水が澄んで底の石さえ数えられる。しばらく余念なく見とれていると、突然二人の教師があっとさけんだので、おどろいて見まわした。川岸に稲束をかけてほしてあり、その向うに瓦屋根の家が一軒ある。その稲の蔭に二人の武士が火縄銃をもってわれわれを狙って、今にも火蓋《ひぶた》を切ろうとしている。おれもおどろいた。すぐボートから飛び出して、持っていた馬の鞭でやにわにその火縄を打ちはらった。武士らはおそれて後ろの瓦家に逃げこんだ。追っかけて行って、散々に叱りつけると、向うもはじめておれが日本人であることを知って、大いに恐れ入って詫びた。わたくし共は番士の職を奉じているものだが、異国船が碇泊して異人が上陸しているのだと思いこんだので、役目がら唯今の振舞におよびましたという。おれは自分らの任務を話して聞かせた。彼らは益々恐縮して、このことが表沙汰になると、私共は重い罪に処せられるから、何とぞ内聞にしてくれと頼むのさ。そうしてやったがね。おれはこの時からずいぶん肝《きも》がすわって、冒険心が無闇におこって来てね」

ざっとまあこんな風にして、せっせと海軍術を修得した。

六年長崎にいる間、学業のほかにオランダ領事や教頭からいろいろ海外の事情を聞いたので、おりにふれては幕府の要路に報告したという。自らも海外事情に明るくなったことは言うまでもない。長崎在任中に、講武所砲術師範役に任ぜられ、また大御番《おおごばん》に編入され、金二枚、時服二枚を下賜されている。大御番に編入されれば、もう高級旗本である。俸禄も相当加増されたはずだが、くわしいことはわからない。

講武所は安政二年に男谷精一郎の建白で設置され、精一郎は頭取兼師範役になった。麟太郎がその砲術師範になったのは、三年三月のことだが、依然として長崎に留まって海軍伝習生たることを続けよというのだから、これは麟太郎に職俸をくれるための処置であったのであろう。

長崎にいる間の安政五年春に、軍艦で九州巡航をして、鹿児島に行き、当時在国中であった島津斉彬《なりあきら》に会っている。

この軍艦は琉球まで行く予定にしていたのだが、当時薩摩は琉球を通じて中国や欧州諸国と密貿易をしている。斉彬は事情を打明けて、琉球行きを中止してくれるよう頼んだところ、麟太郎は諒解したと伝えられる。

海舟は西郷と自分との関係を、西郷の用うべき人物であることを斉彬から話に聞いていたと、後年語っているが、とすればそれは、この時でなければならない。二人が会ったのは、この時が一度だけなのである。この以前、江戸にいる頃の麟太郎は斉彬に知られるほどの名士ではない。また斉彬は再び江戸に出て行かず、この年の七月十六日には死んでしもうのである、どうしても、二人が会ったのは、この時だけであるということになる。

西郷はこの頃は国許にはいない。前年冬、斉彬の命を受けて江戸に出て、一橋慶喜《よしのぶ》を将軍継嗣とする運動を越前慶永《よしなが》を中心にして、橋本左内らとともに熱心につづけているのだ。将軍継嗣問題は当時の大問題であったのだから、当然、斉彬と麟太郎の間の話題にもなったはずだ。

「実はわしは西郷吉之助という者を江戸に出して、越前家と一緒に運動させている。西郷は身分の低い者ではあるが、なかなかのやつで、わしは大いに気に入っているのだ。如才なくやっているであろう」

というようなことを言ったのであろう。

もし西郷が在国中なら、早速呼び出して引き合わせたであろう。二人が実際に会ったのは、この時から六年後の元治元年である。

斉彬との面会はたった一度きりだが、文書のやりとりはあったようである。麟太郎が鹿児島から長崎に帰って間もなく、斉彬の出した手紙が、海舟全集の亡友帖に収録されているが、斉彬は両三年前に注文した剣付鉄砲五百梃を、長崎の奉行らがおさえて渡さないから、早々に渡すように話してくれとか、京都朝廷が国際情勢も、彼我の形勢にもわきまえなく、無責任な連中の過激な説を聞いて、頑固な鎖国説を抱いているが、今に大へんなことになると心痛にたえないとか、いろいろ打明けたことを書いている。よほどに双方で許し合っていたことがわかるのである。

六

安政五年秋から安政六年はじめにかけては、いわゆる安政の大獄の頃で、天下の有志が公家といわず、諸大名といわず、藩士といわず、浪人といわず、大量に検挙されたり、処罰されたりした時期である。

麟太郎は長崎にいて、この疑獄には全然無関係でいたが、幕府部内でも進歩派の人々が大分飛ばっちりを食っている。岩瀬忠震《ただなり》・水野忠徳《ただのり》等の洋学好みの人々で、慶喜擁立派だった人々が職を免ぜられたり、左遷されたりしているのである。大獄の根本的原因は将軍継嗣問題だが、麟太郎はこの問題にたいしては、興味もなければ、意義も認めていなかったのではないかと思う。これについての彼の意見は、その全集中のどこにも発見出来ないのである。

安政六年になって間もなく、麟太郎は、幕府が近いうちに外国に使節を派遣する議を決したと聞いて、「少し考えるところがあって」江戸に帰りたいと決心し、上司に願い出ると、すぐ聞きとどけられたと、清譚と逸話にある。何を考えたのか、麟太郎は書きのこしてもいないし、語ってもいないが、後のことを考え合わせると、使節が行くのなら送って行く船が必要なはずだから、その船を自分が運航して行く役にしてもらいたかったのではなかったかと思う。

正月五日、朝陽艦に乗って、長崎を出発し、途中瀬戸内海の塩飽《しあく》島に立寄って一両日滞在した。海軍伝習所で使い、また朝陽艦に乗っている水夫らは皆この島の出身者であったから、久しぶりに藪入りさせもし、またいずれアメリカに行くことになろうからそれとなく暇乞いさせたい気持もあったのであろう。この島は王朝時代以来瀬戸内海海賊の根拠地の一つで、塩飽海賊といえば、戦国時代には鳴らしたものであった。水夫らはその子孫というわけだ。

やがて塩飽を出帆して東に向ったが、途中伊豆の大島近くに来ると、風があれ、雪が降り、難破しそうになった。ボートも全部切捨て、麟太郎は三本マストの一番後ろの帆柱にからだをしばりつけて、浪に洗い去られないようにして指揮したが、皆飢えこごえて、働くにも働けない有様であった。一度など麟太郎は縄が切れて海中にころげ落ちようとまでした。一昼夜かかって、やっといくらか風がなぎ、伊豆の下田までたどりついた。「今から考えても身の毛がよだつようだ」と、後年語っている。

十五日、江戸につくと、麟太郎は軍艦操練所教師方頭取を命ぜられ、長崎伝習所は閉鎖になった。

江戸詰になったので、麟太郎は赤坂氷川下に転居した。身分にふさわしい屋敷を下賜されたのであろう。彼は明治初年に一時静岡に移住した間をのぞいて、ずっと赤坂氷川町で生活し、生涯をおわったのである。十一月に、米国へ軍艦を運航して行くべき許可が下り、将軍にも拝謁を仰せつかった。この時金二枚と時服二枚を賜わった。つづいて長崎伝習中、格別に出精したというので、金三枚と時服二枚を賜うた。そして、アメリカへ行っている間は両御番の上席を命ずると申渡された。艦長などというのは新しい職で、まだ位になっていないから、両御番上席というのは位を定めたのである。

麟太郎の最初の希望は、幕府の使節を送って行くということにあったらしいが、使節はアメリカから船をさしまわしてくれてそれで行くことになったので、麟太郎らはそれとは別に単に日本の軍艦がアメリカを訪問するということで出かけることになった。

年が明けて安政七年(万延元年)、正月七日、使節を送るためのアメリカ船ポーハタン号は品川に入った。使節らは十九日、これで品川を出発した。正使新見《にいみ》豊前守正興、副使村垣淡路守範正、目付小栗豊後守忠順《ただまさ》らである。

これに先立って、十三日、麟太郎は咸臨丸で品川を出た。軍艦奉行木村摂津守喜毅《よしたけ》が最上位で、麟太郎が艦長であった。

この航海のことは、福沢諭吉の福翁自伝が一番くわしくもあれば、おもしろくもある。福沢は木村に頼んで、その従者ということにしてもらって乗り組んだのである。

福沢の記するところと、勝の話とを綜合すると、この船はこの二、三年前にオランダから買い入れたもので、値段は二万五千両、長さ三十間ばかり、百馬力の蒸気機関をそなえているが、それは港の出入りの時に焚いて汽力を利用するだけで、あとは一切帆で行く。乗組員はすべてで九十六人であったという。

麟太郎が考え出したことであろうが、この航海は一切外国人の力を借りず、全部日本人だけの力でやってのけようということにして、士官連はもちろん、水夫らまでその覚悟をきめていた。ところが、この少し前、アメリカ船が奄美《あまみ》大島付近で難破して、助けられた連中が内地に連れて来られ、横浜で幕府の世話を受けていた。船長がジョン・ブルック以下、士官一人、医者一人、水夫四、五人だ。この連中が咸臨丸がサンフランシスコに行くと聞くと、便乗したいと言い出した。幕府では許可することにしたが、麟太郎をはじめ皆これをことわった。

「アメリカ人らをのせて行くと、われわれがアメリカ人に連れて行かれたように思われるであろう。日本人の名誉にかかわることである」

ところが幕府の老中らは麟太郎らの技倆が不安だ。まさかの時には米船員らが頼りになるだろうと思っている。ぜひ乗せて行けとおさえつけた。命令とあらばしかたがないが、

「絶対に口出ししたり、手出ししたり、さしずがましいことをしないという条件なら、乗せて行きましょう」

と答え、それを約束させて、便乗させることにした。

正月十三日に品川を出、途中浦賀に寄ってそれから真直ぐに米大陸目ざし、三十七日かかって、二月二十五日にサンフランシスコについている。途中毎日暴風で、救命ボート四隻のうち二隻も激浪にとられた。

「ある朝起きていつもの通り木村摂津守の用事をするために、その部屋に入って行くと、ドル金貨が何百枚、何千枚と知れず散乱している。前夜の大あらしで、袋に入れて押入

の中に積み上げておいたのが、はげしい船の動揺で、戸をおし破ってころげ出し、散乱したのであった。外国為替の知識などさらにないので、現金を持って行ったのだ」

と、福沢諭吉が自伝で書いている。また、こうも書いている。

「勝麟太郎という人は、至極船に弱い人で、航海中は病人同様、自分の部屋の外に出ることは出来なかった」

こんな風ではあったが、便乗のブルック船長らに何の手伝いも受けず、太平洋を乗り切ったのである。

アメリカでは非常な歓迎を受け、下へもおかぬ待遇をされている。見聞をひろめ、書籍その他の有用な買物などして、閏三月十八日（陽暦五月八日）にサンフランシスコを出発した。ほぼ二カ月アメリカに滞在していたわけだ。途中ハワイに立寄ったりなどして、五月五日浦賀に入り、六日品川に入った。この不在中に井伊大老が殺されているが、彼らはそれを浦賀で聞いている。

帰って来てすぐのこととして、こんな話を麟太郎は後年している。老中の一人から、

「その方は一種の眼光をそなえた者であるから、異国をはじめて見て、定めて何か目をつけたことがあろう。くわしく言上せよ」

と言われた。

「人間のすることは古今東西同じで、アメリカとて別に変ったことはございません」

と麟太郎は答えたが、再三再四問われるので、

「それほど仰せられるなら、申し上げます。少し目につきましたことは、アメリカでは、政府でも民間でも、およそ人の上に立つ者は、皆その地位相当に賢うございます。この点だけは、お国と全く反対のように思いました」

と言うと、老中は目をむき出して、

「この無礼者！　ひかえおろう！」

と叱りつけたという。

ともあれ、日本人だけの力で太平洋を乗り切った壮挙は、大いに麟太郎の名をあげた。日本をあげて欧米勢力の切迫に脅威を感じている時だ。開国論といい、鎖国論といい、せんずるところは、その脅威感のあらわれだ。それだけに、この壮挙は日本人に自信を持たせたこと非常なものであった。麟太郎の狙いもまたここにあったろう。

以後、しばらく、麟太郎の栄達がつづく。

翌月は天守番之頭格《かしらかく》と蕃書調所頭取介に任命され、十二月にはアメリカ行きの努力を賞せられて、金五枚、時服二枚を賜い、終身七人扶持を賜うた。

翌年九月には天守番之頭格、講武所砲術師範役。

その翌年七月には、二の丸留守居格、軍艦頭取、布衣《ほい》、百俵を加増、役高として五百俵。閏八月には軍艦奉行並《なみ》、役高千俵。

七

この間に、時勢は急湍《きゅうたん》のように進んだ。単に皇室を尊重すべしというだけの思想であった尊王論は行動の理論である勤王論にかわり、単に国を鎖《と》ざして世界から孤立すべしというだけであった鎖国論は一切の外国人を打攘《うちはら》えという激烈な攘夷論に発展して来た。安政の大獄以前までは、諸藩の志士も浪人志士も、幕府をたたき潰せという思想を抱いているものはなく、幕府は政治の実権をおあずかりしているのだから、これを強化することが、今日の国難を乗り切る最良の方法であるという考えから、賢明の名の高い一橋慶喜を将軍の継嗣とし、将軍の仕事を代行さすべきであるという運動もおこったのであるが、この頃では幕府は日本のためには無益有害な長物にすぎない、たたきつぶせという議論がおこり、一部の諸藩士や浪人志士の間では最も有力なものとなり、長州藩などは藩としてその方針となりまでした。

天誅と称して、暗殺がさかんに行なわれ、勤王だ、攘夷だ、と言いさえすれば、一《い》ッぱしの志士で通る世の中になった。朝廷の権威はおそろしく上り、幕府の権威は日に低下した。その朝廷が攘夷にこりかたまっていて、幕府に攘夷しろと言う。幕府は攘夷なんぞ出来ないことだとわかっているのだが、そう言えない。

「いずれ攘夷いたします」

というようなことでごまかそうとすると、

「いずれとは何だ。いつからするのだ!」

と、朝廷は迫る。

大へんな時代である。恐るべき時代である。アメリカとの戦争は無謀である、勝てる見込みはないと思いながらも、はっきりそう言えなかった時代の空気を知っている現代のわれわれは、いかにこの時代が恐るべき時代であったか、よくわかるはずである。歴史の中には時々こんな時代がある。こんな社会的空気をつくらないように、不断に注意し、不断に努力して、何によらず一辺倒的議論を跋扈《ばっこ》させないことが必要であるという教訓になることとであろう。

この年のいつか、赤坂氷川町の屋敷に、江戸人千葉重太郎、土佐人坂本竜馬と名のる者が訪ねて来た。千葉重太郎の父貞吉は千葉周作の弟で、兄とは別に京橋桶町に道場をひらき、俗に桶町千葉といわれていた人だ。その子重太郎も江戸で有名な剣客であるから、麟太郎も名前は知っている。坂本はその桶町千葉の高弟であった。

千葉家は長兄の周作が水戸家から扶持をもらって嘱託になっているため、水戸人の門人が多い。水戸流の攘夷思想にかたまっていた。坂本は一種の天才で、ものにこだわらず、闊達自在な英雄男児ではあるが、学問はない男だ。この頃はやりの思想にかぶれて、攘夷思想を抱いている。麟太郎を斬るつもりで来たのだ。

麟太郎は二人を迎え入れて、にこにこ笑いながら、先ず、

「君らはおれをこうするつもりで来たのだろう」

と、言って、右手を手刀にして斜めにふりおろして見せた。

さすがの二人もどぎもをぬかれた。

「斬るなら、斬られてもやろう。しかし、一応、おれの議論を聞いてみたらどうだ」

と言って、世界の大勢から説き出し、近代的軍備のまるで整っていない日本がどうして西洋諸国に敵するものかと説明し、アヘン戦争に敗れた支那、また印度その他の東洋諸国が西洋諸国のためにどんな目にあったかをこんこんと説き、真の攘夷とは日本が欧米諸国に対抗し得る国力を養い、自由に彼らと角逐し、白人専制の勢いを制止することだ、それには先ず開国して西洋の文明をとり入れ、日本がそれに及ぶようにすべきだと説き聞かせた。

その日は承服しないで帰って行ったが、度々訪問して話を聞いているうちに、坂本はすっかり改宗してしまい、麟太郎の門人になってしまった。

文久二年十二月、麟太郎は老中格小笠原長行が大坂に出張するので、軍艦順動丸によって随行して西上した。小笠原閣老の西上は、京都の防衛上、大坂湾の防備を厳重にしなければならないという説がおこって、なかなか盛んになったからであった。

麟太郎はこのことについて、かねてから要路に建白書を上《たてまつ》っていた。

「大坂湾防備のことは大事なことではあるが、単に大坂湾だけに防備施設をしても、気休めにしかならない。よろしく規模を大にして、海軍を拡張し、営所を兵庫、対馬に設け、さらに朝鮮にもおき、支那にもおき、日・鮮・支三国が同盟して、西洋諸国に対抗すべきである」

というのがその概要であったと、この翌年四月二十五日、桂小五郎と対馬藩の大島友之允とに語っている彼の日記の記述で明らかである。東亜連合の構想だ。彼が前年坂本竜馬に説いて、その攘夷説を翻させたのも、この説であったろう。

こんな雄大な計画をもっていたので、随行に加えられたのであろう。

大坂につくと、麟太郎は大坂湾の要害を調査にかかったが、その間、大坂の安治川口に海軍学の私塾をひらいた。竜馬が塾頭をつとめている。麟太郎の従者という名義で順動丸に乗って、一緒に西上したのであろう。

坂本は土佐を脱藩している身の上だ。彼が脱藩した頃、土佐で参政の吉田東洋が暗殺されているので、濃厚な嫌疑がかかっていた。つまり、追捕《ついぶ》されている身の上であった。実際は坂本には関係ない。土佐の勤王党首領武市《たけち》半平太の命を受けて、その門下生である那須信吾らがやったのである。

麟太郎は翌文久三年正月に、順動丸でちょいと江戸に帰ったが、その途中下田港に寄ると、山内容堂が海路土佐に帰るため下田に寄港していた。麟太郎は早速訪問して、竜馬らをあずかりたいと願い、その許可を得ている。

海舟日記によると、この頃彼の許にはいろいろな人が出入りしている。桂小五郎の名の見えることは前に触れたが、井上聞多の名も見え、薩摩人の名も多数見える。会津人、越前人、実にさまざまだ。横井小楠（在江戸）、佐久間象山（在京都）のところへは、こちらから訪問している。二人とも先生と書いてある。小楠にたいしては大へん敬服しているが、象山の説には「感服すべきの論なし」と書いている。

開国論者、攘夷論者、藩士、浪人、いろいろな人が訪ねて来るところ、奇観である。坂本竜馬が宣伝につとめたのかも知れない。

三月四日に、将軍家茂《いえもち》が上京して来た。やむを得ない上京であった。朝廷では家茂を呼びつけて、攘夷を確約させるつもりであった。それがわかっているので、家茂を上京させることを幕府は欲しなかったのだが、世上一般が極端な皇室尊重の空気になっているので、拒むことが出来ない。ついに上京したのであった。

朝廷では、将軍が参内すると、

「叡慮を遵奉し、君臣の名分を正し、挙国一致攘夷せよ」

と命じたばかりか、数日後には天皇が加茂の両社に行幸して、攘夷を祈願された。家茂将軍はこれに供奉《ぐぶ》したのであるから、攘夷を承諾したようなものだ。朝廷の攘夷論を指導していたのは長州の攘夷主義者らだ。幕府はまんまとその策謀に引っかかってしまったのである。策謀と知っていても、どうすることもできない世間の空気でもあった。

この頃、麟太郎も上京して、寺町通りを歩いていると、三人の壮漢がいきなり前に飛び出して来て、ものも言わずに斬りかかって来た。おどろいてうしろへ飛び退ると、麟太郎が供に連れていた土佐藩士岡田以蔵《いぞう》が、刀を引きぬくや、一刀のもとに一人を斬りたおし、

「弱虫ども、何をしおる！」

と大喝すると、のこる二人はきりきり舞いして逃げ去った。当時の空気がうかがわれるのだ。開国主義者や幕府の捕吏を暗殺すると、世間も喝采し、攘夷志士の中でいい顔になれたのだ。こまった時代であった。ある一つの思想が一辺倒的に勢いを得てくると、必ずこういうことになる。五・一五、二・二六事件等が頻発した時代と考え合わせてみるがよいのである。今日右翼の中にいろいろテロをやっている者があるが、社会がそれを受入れないのは自由主義が世の常識になっているからである。

麟太郎の護衛者としてついていた岡田以蔵は、人斬り以蔵といわれたくらいの暗殺名人であるところから、坂本が護衛のためにつけてくれたのである。

後日、麟太郎は岡田に、

「君は人を殺すことに興味を持っているがよくないことだ。この前の時もそうだった。改めるがよい」

と訓戒したところ、岡田は不服げに、

「それでも、先生、あの時、わたしがいなかったら、先生の首は飛んでいたでしょうに」

と言った。

「これにはおれも一言もなかったよ」

と、麟太郎は、後年、追憶談をしている。

加茂の行幸があって一月後の四月十一日、天皇はこんどは石清水《いわしみず》八幡に行幸あった。また攘夷ご祈願のためだ。将軍は今度はさすがにがまん出来ず、病気と称して一橋慶喜を代理として供奉させた。世間はおそろしく幕府を悪く言った。

こういうことで、将軍はついに来る五月十日から必ず攘夷を行なうと奏聞《そうもん》してしまった。それは四月二十日のことであったが、その翌日、京都を出発して、大坂湾の防備巡視の途に上り、二十三日に巡視したが、麟太郎はその案内役をつとめた。

将軍は神戸のあたりまで来ると、麟太郎の追憶談、その著海軍歴史、その日記等によると、麟太郎の言上に応じて、即座に、

「このへんに軍艦操練所ならびに造船所を建て、内海警備をいたすよう」

と、直命した。

この二日後の四月二十五日、姉小路公知《あねがこうじきんとも》が朝命によって、沿海警備巡視と称して将軍の様子を見に来た。ほんとに心から攘夷をやる気があるかどうか調べようというわけだ。姉小路は三条実美《さねとみ》とならんで、当時朝廷内で最も激烈な攘夷主義者であった。なに、長州藩士らにあやつられているので、とりとめた思想なんぞありはしないのだ。しかし、過激であればあるほど正論とされる時代の空気だから、なかなかの勢いであった。三条は色が白く、姉小路は色が黒く、そして二人とも小柄な人達だったので、「白豆・黒豆」とあだ名されていたという。

麟太郎の追憶談と日記によると、彼は姉小路にその旅館である本願寺に呼ばれて行っ

て、意見をたずねられた。

麟太郎は滔々とのべ立てた。

「台場を築くには莫大な費用が必要でありますが、その金がございましょうか。入る口がありましょうか」

と論じて行った。そんなことを姉小路が知るはずがない。口をつぐんでいたが、麟太郎の話をきいて、いろいろなことがわかった模様だ。こうなると、もう薬籠中のものとなったようなものだ。麟太郎は、

「一応、拙者の汽船に乗って、湾内を巡視なさるがようござる。何もお知りなくしては見込みも立ちますまい」

とすすめると、承知した。

麟太郎は姉小路をのせて、一昼夜の間、播州の海から大坂湾一帯、紀州の方まで乗りまわした。海がしけて姉小路が閉口したという話もある。何しろ広範囲だ。いくつ砲台をこしらえても、十分ということはなさそうだ。

ここで、麟太郎はまた説く。

「ごらんの通り、広い海域でありますし、いくつもいります。また小さい砲台では役に立ちませんから、その費用はいくらかかるかわかりません。同じことなら、その費用をもって海軍を充実した方が得であります。その海軍の出来るまでは、攘夷など出来ることではありません」

持論である日・鮮・支三国の共同防衛の策も説いたであろう。軍艦操練所と造船所はすでに将軍の命で建つことになったが、製鉄所もまた必要であると説いた。

姉小路はよく理解して帰京した。そして朝廷に復命したので、朝廷から幕府に製鉄所設置の命令が下り、幕府はこれをお受けして、設置することにしたと、海軍歴史にある。

姉小路は勝に説かれて以後、その攘夷論は大いにやわらかくなったので、攘夷党の志士から憎まれていたが、五月二十日の夜、御所から退出して、御所の外まわりの道を東北の角、猿ヶ辻まで来かかった時、兇漢があらわれ、暗殺した。人斬り新兵衛と異名をとった薩摩士の田中新兵衛が斬ったというのが通説であるが、そうとも断定しかねるふしがあって、維新史上の謎の一つになっている。

さて、海軍操練所だ。将軍の直裁できまったことなので、早速設立にかかった。幕府は年額三千両ずつ支出することにした。いろいろ高価な器具類は灘の嘉納が買ってくれたことはすでに触れた。場所は今の神戸港の近くであった。生田森に住宅があって、麟太郎はそこに住み、操練所には諸藩士が塾生として寝泊りしていた。坂本竜馬がその塾頭であった。

八

神戸海軍操練所は幕府の学校であるから、役人らは幕府の家来であった。学生も幕府関係の者が主であるべきはずであったが、実際は諸藩人の方が多かった。幕臣の間では麟太郎の海軍術が高く評価されていなかったのでもあろうし、坂本が塾頭であったからでもあろう。諸藩人としては、坂本の関係で土佐人が最も多かった。土佐藩以外では、後に有名になったのは、陸奥宗光である。これは紀州人である。

この神戸時代に、時勢は一層激動した。その最も大きなのは、長州藩の勢力の消長である。

元来、長州藩は最もおくれて維新運動の舞台に登場して来た藩だ。維新時代に最初に日本中の識者にとり上げられたのは、将軍世子問題であった。十三代将軍家定はからだも虚弱であり、精神もいささか薄弱であったので、外国の脅威がせまり、国難感が痛切になって来ると、賢明な世子を置いて、将軍の職務を代行させたいという気の出て来るのは最も自然な感情だ。この人々は一橋慶喜が年が相当に長《た》けており、人物も賢明であるところから、これを立てたいと主張した。一番熱心なのは、御三家につぐ親藩である越前家の慶永《よしなが》（春嶽）であったが、水戸はもちろん同意（慶喜は水戸斉昭の子だ）、尾張家も同意、幕臣中でも名士といわれるほどの人々は皆賛成であり、外様大名中の賢明の名のある人――島津斉彬《なりあきら》、山内豊信《とよしげ》（容堂）、伊達宗城《むねなり》などは皆大賛成で、大いに運動した。

これに対抗しておこったのが、紀州藩主慶福《よしとみ》（後家茂《いえもち》）を立てようという側で、将軍がこの派であり、紀州がそうであり、譜代大名中の第一の大名である井伊直弼がそうであり、大奥の女中らがそうであり、強硬に慶喜派に反対し、ついに井伊を大老におし立てることによって、慶喜派に打ちかち、紀州慶福をおし立てて十四代の将軍とし、名を家茂と改めさせた。

安政の大獄はこの問題のこじれから起こったのだ。この問題が慶喜派の勝利におわれば、開国・鎖国の論も、ああまでこじれることはなく、ごくスムーズに行ったに相違ないのであるが、井伊があまりにも強引なやり方をしたので、慶喜派は朝廷を利用することによって、決定をくつがえそうとした。条約にたいする勅許問題をテコに使う策に出たのだ。そのために、この問題までこじれて来て、ついに井伊は未曾有の大獄である安政の大獄をおこして、慶喜派にたいする大量処分を断行した。

これほどの大問題である世子問題にたいして、長州藩は全然タッチしていないのである。長州藩士としてはただ一人吉田松陰が処罰されているが、それはすでに大獄がおこってから、京都に上って直接志士らの逮捕を指揮した間部老中を暗殺する計画を立てていたことがわかったからである。

安政の大獄によって最も強烈にあらわれた井伊の武断政治は、もろ刃《は》の剣であった。敵味方ともに傷つけた。それまで幕府の存在を否定どころか、強化して国難を乗り切ろうと考えていた志士らの心に、幕府否定の観念を生じさせた。

「幕府は日本のために不必要にして有害な存在となった。打倒すべきである」

と、考える人々が多くなって、この人々は朝廷を中心として日本を強化しようという気になった。幕府自身にも武断政治では乗り切れないと考える人々が出て来て、井伊が桜田門外の雪の中で暗殺されると、方針を転換し、朝廷と協調して行こうとの公武合体の線を打出して来た。

この情勢に乗ることを考えたのが、長州藩である。藩士長井雅楽《うた》に航海遠略の論を説かせて、朝廷と幕府とを協調させようとした。これは朝廷をして鎖国主義を放擲させ、幕府の開国策に協調させようというのだから、世間では幕府のために朝廷をだまそうとしていると見て、恐ろしく長州藩の評判を悪くした。

ちょうどその頃、薩藩主忠義の実父で後見者として事実上の藩主である島津久光が、兵をひきいて舞台にのり出して来た。久光の抱懐している策も公武合体だったのだが、世間では倒幕の挙をおこすため、少なくとも朝廷に力を添えて幕府を威圧するためと考えた。長州の評判が悪くなっている時であったので、志士らは皆薩摩に心を寄せた。しかし、久光は藩内の尖鋭分子を伏見寺田屋で誅殺してしまった。

志士らは望みを失って、長州藩に志を寄せた。長州藩には長井雅楽に反対する強力な派もあったのだ。吉田松陰の門下生らがそれであり、要人層にもあったから、志士らはこの人々に望みを嘱したのだ。

一方、島津久光は朝廷の信任を得て、薩摩の威勢は日の昇るようだ。長州としてはあせらざるを得ない。吉田松陰の門下生や浪人志士らの下からのつき上げもある。百八十度の方針転換が行なわれた。長井雅楽に切腹させ、方針を勤王攘夷、幕府打倒にかえて、この線で朝廷に食い入り、薩摩をしのいで、大いに朝廷の信任を得た。こんな工合に、維新史は一面から言えば、薩・長の勢力争いの歴史でもあるのだ。

長州藩の朝廷内における勢力が大きくなると、勢い朝廷は攘夷をやかましく言い立てるようになる。朝廷が手をかえ、品をかえ、幕府に迫り、ついには将軍を京に呼びつけ、攘夷を確約させ、実行期限まで発表させたのは、このためである。

文久三年五月十日は、幕府の発表した攘夷期日である。この日、長州藩は下関海峡を通過するアメリカ商船を砲撃したのを手はじめに、この海峡を通過する外国船を次ぎ次ぎに砲撃した。

この間に、前にちょっと触れた姉小路公知暗殺事件がおこり、薩摩はその責任を問われて、宮門警衛の任を解かれ、朝廷内における威権失墜、長州の威勢だけが独りふるった。

翌々月の七月はじめには、薩摩と英国との間に戦争がはじまった。この前年八月、武州生麦村で、久光の行列を乱した英人三人を従者が斬って、一人即死させ、二人負傷させたという事件がおこったのが原因であった。英国側からの度々の賠償交渉に、薩摩側では、大名の行列を乱す者を斬るのは日本の法であると言い張って応じないので、ついにこのことになった。英国は軍艦七隻を以て編成した艦隊を鹿児島におしよせさせた。薩摩側では市街の約半分を砲火に焼かれたが、よく健闘して、相当な損害をあたえて撃退した。

この戦争は薩摩によい教訓をあたえた。元来、薩摩は藩の方針としては攘夷ではない。

現にこの年の三月十八日には、久光は朝議が攘夷に決して、自分の意見が用いられないのを憤って、京都を去って大坂藩邸に退いているくらいであるが、藩士らの中にははやりにかぶれて、ずいぶん攘夷主義者がいた。しかし、この戦争によって、攘夷は実行不可能なものであることを痛感した。敵を一歩も上陸させず撃退したとはいえ、市街半分を焼かれて、こちらの損害も一通りのものではなかった。斉彬が生前鋭意防衛の施設をしていてこうだったのだから、教訓は深刻であった。少し後のことになるが、英国とのいろいろな交渉を通じて、急速に親しくなり、英国は薩摩に好意を持つようになるのである。

さて、長州藩の朝廷内の威勢は非常なもので、朝廷の方針すべてその指導で行なわれた。在京の薩摩藩士としてはこれが嫉《ねた》ましくてならない。長州を敵としている会津藩との接近がはじまる。

そのうち、長州は朝廷に、攘夷ご祈願のために天皇が大和の橿原神宮に行幸され、しばらくご滞在あって攘夷親征の軍議を催し、諸藩の兵を召し給うようにと建議した。単なる攘夷親征ではなく、うらに討幕の含みがあった。朝議はこれを受入れて、発表した。

これは八月十三日のことであったが、薩藩士と会津藩士とは、天皇のご信任の厚い中川宮（後の久邇宮朝彦親王）に説いて、こんどのお触出しは長州の建議によるものだが、裏にしかじかの含みがあり、危険千万なものである、ひとりこのことにかぎらず、長州の説は過激で国を危くするものである、殿下のお力によって阻止していただきたい、由々《ゆゆ》しい大事になるであろうと説いた。

中川宮も同感だ。三条となくなった姉小路とを橋頭堡として、過激な意見を朝議にも ち出し、若い公家らをあおって、ヘゲモニーを得て行く長州のやり方に、いつもにがに がしい思いを抱いておられた。そこで、八月十五日の深夜、参内して、天皇を諫められ た。天皇もまた朝廷の過激な行き方を案じ、長州藩にあき足らず考えておられる。こと ごとく中川宮と同感だ。

しかし、天皇の命令だけではどうすることも出来ない情勢だ。クーデターが計画され た。十七日深夜、中川宮、高級公卿、京都守護職松平容保《かたもり》、所司代稲葉正邦らが参内し、 九門を閉ざして、会津・薩摩の藩士に守衛させ、堂上たりとも召命なきものは参朝をゆ るさないと命令し、長州に同調していた三条実美《さねとみ》以下十三人の堂上の参内、他行、他人 との面会を禁止し、長州藩士の宮門警衛の任を解いた。

長州藩士らは驚き怒ったが、どうすることも出来ない。三条以下の七卿を奉じて、長 州に落ちた。

朝廷では長州に追打ちをかけた。七卿の官位を奪い、長州藩士の在京を禁じ、長州藩 が何と嘆願しても許さなかった。

長州の権勢は九天の上から九地の底にたたきおとされたのだ。この後数年にわたる長 州の悲境時代がはじまったのである。長州人のうらみは骨髄に徹するものがある。中川 宮――久邇宮家をうらんで、維新後、朝彦親王を数年間備前藩にあずけて蟄居させたのも、現皇后陛下が皇太子妃となられる時、長州出身の山県有朋が久邇宮家には色盲の素質があるといって、極力阻止しようとしたのも、この時のうらみのためである。

浪人志士らは皆攘夷主義者だから、長州に同情し、「薩賊・会姦」というスローガンをこしらえて、薩摩と会津を憎んだ。長州には策士がそろっている。この情勢を利用して、クーデターをもって勢力を回復しようと企てた。六月五日の祇園祭の宵宮《よみや》の夜、明日・明後日は本祭りで明夜は終夜雑踏するから、それに乗じて、御所と中川宮邸に火を放ち、宮と松平容保のあわてて参内するところを暗殺して、一挙に勢力を回復しようとはかり、諸浪人を三条小橋の池田屋に集めて密議しているところを、会津藩に知られ、新撰組の出動となり、会している者全部斬られた。これが新撰組最初の大手柄で、その存在価値を雇主である会津藩に承認させたのだ。

こんな情勢であるので、長州藩は業《ごう》を煮やした。ついに兵をもって上洛、強訴《ごうそ》の手段に出る。こうしておこったのが、七月十九日の蛤御門の戦いである。長州方惨敗、国許に逃げかえったが、国許は国許で大へんなことが起こる。

英・米・仏・蘭の四国の連合艦隊が、下関におしよせ、去年の海峡通過の外国船にたいする砲撃の責任を問い、下関を砲撃した。長州側の奮戦の甲斐もなく、砲台は占領され、破壊され、大砲は奪い去られた。長州としては和を乞うよりほかはない。

これも、長州藩にはいい教訓になった。頑固な攘夷主義者らも、攘夷の不可能を痛感したのである。

この年（元治元年）五月、麟太郎は従五位下安房守に任ぜられている。

九

蛤御門の事変がおこった時、麟太郎は神戸の海軍操練所にいた。

その夜、京都の方の空が真赤に焼けて見えた。長州兵らが大挙して京に上ったのは見ている。

『何か変事がおこったにちがいない』

と、考えて、海軍操練所付属の観光艦に、いつでも出動出来るように準備を命じていると、翌日、大坂から飛脚船が来て、京都のさわぎを伝えた。しかし、どちらが勝ったかはまだわからなかった。

麟太郎は早速大坂に行くことにしたが、ちょうどその頃、私宅に長州藩人で竹田庸二郎という者をかくまっていたので、その者を呼び出し、

「聞くところによると、毛利家の若殿の定広公も、上洛兵のあとを追って国許ご出発、今明日のうちには当地へご到着とのことであるが、君は定広公に、わしがこう言ったと申し上げてくれ。『昨夜、京都でしかじかのさわぎがおこった由でありますが、これは無謀な徒が一時のうっぷんばらしのためにしたことで、長州侯のご意志は彼らとともにことを為そうとなさるのではあるまいと、麟太郎は考えています』と」

と言って、もう一人塾生をつき添いとしてのこして、大坂へ向った。一緒にことをな

さるな、ここから帰国なさるがよいですよと忠告したのである。

定広は神戸までは来なかった。備後まで上って来た時、敗報を聞いて引き返したのである。

鱗太郎は大坂に来て、城に入ったが、城中議論ばかりしていて、くわしい様子もわからないし、従って方策も立てようがない。鱗太郎は斥候を出して京都の様子をうかがおうと発議《はつぎ》して皆を同意させ、斥候を出したが、当時の幕臣には先祖三河武士の豪勇を伝える者は暁天の星のように稀だ。こわがって深く入らないので、ろくな報告は持ってかえらない。しかたがない。鱗太郎は自ら斥候になって出かけた。桜ノ宮から淀川堤をさかのぼって行くと、上から三人の壮士をのせた舟が下って来たが、鱗太郎の立っているへんまで来ると、舟を岸に漕ぎよせ、土手に上り、忽ち二人はさしちがえて死に、一人はのどを突いて死んだ。

「なるほど、長州が負けたのだな」

と、はじめてわかった。

そこで、引き返して三軒家《や》まで帰って来ると、上流から下って来る舟に一人長州兵らしいのが乗っている。それを向う岸から官軍の番兵らがはげしく射撃しはじめた。その弾丸が鱗太郎の頭の上をヒューヒューうなって飛びすぎ、一弾は陣笠をつらぬいたという。

その夜、長州の敗残兵が五十人ばかり大坂に逃げて来て、長州藩の蔵屋敷に入ったことがわかった。城内では焼打ちしようという評定が行なわれたが、麟太郎は市民の迷惑を思って、きびしく反対してやめさせたという。

彼が西郷に会ったのは、この頃の九月十一日であると年譜は言う。海舟日記と彼の追憶談によると、兵庫開港延期の談判委員を命ぜられて京都に行く途中、泊っていた大坂の宿屋に、西郷、吉井幸輔、越前藩人青山小三郎の三人が来訪したという。三人の中では吉井中助（幸輔の前名）の名がこの以前の海舟日記にも最もしばしばあらわれて、よく出入りしていたことがわかる。青山の名は見当らないようである。だから、二人は吉井を案内者にして連れて来てもらったと見てよい。

「その時、西郷はお留守居格だったが、轡《くつわ》の紋のついた黒ちりめんの羽織を着て、中々立派な風采だったよ」

と、麟太郎は語っているが、西郷のこの時の藩における職は留守居ではなく、軍賦役だ。「賦」は「くばる」の意味だ。つまり軍事司令官だ。この時麟太郎は四十二、西郷三十八である。

西郷はこの年の二月、二度目の流謫《るたく》をゆるされて沖永良部《おきのえらぶ》島からかえり、藩命によって直ちに上京、この役を命ぜられたのであった。彼は会津との提携のくさびになっていた連中を全部国許にかえして会津と手を切り、藩としての独自な立場をつくった。だから、こんどのさわぎにも、幕府の度々の命令があったが、兵を出さず、長州勢が禁裡にせまって鉄砲を打ちかけてから、

「こうなれば長州軍は朝敵である。しかたはない」と言って出動し、長州勢を撃退している。

西郷との談話について、麟太郎の追憶談では、外国人との兵庫開港延期の交渉のことを心配して聞きに来たといっている。それもあったのであろうが、その日記によると、当時蛤御門の変の責任を問うて、長州征伐の議がやかましかったので、それについての意見を聞きに来ていることがわかる。それにたいして、麟太郎は、

「この天下危急の際に、幕府には一人も誠意をもって国家のために尽くそうとする者がない。上も下も、大ていわが身の安全ばかりを考えて、疑いを受けまいとして、兢々としているだけだ。こんな風では幕府は長いことありませんよ、云々」

と言ったと書いているが、後のことを考え合わせると、このくらいのことではなかったようである。それは先きに行って、説明しよう。

この初対面に、麟太郎はよほどに西郷にほれこんだらしく、兵庫に帰ってからも、よく西郷の話をし、西郷の人物を激賞してやまなかった。

麟太郎が西郷にほれたのは、ある面で二人の性格が正反対であったところにあろう。麟太郎は目から鼻にぬけるような利口な人間だ、油断もスキもならないような狡猾で横着な面もある。こんなところを彼自身はきらって、矯《た》めなおすことに努力し、人間はことにあたっては小策を捨てて誠意で打ちあたって行くべきものだとよく言いもし、つとめてもいるが、天性ではないから、そう行かないこともあり、自分に不満を抱いていた

ろう。ところが、西郷は天性の大愚だ。人を欺くことなぞ決して出来ないのだ。誠実と誠意をもって事にあたるより手を知らない男だ。礼儀正しくて、謙虚で、自分にまさる者には素直に感心し、素直に敬服せずにいられない男だ。本心はかなりに神経質なのだが、その神経質にとらわれはしない。英雄的風貌が悠々としてものに拘泥《こうでい》しないように見せもする。麟太郎にしてみれば、あこがれの人物を見る気がしたろうと思うのだ。麟太郎が坂本竜馬にほれこんでいることも考え合わすべきであろう。ともあれ、麟太郎は大いに西郷が気に入った。

あまり西郷をほめるので、坂本が、

「拙者も会ってみたいと思います。添書《てんしょ》を書いて下さい」

と言って、紹介状をもらって京に上り、薩摩屋敷に西郷を訪ねたが、帰って来て、麟太郎に、

「西郷に会うて来ました。わからん男ですね。小さくたたけば小さくなり、大きくたたけば大きく響きます。もし馬鹿なら大馬鹿、利口なら大利口ですな」

と言ったという。最も有名な話である。

「評せられる人も評せられる人、評する人も評する人」

と、麟太郎は感嘆して書きのこしている。

西郷もまた勝に大へん感心し、敬服している。この頃、彼が大久保一蔵に出した手紙に、

「勝氏にはじめて面会しましたが、実に驚嘆すべき人物です。最初はやっつけるつもりで行ったのですが、とんと頭を下げました。どれだけ知恵があるかわからないと思いました。英雄肌合の人物で、佐久間象山より、実務的手腕は一ケタ上でしょう。佐久間は学問と見識は抜群の人物ですが、実際的手腕においては勝先生まさると、ひどくほれました」

と書いている。後年、江戸が兵火をまぬがれ、百万の生霊が安泰であることを得た因縁はこの時に出来たといってよいであろう。

麟太郎が西郷に会った頃、朝廷では長州藩主父子の官位をうばったが、さらにその上長州征伐のことが議に上っていた。もともと、この頃の高級公家らは長州藩に好意をもっていないのである。兵をもって禁裡にせまり、鉄砲を打ちかけたとあってはなおさらだ。幕府はもちろんだ。かねてから憎くてならないのである。厳重に罪を正すべしとなって、征長の議が決し、尾張慶勝を征長総督として、諸藩の兵を向けることになった。

西郷は、大坂城内での征長の軍議の席上、尾張総督に向って、

「大義名分上、長州藩の罪は正さなければならないが、要は長州をして改過恭順せしめ、大義名分が立てばよいのであるから、その方法があるなら、厳重な処分をすることはいるまい。兵をひきいて京都に出て来た直接の責任者である福原越後、益田右衛門佐、国《くに》司《し》信濃の三家老と、その参謀らを切腹させて首をさし出させればそれでよいと思う」

と主張した。

少し前から、慶勝は西郷に会って、その人物に傾倒している。よかろうということになった。西郷は岩国に行き、毛利の支藩である岩国の吉川経幹《きっかわつねもと》に会って、本家を説得することを約束させた。

当時、あまり慶勝が西郷の人物にまいり、その言う通りになってばかりいるというので、幕府の役人らは快く思わず、

「尾州公は薯《いも》に酔ってござる」

と言い合ったと伝えられる。西郷は生涯を通じて見事な人がらであるが、この元治から明治元年の江戸城受取りに至るまでの間は、とりわけ見事である。鱗太郎がまいり、尾張慶勝がまいったのは、この点も考慮に入れるべきであろう。人間は、その容貌や、体力や、才能と同じく、人がらもまた生涯を通じて同じ調子のものではない。波があり、絶頂期のあるものである。

大坂城で征長の軍議のあったのは十月二十二日のことであったが、この日、鱗太郎は大坂城代から、御用につきお召しの知らせが来たから早々江戸に帰れと通達された。このことを年譜には、彼が諸藩の浪人らを生徒として収容したり、自宅においたりしていること、兵庫の将来の発展を見越して地所を買いこんだりしていること等、探索方から報告され、疑惑されたのであると記しているが、彼自身は単に「この間実にこみ入った事情があるのだが」とだけしか書いていない。

命令が出た以上、しかたがない。陸路帰東の途につき、十一月二日江戸につき、老中

阿部正外《まさと》に謁して、帰府の旨を届け出、京坂の形勢を報じて、氷川町の家に閉じこもった。十日に役儀ご免、寄合となった。彼は、この時のことを、

「この間には実にこみ入った事情があるのだが、とにかく、おれは及ばずながら国家の安危を一身に引受けて、三年の間、種々の危険をおかして奔走したのに、一朝説は聴かれず、謀は用いられず、職を免ぜられたとは、まことに情ないことだが、もうこうなってはしかたがない。悠々自適、身を栄辱の外におくばかりだ。しかし、このまま朽ちはてて、累代の君恩に報いることの出来ないのは残念だと思った」

と、後に言っている。幕府の重臣らによほどに疑惑を持たれ、官途のふさがったことを覚悟しなければならなかったことがわかるのである。

そこへ、大久保忠寛から書面が来て、君のことを悪《あ》しざまに言い立てる者がいるために、評定衆の評判が実に悪い、近日封書のお尋ねがあるはずだから、あまり過激なことは返答しないがよいと知らせて来た。

封書のお尋ねというのは、この頃の幕府の習慣で、役人に落度《おちど》があると認められると、先ず封書で始末をたずねて来、次ぎに親類同道で出頭させて尋問し、三度目には当人だけ呼び出して厳重に尋問し、切腹、終身あずけ、閉門等の言渡しがあるのだという。

麟太郎は返答のしようなど考えながら待っていたが、いつまでもそれが来ない。ずっと前に書いた、彼が大いに読書につとめたというのはこの期間のことである。

十

征長総督は西郷の提示した条件以外に、山口城をこぼって萩城一つにすること、五卿(七卿はこの時五人になっていた)を別々に九州諸藩にあずけること、の二条件を出したが、長州藩はそれを全部きいた。

五卿の処置だけが、五卿と奇兵隊その他の長州藩の諸隊から苦情が出て、一時もめたが、西郷らが奔走して、五人を一緒に太宰府《だざいふ》におき、薩摩・福岡・佐賀・熊本・久留米の五藩が共同で世話することにしておさめた。

尾張総督は満足して引上げた。

ところが、その直後、長州では高杉晋作が奇兵隊その他の諸隊をひきいて、恭順派である俗論党征伐をはじめ、藩論を立直した。また、大村益次郎を上海にやって、銃器を買入れて戦備をととのえた。

この報告が幕府にとどくと、前から尾張総督の処置を手ぬるいと非難していた人々は、

「それ見たことか! 再征じゃ、再征じゃ」

とさわぎ立て、なかなかの勢いになった。

麟太郎はその追憶談の中で、この再征問題があった上に、朝廷からまた将軍に上洛して来いと言って来たし、外交問題はいろいろ面倒ではあるし、幕閣はおれがことなんぞかまっていられなかったのだろう、何の沙汰もなく月日が過ぎたと言っている。

年が改まって、慶応元年になると、長州再征の議論は益々盛んになり、四月にはとうとうそれがきまってしまった。

幕府はちっとも知らないでいたのだが、実をいうと、薩摩と長州との接近がはじまっていたのである。両者の間に立って、これをまとめることに骨を折っているのは、坂本竜馬であった。

薩・長は最初から競争者の立場にある。文久元年に長州が長井雅楽をして航海遠略の説をとなえて公武合体の運動をはじめたのが、すでに維新運動の乗り出しの遅れたのをとりかえして諸藩のトップに立とうというのであり、少し遅れて島津久光が同じく公武合体の運動に乗り出したのは、はじめは競争のつもりはなかったが、実行にかかってみると、競争の形になった。そして薩摩が優位をしめた。長州はあせって、公武合体の考えを捨て、最もラジカルな勤王攘夷に乗りかえて、薩摩を圧倒し、朝廷を独占した。薩摩は会津と結んで、長州を京都政界から駆逐して、優位をしめた。いじめていじめぬかれた末に、長州は朝敵にまでなった。不運な時には不運なことが重なる。四国艦隊からめちゃめちゃにたたかれた。長州人の薩摩をうらむことは非常なものであった。

「馬関海峡は薩摩人にとっては三途《さんず》の川だ。渡って来てみろ、生かしては帰さん」

と、長州藩士らは激語していたというのである。

もし、薩長の連合が出来れば、幕府を倒すことは容易であるとは、当時の識者は皆気づいていたことであったが、重畳《ちょうじょう》にからんだ怨恨によって、しょせん出来ることではないと考えられていたのである。

それを、坂本はやってみようと思い立ったのである。ぼくの見当だけのことであるが、これは麟太郎の示唆だったのではないかと思うのだ。神戸を立って江戸に引上げるにあたって、

「こんな手があるのだが、両藩がここに気づけば幕府は大変だぞ。おれだったら、やってみるがね。ハハ、ハハ」

ぐらいのことを言ったのではないだろうか。麟太郎ほどの者が気づかないはずはないのである。

こう考えると、九月十一日に西郷と吉井幸輔とが大坂の旅館に麟太郎を訪ねて来た時にも、前に書いたこと以外に、麟太郎はこう西郷らに言ったのではないかという気がするのだ。

「長州さんをいじめるのは拙者は感心しませんよ。外国の脅威のある時、日本人同士が争っている場合ではありますまい。大義名分が立ちさえすればいいのですから、出来るだけ寛大な処置にして、局をおさめるべきであると思いますよ。もし、拙者が局にあたるのでしたら、そうですな、直接の責任者である三家老とその参謀らの切腹くらいのことで済ませますなア。——あんた方の藩としても、いつかは手を結ばなければならないかもしれんでしょう。両藩が手を結べば、幕府にとっては大変なことになりますわ。ハハ、ハハハ、ハハハ」

鱗太郎が江戸召還、役儀ご免を仰せつかった理由について、彼自身は、「この間実にこみ入った事情があるのだが」とだけ言って、詳説を避けているのも、ぼくにはこの疑いを持たせるのだ。

果してぼくの見当があたっているなら、彼がこのことを日記にも略記だけして詳記せず、後年になっての追憶談にも兵庫開港延期の問題について聞きに来たのだとだけ言っているのもわかる。しらばくれているのだ。普通の考え方をすればこれは幕府にたいする裏切り行為なので、旧幕臣らにはぜったいに理解されないことと思ったからであろう。

鱗太郎がこの後二度目の長州征伐の講和使節にたった一人命ぜられて行ったことも、考え合わせるべきであろう。

ともあれ、坂本は西郷に逢って、長州と提携せよと説いた。

「わしの方はかまわん。いつでも手を結びますが、長州さんの方はどうでごわす。これはなかなかむずかしいですぞ」

と、西郷は言った。

「それはまかせて下さい。きっと承知させます」

「それでは頼みます」

というようなことで、坂本は長州に行き、長州人らに説いた。鱗太郎の門下生になる以前、坂本は長州人らと相当親しい交りを結んでいる。説く便宜は大いにあった。長州側ではなかなか承諾しなかったが、坂本はついにうんと言わせた。

長州再征の議が決した頃、まだ薩長の連合は出来ていなかったが、その含みがあるので、薩摩側では再征に反対しつづけた。薩摩だけではなく、諸雄藩も反対するものが多かった。閏五月二十一日には、坂本の友達であり、同志である中岡慎太郎が薩長の間に立って、連合する約束をとりつけてしまった。

幕府はまるでこれを知らなかった。家茂《いえもち》が親征することにし、紀州茂承《もちつぐ》を先鋒総督に任命した。

幕府当局は、前回の征伐では尾張侯が総督として広島まで行っただけで、一兵も交えずして、長州は降伏帰順したのだから、将軍親征と聞いたら、一も二もなく恐れ入って、藩主父子が出て来て降伏するであろうと考えて、悠々とかまえ、親征親征と掛声ばかりで、大坂から西に向わなかったという。（井野辺茂雄著、幕末史概説）

しかし、一向長州が降伏の様子を見せないので、しびれを切らし、先鋒隊をくり出したのが十一月中旬だったのだから、とぼけた話だ。しかも、これも広島まで行くと、停止命令を出して、広島藩主の浅野家や吉川《きっかわ》家に命じて、毛利家から人を呼んでは、降伏恭順しろと要求する。毛利家の使者は言う。

「すでに降伏し、恭順の実を示しまして、前総督尾張公におかせられては、ご満足の由仰せ下されました。この上いかがいたせと仰せられるのでございましょうか」

「藩政府を過激な者共によって組織し、外国より銃器弾薬を購入いたしているのはいかなる次第だ」

「過激の者共とは心得ぬことを仰せられます。いかにも藩政府の改革はいたしましたが、これは単に藩内だけのこと、政府員はすべて主人大膳大夫の恭順の意を体している者共でございます。武器弾薬を用意いたしましたのは、方今の時勢、諸外国にたいする用心の上から、どの藩も心掛くべきことではございますまいか。公儀のおふれを重んじ、強いて外国と争端をひらく心はございませんが、用意なくば、万一の変に応ずることが出来ません。ご不審は心外であります」

と強弁したばかりか、

「これほど申し上げても、ご公儀は容易にご嫌疑を解き給わぬであろうと存じます。拙者共も敢て期待いたしませぬ。退いてご処置を待つだけでございます」

と、居直った。来るなら来い、覚悟しているぞというのだ。（井野辺茂雄著、幕末史概説）

どうにもならない。

すったもんだしている間に、慶応二年正月十一日、薩長の間には、長州の桂小五郎、薩摩の小松帯刀《たてわき》、西郷隆盛が京都で会い、坂本竜馬が立会人となって、正式に同盟が結ばれたから、長州の腰は一層強くなった。精神面で強くなったばかりでなく、薩藩を通じて英国から新鋭の武器をどしどし仕入れることが出来たから、実質的にもぐんと兵力が増強した。

薩摩の運動によるのだが、朝廷でも、長州の処分は寛大にするようにと幕府に伝えられた。諸大藩のうちにもしきりに長州をとりなすものが多かった。

十一

こうなってはもういかんのだ。幕府としては器用に兵をおさめることを考えるべきであったが、太平洋戦争の時の日本軍部のように面目にこだわった。さらに長州をおどすことによって、こちらの思うところで局を結ぼうと考えた。諸藩に出兵命令を下したが、先ず薩藩が峻拒した。実力第一の藩である薩藩が応じないでは、こまる。

幕府としてはこれまた新しい問題だ。薩摩が峻拒したとなっては、他の外様《とざま》諸藩の心理にいい影響があろうとは思われない。せめてその拒絶状だけでも撤回させなければならないと、京都藩邸に呼出しをかけると、大久保一蔵が出て来た。四月十五日のことであった。おもしろい話が伝わっている。

大久保に応対したのは、老中板倉勝静であった。大久保は板倉の前に出るや、先ず、

「拙者はこの頃風邪の気味でございまして、お見苦しいふるまいをいたすやも知れませねば、その段はおゆるし下さいますよう」

と、あいさつした。

「おお、それは病中気の毒なことだな。かまわんかまわん」

きげんを取らなければならないこととて、板倉は大いに愛想よく言って、

「実は、長州藩のことじゃが」

と、長州を征伐しなければならないことを説明しはじめた。すると、大久保は勃然として色をかえ、

「これは思いもかけぬことをうけたまわります。わが薩摩が、何のとがあってご征伐をこうむらねばならぬのでござるか。しかしながら、もし罪ありと思召《おぼしめ》さば、速かに追討軍をおつかわし下さい。弊藩は備えを立て、将軍家のおん旗に見《まみ》え申しましょう」

と、どなり立てた。

板倉はおどろき、あわてた。

「ちがうのだ。そちの聞きちがいだ。近うよって、よく聞け」

と、改めて説明した。

「はあ、さようでございますか。これは失礼を申し上げました。先刻も申し上げました通り、風邪の気味にて、耳が遠くなっておりますので、おゆるし下さいますよう」

と、大久保は恐縮して重畳《ちょうじょう》詫びる。

「わかってくれれば重畳。近うよれ、近うよれ。そしてよく聞いてくれるよう」

板倉はほっとして、一層愛想のよい顔をつくり、大久保を近づけて、

「実は出兵催促にたいしてその方の藩からさし出した書面であるが、あのような文面の書面が出ていては、まことに工合が悪い。あれを返しつかわすから、引きとって、今一応考え直してほしいのだ」

と言った。大久保はきっぱりと、

「それはおことわり申し上げます」

と言って、再征の理のない挙であることを、滔々《とうとう》と論じ立てた。大久保の雄弁は天下に鳴りひびいている。理路整然として、しかも銅鉄の強靭《きょうじん》さがある。

板倉は閉口しながらも、

「この書面はそちの主人忠義殿の名でさし出されてある。家来たるそちが一存でことわるべきではあるまい。それは越権であろう。公儀の意向はしかじかであると主人に報告して、差図を仰ぐべきものであると思うが、どうだ」

と鋭く突っこんだが、大久保はへこたれない。

「薩摩は遠国でござる。一々国許に報告して差図を仰いでいては、当今の切迫した時代、間に合い申さぬので、こちらにまいっている者が独断でとり行なってよいことになっております。拙者の裁量をもって、仰せつけのことはおことわり申し上げます」

と答えたというのだ。

老中といえば、大々名でも戦慄しておそれたものだ。田舎ざむらいの大久保に翻弄されているのである。大久保の度胸と機略に感心するより、幕府の威勢の衰えに感心させられるのである。

この話は出来すぎている感があるが、この頃薩摩に帰っていた西郷から大久保にあてた手紙に、

「貴兄の雄弁と勇気は、いつものことではあるが、こんどのことは特に感心しました。

両殿様（久光・忠義）も、こんどは大久保がよほど出来たとおほめになりました」という文句があるから、事実であろうと思う。

この薩摩の強硬な態度が、麟太郎を再び官途に上らせ、時局壇に登場させることになる。

十二

五月二十七日、麟太郎の氷川の屋敷に突然奉書が来た。明日礼服で登城せよという老中水野和泉守忠精《ただやす》からのものだ。退職している者に直接老中から登城せよとの奉書の来るのは破格であるが、とにかくも翌日、登城すると、軍艦奉行に任じて、すぐ大坂へ出張せよという。藪から棒のこととて、麟太郎にもよくわからない。

「大体はどんなご用向きでございましょうか」

とたずねると、

「この度は上様から直接のご用命である故、われらにもわからぬ」

という返事であった。

数日かかって旅支度をととのえ、六月十日に出発したのだが、その一日前に、勘定奉行の小栗上野介忠順ほか二人が、城中で麟太郎を別室に連れて行き、ひそかに語った。

「貴殿がこんど西上されるのは、きっと長州問題のためであると思われます。実は拙者共にこんな計画がござる」

と言って語ったのは、長州一件は徳川家にとって大厄難ではあるが、これを転じて大幸とする方法を、われわれは講じつつある、この度のことを機会に先ず長州をたおし、次ぎに薩摩をたおせば、天下に徳川家にたいして抗するものはなくなるから、諸藩を廃止して、幕府を中心とする中央集権郡県の制度を立てようと思い、フランスから銀六百万両と、軍艦数隻を年賦で借り受ける約束が出来ている。政事総裁の慶喜公、老中衆、あと四、五人の者が知っているだけの、秘中の秘であるという話。

「どうでござる。凶を転じて福とし、乾坤《けんこん》を一新するの策でござろう。定めて、貴殿もご同感であろうと存ずる故、あえてこの秘策をお明しする。もし貴殿の西上のご用件が長州問題のためなら、このことを含んでおいて、処置なさるよう」

麟太郎は愕然とした。計画は余程進んでいる様子だ。彼は大反対であったが、ここで議論などしてもはじまらないと思った。無駄な議論はしない男だ。そうでござるか、そうでござるか、ずいぶん心得てござる、と調子よく言ってわかれて、予定の日に江戸を出発した。（以上開国起源）二十二日に大坂に着き、二十三日に登城して、板倉老中に会うと、板倉は言う。

「ご用向きは二つある。薩摩がしかじかでこまっている。その方の骨折りで、出兵拒絶の上書をとり下げさせることが一つ。今一つは薩摩と会津とが、近頃どうもなかが悪い。中をとりなして、以前のようにしてほしいことだ」

こんなところを見ると、幕府の要路は、薩摩が近頃幕府の言うことを聞かなくなったのは、会津と不和になったせいだと思っていたのではないかと思う。幕府と手を切るために会津と手を切ったことに気がつかないのである。にぶいと言うべきであろう。

麟太郎は、薩摩が長州征伐に反対というのは、拙者にはよくわかる気がします、日本が世界の日本となった今日、毛を吹いて疵《きず》をもとめて、長州再征などされることは、決して日本のためではないと存じますと言った。

「それはその通りであるが、今日となっては、もう乗り出した船だ。ともあれ、今申した二つを骨折るように」

と、板倉は言う。

麟太郎はお受けして、薩摩の拒絶書をあずかった後、江戸で小栗から聞いた話をし、

「飛んでもないことでござる。外国の資金と兵力を借りてことを為すというのが、先ず危険第一のことでござる。フランス政府が純粋の義侠心だけで、よもさようなことをするはずはありますまい。必ずや代償を要求していましょう。悪くすると、お家は売国の汚名を千載に流すことになりましょう。第二に、天下の諸藩を廃して中央集権郡県の制度になそうとの計画が、拙者には腑に落ちません。天下の諸侯を廃し、徳川家一人存るということを天下の諸侯が納得しましょうか。必ずやお家一人私《わたくし》を営んでいるとするでありましょう。ご老中方にさほどのご英断がおわすのなら、むしろ徳川家の政権を朝廷に返上され、天下に模範を示した上で、郡県の制度となるようになさってはいかがでございましょうか。それが道にかなったことでございます。天下の諸侯も納得するで

ございましょう」

と説いた。閣老はびっくりしていたよと、麟太郎は後年語るのである。

これは麟太郎の言うことが正しい。小栗らはその計画しているような虫のよいことが行なわれることと思っていたのであろうか。小栗は近年これを褒《ほ》める人がいて、一部には大へんえらい人であったように思っている人があるが、こんなことを大まじめに考えていたとすれば、およその人物がわかるのである。

麟太郎は小栗のことを後年、

「小栗上野介は幕末の一人物だよ。あの人は精力が人にすぐれて、計略に富み、世界の大勢にもほぼ通じて、しかも誠忠無二の徳川武士で、先祖の小栗又一によく似て居たよ。一口にいうと、あれは三河武士の長所と短所とを両方そなえて居ったよ。しかし度量の狭かったのは、あの人のために惜しかった」

と批評している。至当の評価であると思う。彼をほめる人が彼の最も大きな功績の一つに上げるのは、万延元年に最初の遣米使節の一人としてアメリカに行っている間に外国貨幣と日本貨幣との品位の相違に気づき、帰国後万延判の貨幣に改鋳して、金銀の海外流失を防いだというのだが、これはその以前にアメリカ総領事ハリスが気づき、見るに見かねて幕府当局に忠告していることで、小栗の創見ではない。小栗は遣米使節としては大目付として行ったのだ。そのことをよく調査して来るように命ぜられて行ったのだ。調査して帰ったのはあたり前のことで、しなければ職務怠慢だ。功績と言うべきではない。

さて、小栗らの計画していたようなことが幕府部内の一部のものの間にめぐらされたのは、この時がはじめてではない。最初はこの時から二年前の元治元年であった。この年幕府の遣仏使節がパリでフランス政府と結んだパリ条約に、その条文がある。この条約は出先の者が勝手に結んだものであるというので、すぐ廃棄されたのだが、条約の目的は日本政府が国内の叛徒を平定し、外国との和親を永続する意志があるなら、フランス政府は助力をおしまないというにあり、その条文の一つに、

「時宜によっては威力を用い、フランス海軍とともに処理することあるべし」

とあるのだ。

二回目は、翌慶応元年九月だ。フランス公使レオン・ロッシュは幕府に書を寄せて、早く長州を追討し、内乱を鎮定せよ、仏国は軍費、兵力を提供する用意があるといっている。

三回目は、この年の四月だ。ロッシュが、北海道を担保にして、英仏二国に外債を募って軍備を充実せよとすすめている。

四回目はこんどのこれだ。借金といっても、これはフランスで外債をつのる方法であったようである。

これに最も積極的であったのは小栗上野介であった。彼はロッシュ公使に頼りきっていたので、この話が翌慶応三年十二月に、フランスから破談の知らせが来た時、小栗の

失望落胆はひどいものであった。この時には、幕府はもう大政を奉還していたのだが、小栗はこれを頼りにして、もう一度徳川家の天下を回復しようとしていたのだ。ロッシュは、後に麟太郎に、

「小栗さんほどの人が、わずかに六百万両くらいの金の破談で腰をぬかすとは、さてさておどろいたものだ」

と、語ったという。小栗がどんなにこの金に徳川家の運命をかけていたかがわかる。このフランス借款は明治元年になってまた息を吹き返したようである。このことに関しては、神長倉真民著の「レオン・ロッシュと小栗上野介」が最もくわしい。興味のある人はそれによってごらんありたい。

麟太郎と小栗とは、江戸城明渡しの前、主戦と恭順で対立するのだが、対立はすでに長州処分においてもあったのだ。

一体、維新史は日本列島における英・仏両国の争覇戦であるという見方も出来るのであるが、それはこういうわけなのだ。

薩摩は薩英戦争の後、英国となかがよくなって、いろいろな兵器類を英国から多量に仕入れるようになったばかりでなく、五代才助、寺島宗則等十数名の留学生まで送って、懇親が深くなった。長州もまた馬関戦争の後、英国と親しくなった。馬関戦争の前に井上聞多《もんた》（馨）・伊藤春輔（博文）他三人の留学生が英国に行っており、井上と伊藤は開戦の危険を知って急遽英国から帰って来て、英国公使館の書記官アーネスト・サトウに

会って、開戦を延期してもらい、国許に帰って努力した。努力効なく、ついに開戦になったが、その講和談判で通訳として大いに働いたから、英国側に好意をもたれた。そんなことも、英国と長州との懇親を深めることに役立ったに違いない。

親しくなるにつれて、英国は日本の国情が明らかになり、遠からず薩・長二藩によって幕府はたおされ、日本は京都の天皇を中心にした国家になるに違いないと見当をつけ、その革命後に有利な地歩をしめることを目的として、いろいろ好意を見せて来た。

フランスはこれに刺激された。当時英・仏は世界の二強国であった。その上、フランスの皇帝は野心満々たるナポレオン三世だ。英国が薩・長を助けるなら、フランスは幕府を助けて、幕府の敵を圧倒し、有利な地歩をしめようと考えたのであった。

この両国の争覇戦は明治元年江戸城明渡しまでつづくのである。

さて、麟太郎は板倉に会った翌六月二十四日に上京の途につき、二十五日会津藩邸に行き、薩摩と和せよと説いた。

会津側では、一頃同じ方針を持して、あれほど親しんでいた薩摩が、一昨年西郷が上って来てからがらりと方針をかえ、敵にまわったのが腹が立ってならない。裏切られたと思っている。その後、両藩の武士の間にも個人的衝突が積みかさなっている。憎悪は深刻なものになっていた。

麟太郎は「いろいろ喩《たと》えなど設けて説明して」やっと説きつけた。

それから薩摩屋敷に行き、大久保はじめおも立った連中に会って、今会津藩邸に行っ

て来た、しかじかであった、どうか貴藩も諒解して、仲よくしてもらいたいと言うと、即座に諒解して、

「弊藩はどこの藩とも不和になぞなりたくはござらぬ。会津の方でそう申されるなら、弊藩に何の異存がありましょう。藩士共をよくいましめて、決して喧嘩沙汰など起こさないようにしましょう」

と答えた。

次ぎに拒絶書問題だ。どんな風に説いたか、くわしく伝えたものはないが、麟太郎のことだから、

「もし貴藩がこの拒絶書を提出することによって、天下に貴藩の意を知らしめようとなさったのなら、すでにその目的は果されたのでござる。もう世間一統に知れわたっていることでござるから。どうせ、貴藩は催促に応じて出兵はなさらんのでござろうから、この書面をお引き取りになったところで、貴藩の意向が変ったとは誰も思う気づかいはござらぬ。老中共があれほど苦にやんでいます。引き取って安心させておやんなさい。引き取ってもらったところで、何にもなりはせんものを、馬鹿なことを苦にすると思いますが、つける薬のないお人々ですからな。ハハ」

といった工合に説いたのではないかと思う。ともあれ、大久保は書面を引き取ったのである。

十三

長・幕の間に戦闘がはじまったのは、六月十一日であるから、麟太郎が江戸から上坂の途についたのはその前日である。幕軍からしかけた。

幕軍はその緒戦に、守備隊もろくにいない周防《すおう》の大島郡を軍艦をもって攻め、ほんの一時占領しただけで、あとは全部いけない。海軍も、陸軍も、連戦連敗した。

催促に応じて出兵した諸藩は、南方海上口に向ったのが伊予松山藩で、緒戦に、幕府の砲兵、歩兵とともに、幕府の海軍に掩護《えんご》されて周防大島を占領したが、十一、二日の後には長州兵に奪回され、国にかえってしまった。

芸州方面から向ったのは幕府の歩・騎・砲の三兵と、紀州・彦根・越後高田・美濃大垣・丹後宮津の諸藩であった。この方面は人数も多いし、長州軍と互角の勢いを持して圧迫はされなかった。

山陰の石州口方面は石州浜田・備後福山の二藩と紀州の一部隊とが受持ったが、この口は連敗して勢いがふるわなかった。

九州の小倉方面から迫って行ったのは熊本・久留米・小倉・柳川・豊前中津の諸藩であったが、こちらもろくな戦いはしない。出兵はしたものの戦う気がないのである。高杉晋作は海峡を渡って、ついには小倉城を占領してしまった。

海軍もまた四隻から成る艦隊を持っていたのに、高杉に油断を見すかされ、たった一隻の船で散々にやられてしまった。

このみじめな戦況のさなか、七月二十日、家茂将軍は大坂城で死んだ。二十一という若さであった。長州再征は幕府のいのちとりだったのである。

家茂の遺言では、田安家の亀之助（後の家達《いえさと》）を立てよというのであったが、亀之助はこの時わずかに四つだ。この多難な時に立つべきではない。老中板倉勝静・稲葉正邦らが相談して一橋慶喜に立ってくれるように頼んだが、慶喜は利口な人だ、

「今の時代の将軍たるものは、朝廷と諸大藩の推挙がなければつとまらぬ。わしにはその自信がない」

と言って、なかなか承諾しない。

「それでは徳川のご宗家《そうけ》は絶えます」

と願ってやまないので、

「そんなら、家督だけを継ごう」

と承諾して宗家をついだ。慶喜が在京の諸大名の朝廷への嘆願が成功して将軍宣下《せんげ》を受けたのは、十二月五日だ。将軍位は四カ月半空位であったのである。

慶喜は徳川宗家をつぐと、泥沼に入っている長州征伐を出来るだけ早く切上げようとし、それを命ぜられたのが、麟太郎であった。

その頃、麟太郎は不愉快なことばかりで、「ひそかに決心するところがあった」と後年語っている。軍艦奉行という名はあっても、非戦論者だというので、実権はまるであ

たえられない。薩・会の仲直りをさせはしたものの、喧嘩をしなくなったというだけで、薩摩が幕府に力を貸してくれるわけではない。薩摩の出兵峻拒の答書を撤回さしたといっても、別段それが幕府のためになるわけでもない。こんなことは麟太郎にははじめからわかっていたことだが、老中や諸役人らは麟太郎の責任のように考えて非難的な目で見るし、人によっては言いもするし、あれほど言ったのに、フランスから金や武器を借りる話はどしどし進行中だし、やり切れない気になったのであろう。「ひそかに決心するところ」とはどんな決心であろう。麟太郎は腹など切って死諫するような単純な人間ではない。そんなことはしょせんは自分の心を快くするだけのかんしゃくにすぎず、人は決して覚醒してくれるものでないと思っている。辞職して隠居するか、浪人するかするつもりであったろうと、ぼくには思われる。

八月十六日、京都の慶喜のところから、大坂の宿舎に早打《はやうち》が来て、至急上京して来るようにとの命令を伝えた。

「おれはいまいましかったから、病気だと言って行くまいと思って、ある老中に話したところ、その人は正直な人（板倉勝静だろう）だから、お前が今日そんなことを言い出しては、国家（幕府の意）がどうなるかなどと心配するので、おれもその夜、いやいやながら早駕籠で京都へ上った」という。

京都へついて、二条城に行ってみると、慶喜はちょうど参内中だ、ひかえの間に通されて待っていると、一橋家の重臣である原市之進が接待のため出て来て、

「ご苦労でございます。今度のご用がなんでござるか、拙者共にはわかりませんが、あなた様でなければ出来ないご用であるとはうかがっております。ご名誉なことであります」

と、実に丁重なことばづかいで、こちらの機嫌をとるようなことばかり言う。

「はあ、さようか、ふう、そうでござるか」

などと、いいかげんな返答をしていると、慶喜が帰城した。早速に呼び出した。

「その方に命ずることがある。広島にまいって、長州との和議をまとめてまいれ」

麟太郎は辞退した。思う子細があって、かたく辞退したと語っているから、数回の押問答があったのであろう。和議をまとめるくらい訳のないことだが、まとめたところでどうせ悪口言われるばかりだという気もあったのであろうし、引受けるにしてももったいをつけて引受けなければ、うまくは行かないとも思ったのであろう。

慶喜はぜひ行くようにと言った。頃合はよしと思ったのであろう、

「さほどまで仰せ下さるをこの上ご辞退申すのは、臣の道ではございません。うけたまわるでございます。拙者は大体これこれの条件で始末をつけたいと存じますが、いかがでございましょうか」

と、自分の考えている条件を説明した。

「それでよろしい。頼むぞ」

「かしこまりました。一カ月のうちには必ずらちをあけて帰ってまいりますが、もしそ

れまでに帰りませなんだら、拙者の首は長州人共に斬られたと思し召されますように」

きっぱりと答えて、翌日大坂に下り、翌々十九日に大坂を出発して西に向った。

思うところがあって、一人の供の者も連れず、木綿の羽織に小倉の袴をはいた、ごく質素な姿であった。一体こういう場合の幕府の役人はおそろしくもったいぶって、仰々しい様子のものだったが、それでは向うも腹をひらいてくれないと思ったのであろう。いわゆる赤心を人の腹中におくというつもり。

中一日道中でおくって、二十一日に広島についた。浅野家の家老辻将曹に会って、しかじかの用事で来たから、この旨を長州側に通じて、話のわかるかかりの者をつかわしてくれるよう申し送ってくれと頼んだ。

数回使いの者が往復して、日をきめて宮島で会うことになった。

麟太郎は早速宮島に出かけると、辻将曹は、

「いかに何でもお供の者もなくお一人ではあまりでござる」

と言って、役人を二人つけ、舟まで世話してくれて、宮島へ渡してくれた。

宮島には多数の長州兵がいて、三々五々、歩きまわっている。戦時中の兵であるから、抜身の槍をひっさげ、鉄砲をかつぎ、いかにも殺気立った感じである。

麟太郎は辻将曹の用意してくれた宿屋に入った。宿屋ではこの頃の戦争さわぎに、女中らは皆逃げてしまって、男ばかりだ。女中としては、婆さんが一人のこっていて、世話役となった。参詣人相手の広い宿屋だが、泊り客もなく、がらんとしている。その旅

館にただ一人の泊り客として、麟太郎は長州の使者の来るのを待ったが、使者は藩の意見をまとめて来るのだから、相当時間のかかることが予想された。

麟太郎は世話をしてくれる婆さんに白襦袢を沢山つくらせ、毎日着がえ、毎日髪を結いなおさせた。

「どうしてこんなもったいないことをなさるのでございますか」

と婆さんはたずねた。

「おれはいつ首を斬られるかわからないのだ。死恥をかかないためにこうしているのよ」

と笑いながら答えると、婆さんはこわがってふるえ出したという。

実際、どうなるかわからない運命であった。旅館の周囲にはたえず長州の兵隊や密偵がうろうろしているし、威嚇のためだろうが、時々遠くからその家に鉄砲を打ちかけることもあったという。

十四

数日経って、長州の使者が到着した。広沢兵助《ひょうすけ》(真臣《まおみ》、後の兵部大輔)、高田春太郎(井上聞多、後の侯爵馨)等八人である。

会見の場所は大慈院という寺であった。麟太郎は先ず行って大広間にすわっていると、八人が芸州藩の家臣に連れられて来たが、広間の真中にちょこんとすわっているのは、木綿の着物に小倉のはかまをはいた小男だ。幕府の使者といえば、美服をまとって、傲然として威儀をつくっているのが常だ。皆おどろいたが、さすがに選ばれて来た連中だけあって、礼儀を知っている。一同縁側にすわって、うやうやしくおじぎして、名のった。麟太郎も答礼して、名のった。麟太郎は高田と名のる一人が、大坂でよく自分の家に出入りした井上聞多であることを知って、おどろいていた。

長州側は両手をついて平伏しながら用談にかかった。封建時代は階級時代でもある。階級の規制が厳重に立っているから、封建社会の平安と秩序も保てたのだ。同藩中でも、重臣と平士《ひらざむらい》とは同席が出来ず、平士と徒士《かち》とでは同じ座敷にすわれないことになっている。まして、幕府直参の旗本と藩士では、たとえ重臣であっても同席出来ないのが建前になっている。長州藩士らは縁側にいて論判をはじめるつもりでいたのである。

「まあ、お待ちなさい。そこではお話が出来ません。こちらへお通んなさい」

と、麟太郎は言った。

広沢は少し顔を上げて、

「ご同席は恐れ入りますれば、拙者共はこれにて」

と辞退する。

「いやいや、ご辞退には及びません。かように離れていましては、話が出来ません。貴殿方がお入りになるのがおいやなら、拙者がそれへまいりましょう」

席を立って、ひょこひょこと出て行って、長州人らの間に割りこんですわった。これまでの幕府の使者とはまるで行き方がちがう。いかにもざっくばらんで、気軽な行き方だ。さらに何かおもしろいことでも言ったのだろう、一同ドッと笑った。すっかりかたい空気がとけて、

「それではご免こうむります」

と、一同広間に入って来た。

談判といっても、訳なく咄嗟の間に済んだのだと、麟太郎は言っている。

「拙者は長州再征など、はじめから反対でござった。無役寄合の身分でござったので、何にも申すことが出来なんだが、ひとり心中では、コケがなおりかけたおできのかさぶたをひっぺがすようなことをする、きっととがめてえらいことになると憂慮していたが、果せるかなこの有様だ。今日のように日本の国がどうなるかわからない時節に、こんなことでは、どうにもなりません。ついては、和議にして、兵を引上げたい。貴藩においても、今日の時局の重大さはよくご承知のはずだ。兄弟喧嘩などしているべき時ではござらん。どうです。いいかげんにやめましょうや」

と、こんな調子で説いたところ、広沢らは話のわかる連中なので、すぐ諒解して、交渉はめでたく妥結したと、いっているが、日記ではそうすらすらとは行かなかったように書いてある。

海舟は話の上手な人で、その話は実におもしろいが、効果を考えるためであろう、時々ウソがまじる。日記の方を信用せざるを得ない。

それによると、麟太郎は、将軍がおなくなりになったについて、一橋公があとをおつぎになったが、貴殿らも知っての通り、賢明な方であるから、兄弟垣にせめぐようなこの戦争をやめたいと仰せられる、貴藩においても今日の日本が実に重大な局にあることを考えて、兵をひいて領内にかえってもらいたい、そして、下々をいましめて、嘆願などという口実をもって他領内に進出することはやめさせてほしいと言ったところ、長州の使者らは、

「一橋公の賢明な方であることは、われわれも敬服しています。しかし、従来の幕府の弊藩にたいする処置を見ると、われわれは信用することは出来ません。われわれは暴圧に忍びがたくして、全藩滅亡を覚悟して立ち上ったのです」

と、幕府の違約や暴圧を一々列挙して抗弁した。麟太郎はそれについて弁解しないで、中国や印度の西欧禍を説いて、日本人同士が戦い合うべき時ではないと論じた。

すると、使者らは非常に頭のよい連中なので、よくわかって、ついに納得したと書いている。彼は感心して、

「自分はひそかに思った。もし幕府の処置がよろずにつけ正大高明ということになれば、日本中皆よろこんで服するだろう。自分くらいの者の言うことでも、こんなに感心させることが出来るのだから。この使者らはものごとの大筋と急所がよくわかって、幕府の役人らのように小事に拘泥しない」

と特記している。

全然無条件で、和平を承諾するはずはないから、

「幕府の面目を保つため、十日くらい毛利侯に閉門していただきたい。そのへんならいいでしょう」

くらいのことを言ったのではないだろうか。追憶談では、京都へ帰ったら、そう長州に申し送らせて、それですますつもりであったといっている。

ともあれ、交渉はめでたく妥結した。

別れる時、井上聞多が、

「後刻、ご旅館にまかり出てもさしつかえありませんか」

と言った。よいというと、遊びに来て、一別以来のことを語った。聞多はこの前年の九月二十五日、山口の郊外で、反対党の壮士らに襲撃され、全身十数カ所の傷を負うて、奇蹟的に助かったのだ。英国に遊学した話や、四国艦隊の長州に向うことを新聞で読んで、急遽帰って来て、戦いをせきとめようとして努力したことや、意外な厄難にかかったことなどを語った。以上は日記の記述だが、追憶談には、聞多はまだ顔に創膏薬《きずこうやく》をはっていたといっている。しかし、満一年近くも経っているのだから、これは話をおもしろくするための作為か、記憶違いであろう。

「お前さん方が大いに働くべき時が来たのだ。努力してもらいたい。悪いことをしてはいけないよ。後世の批評を恐れなければいけないよ」

と、麟太郎は教訓したと日記にはある。聞多は明治になってから、最もひどい汚職大

官となった。炯眼《けいがん》な麟太郎には、どこかその危なさが見えたのであろうか。

九月十日に京都に帰りつき、翌々日慶喜に会って報告したが、彼が談判に行っている間に、幕府内の空気はがらりとかわっていた。強硬論がはばをきかせているのだ。恐らくこれはフランス借款のことが知れわたったので、皆気が強くなったのであろう。

麟太郎はいや気がさした。麟太郎がまとめて来たようなことでは、通りそうな空気ではない。慶喜も報告の内容を一切漏らさない。麟太郎も誰にもしゃべらなかったと追憶談している。

しかし、憂鬱でならない。長州人をあざむいた結果になることをすまないと思いもした。

「微力で、今の時代の大任にあたることは出来ません」

という趣旨の退職願を九月十三日にさし出していることが日記に見える。

二十六日の日記には、「風邪をひいた。鬱々としておもしろくない。江戸に帰って、辞職したいとしきりに思う」と書いている。

二十八日に、長州処分のことは公平至当であらせらるべきことという趣きの建白書を上《たてまつ》っている。

十月十一日に、板倉老中が会って、なだめて、辞職願を撤回させ、江戸に帰すことにしている。敵の多い麟太郎だが、板倉は終始あたたかく麟太郎を見ていたようである。

長州征伐が中止されたのは、翌年の五月である。朝廷に、長州の処分は寛大にしたいとお願いし、朝命として出してもらって、辻褄を合わせた。長州には何の処罰も加えることが出来ず、最もぶざまな終結であった。もっとも、この時にはもう諸藩兵はあらかた勝手に引上げて、戦地にとどまっているのはいくらもなかったのだ。

ところが、長州の方では、石州と小倉の両方面の占領地を引きはらわず、維新の時まで占領しつづけていたのである。

十五

江戸へ帰った後も、麟太郎はずっと軍艦奉行であった。

年譜にある慶応三年の記事を、説明を加えて簡単に呈示する。

四十五歳
三月より英国海軍伝習の事を執る。

幕府が英国流の海軍術を採用することになったので、そのことに鞅掌《おうしよう》したという意味であろう。これまでの幕府の海軍術はオランダ式であったのだが、だんだんヨーロッパの事情が明らかになると、オランダの海軍は今では大したことはなく、英国が第一の海軍国であることがわかったからであろう。

七月、長男小鹿《おじか》君米国留学生として出発す。

十月、英・米・仏の船将を同伴して、わが汽船をもって、灯台の位置を検定するため、房州の沿海を巡航した。

以上であるが、この十月十四日に、慶喜将軍は大政を奉還することを奏請し、翌日聴許された。

大政奉還は麟太郎の持論であった。その片鱗はフランスから金を借りて長・薩をたおし、日本を幕府を中心とした郡県制度の国にするという、小栗上野介一派の計画を、板倉老中にむかって彼が批判した時の言説にあらわれている。

「よくぞ思い切られた。さすがは将軍様だ」

と、よろこんだであろう。この大政奉還のプランを立て、土佐の参政後藤象二郎に説き、土佐藩を動かし、薩長にも諒解させて、土佐藩をして慶喜に奉還の建白書をさし出さしめたのは、彼の愛弟子坂本竜馬である。竜馬は創見はない人間だ。ただ人からヒントを授けられると、これを大きくふくらまし、実行に移すという点に異常な才能がある。あるいはこの大芝居も、去年の六月麟太郎が長州と和議をまとめるために上京して十月まで滞在している間に、坂本の訪問を受けて、酒でも飲みながら、

「実は、幕府部内にフランスの力を借りて、こんな計画をめぐらしている者がいるのだ。それで、おれはこんど上って来て、板倉老中に会った時、こう言ったのだ」

と、語ったのが、竜馬の大政奉還構想のヒントになっているかも知れない。

だとすれば、この点でも、麟太郎のうれしさは一通りではなかったろう。

「やったな。さすがは坂本だ」

と、心ひそかに竜馬をほめたろう。もちろん、譜代の主家である徳川家が一大名にな

ってしまったことには、寂寥《せきりょう》と悲哀のあったことではあろうが。麟太郎の心理は複雑であったはずである。

ところが、この翌十一月の十五日、坂本はその盟友中岡慎太郎とともに、京の寓居で、幕府の見廻組佐々木唯三郎とその輩下の者に暗殺された。もっとも、これの判明したのは明治三年九月で、この当時は新撰組だ、見廻組だ、紀州藩士らだと、諸説紛々であった。これからの日本に最も有用であると見込んでいる愛弟子を非命にして死なせた麟太郎の気持はどうであったろう。思いやるだに胸が熱くなる。

さて、京にいる徳川家側では、大政を奉還したのだから、未練やかなしみはあっても、これで一切のいざこざはなくなったものと安心していたのだが、薩長側——といっても、この時はまだ長州人は京都に入って来ていなかったから、薩摩と岩倉具視《ともみ》とがもっぱら事にあたったのだが、もっと腹黒いことを考えていた。徳川家が領地を奉還しないのは、形式だけの大政奉還であるとて、領地の奉還を要求したのだ。

「天下の諸藩が皆土地を奉還するなら、話はわかるが、徳川家だけがなぜそうしなければならないのだ」

と、在京の幕臣らは憤激した。

すると、薩摩と岩倉は、

「土地を奉還しないのは、心術大いに疑うべきである」

と、主張し、皇族、堂上、諸大名を以て行なわれる大会議にも、慶喜を出席させない。

幕臣、会津、桑名等の兵らの憤激は火を噴くばかりとなった。

慶喜は変事のおこることを恐れて、これらの兵をひきいて京都を去って大坂に下ったが、それと入れちがいに長州兵が京に上って来るありさまだ。両者の隊列が途中で交叉したという。

これらの報告が江戸にとどくと、江戸の幕臣らも腹を立てた。その憤激が三田の薩摩屋敷の焼打ちとなる。土佐の板垣退助が江戸にいる頃、諸浪人を多数集めて保護していたが、板垣はこの年の五月、京に上って西郷に会い、土佐の藩論を定めて、薩・長と合流して討幕の計画に参加することを約束したが、その時、板垣は、

「国許に帰って老公（容堂）を説きつけなければなりません。ついては、お願い申し上げたいことがあります。実は拙者、水戸人のほか諸浪人を多数保護して、藩邸で扶養しています。他日の用に供するためでありますが、拙者が当分江戸に帰れないとなれば、この浪人共の世話の仕手がなくなります。何とかお世話いただけないでござろうか」

と言った。

「そうでごわすか。それでは弊藩の三田の邸に引取って世話しましょう」

西郷は答えて、江戸に通達して、三田の藩邸に引取らせた。また、国許から伊牟田《いむた》尚平と益満休之進（助ともあり）を呼びよせ、江戸に下してこの浪士がかりとした。伊牟田は小松帯刀の実家肝付《きもつき》家の家来であるから、薩摩では陪臣だが、早くから脱藩して、清川八郎と義兄弟の約を結び、浪人志士としてはずいぶん名の知れている人物であった。

益満もまたなかなかの元気者で、一頃、江戸や京都でその剽悍《ひょうかん》さが志士達に恐れられていた人物だ。二人とも浪人志士の間では顔がきいているから、浪人がかりとしては最も適当であろうと考えたわけであろう。

西郷としては、一朝西で討幕の挙をおこした場合、東でこの連中をして呼応して事をおこさせ、江戸から幕府の援軍が上京出来ないようにする計画であった。

伊牟田は薩摩から前々将軍家定に嫁して、家定の死後は天璋院と言って、江戸城の大奥にいる人の護衛のためと称して、幕府にも届け出しておいて、浪人共を募集し、ずいぶん多数集めた。

この連中が、幕府を激発させようという狙いからであろう、日夜に市中に出ては暴掠《ぼうりゃく》する。富有な町家におしこんでは、勤王のための御用金を出せといって、金を掠奪し、

「文句があるなら、三田の薩摩屋敷にまいれ」

と言いすてて帰って行く。

傍若無人だ。よくあることで、ニセ浪士まで出て、これをやる。青木弥太郎などという男は旗本でありながらそれをやった。江戸の治安はおそろしく乱れた。あたかも、十二月二十二日に江戸城西の丸が焼けた。幕府は薩摩屋敷の浪士共のしわざと思って、諸浪士の引渡しを要求したが、渡さない。浪士らは市中取締諸藩の首班である荘内藩邸に向って鉄砲を打ちこむようなことまでした。

ついに堪忍袋の緒を切った幕府は、フランスお雇士官ブリューネの戦術によって、十

二月二十七日、薩摩屋敷を砲撃した。

浪人らは死んだ者もあったし、他に逃げたものもあったが、六十人ばかりは、伊牟田尚平にひきいられて、あたかも品川沖に碇泊していた薩摩の軍艦に逃げこんで海路西に向い、正月二日兵庫港に入った。

この焼打ちの時、益満は捕えられて入牢させられた。麟太郎はこれを後に江戸城明渡しの時に利用するのである。

さて、薩摩屋敷焼打ちの報は、十二月三十日、大坂城に到着した。同時に大目付の滝川播磨守が兵をひきいて到着した。

「江戸でこんなことがあったからには、とうてい平和に事はおさまるまい。むしろ、この際、兵をひきいて上洛し、薩摩の姦悪を討たんとの上書を上《たてまつ》っておいて、薩摩およびこれと同調する君側の奸を討つがよい」

と決議し、正月元日というに、幕軍は討薩表をかかげて上京の途についた。

そしてはじまったのが伏見・鳥羽の戦いだ。戦いは三日からはじまって、六日まであったが、幕軍はついに敗れた。しかし、幕軍全部が敗れたわけではない。大坂城内にはなお一万におよぶ兵が手つかずでのこっているばかりでなく、開陽以下六隻の軍艦が兵庫港に碇泊している。もし、捲土重来を期して、陸軍は大坂城を根拠として周辺に働き、海軍は、薩・長軍の国許との連絡を絶って、関東からの援軍の馳せ上るのを待つ策に出れば、勝敗は逆転するに違いなかった。

西郷はこれを心配して、藩の蘭法医松木弘庵（後の外務卿寺島宗則）を、当時兵庫に来ていた英国公使パークスのところにつかわして、頼むところがあった。

「よろしい、よろしい」

パークスはすぐ一書を認めて、大坂城内の慶喜の許に持って行かせた。

「徳川家が政権を天皇に返上した以上は、今や日本国の主権は天皇に存する。その主権者にたいして戦いを挑まれることは、われらには理解出来ないことである。戦争は国家の不幸、人類の不幸である。貴下は大坂城にあって、なお戦争を継続する意志ありや否や。もし継続の意志ありとすれば、われわれは水兵を上陸させて、わが居留民を保護しなければならない。場合によっては、われらは正義のために主権者の軍を助けることもあり得る。なお大坂にとどまって戦争を継続する意志ありや、あるいは一旦江戸に引上げて善後策を講ぜられるつもりか。いずれにしても、至急ご返答いただきたい」

慶喜は水戸家の生まれである。尊王はその家風だ。しかも、最も賢明な人だ。はじめから戦さなどして、闕下《けっか》をさわがす気はない。薩摩藩の暴圧的態度にいきどおっている幕臣や会津・桑名の藩士らの憤激におし切られて、ついこんなことになってしまったものの、朝敵になってまで戦いをつづける気はない。そこに持って来て、パークスからこの手紙をつきつけられたので、正月六日夜ひそかに米国軍艦にのりこみ、七日朝幕府軍艦にうつり、八日夜大坂を出帆して東に向い、十二日江戸に入った。

十六

一体慶喜という人は、幕臣に好かれていなかった人だ。元来水戸家は三家の一つでありながら、光圀以来、尊王を藩是として本家にたいして常に批判的であり、慶喜の父の斉昭に至っては反抗的ですらあったのだ。慶喜が将軍位継承権を持つ三家三卿の中で最も賢明でもあり、これを推してあれほど熱心に運動する人が多勢あったのに、ついに将軍になることが出来ず、安政の大獄までおこったのは、根本的には、水戸にたいする幕臣らのこの感情による。家茂将軍が時局最も多難な一昨年大坂城内で死んだために、十五代の将軍になったのだが、つまり旅先きで二、三の老中のはからいでなったのだし、将軍としては江戸に一日もいたことがない。幕臣らにとってはなじみも薄いのである。しかもやっと帰って来たと思うと、その時は大政奉還してもう将軍ではなくなっている。しかも戦さに打ちまけて、いのちからがら逃げ帰って来たのだ。幕臣らに好かれようはずがない。将軍家という気もあまりなかったのではないかとさえ思われるのである。

しかし、それと徳川家の興亡、薩長の横暴とは別だ。江戸城内はもちろん、江戸中慷慨のルツボとなった。

海舟日記正月十一日の条に、慶喜の乗った開陽艦が品川に投錨し、払暁役所から急使が来たので、築地の海軍所へ出ると、慶喜が帰って来たことがわかったとあるが、慶喜の船は十一日夕方品川に入り、慶喜は十二日の朝、浜御殿から江戸城に入ったというのが本当である。

「はじめて、伏見戦争の顚末を聞いた。会津侯も桑名侯（この二人は実の兄弟である）も、お供の中におられる。くわしい話を聞こうとしたが、お供の人々は皆顔面蒼白、ただ目を見はるばかりで、口をきく者がない。板倉閣老にたずねて、やっとあらましを聞くことが出来た。以後、人々空論と激論をくりかえすだけで、とりとめた議論をする者はなかった」

と麟太郎は書いている。

一説によると、その夜から翌日にかけて、城内で大会議がひらかれて、席上、陸軍奉行兼勘定奉行の小栗上野介が主戦論を開陳したという。これは後年生きのこりの幕臣らが、上野史談会での思い出話によるのであるが、信ずべき節《ふし》がある。

小栗の意見の要領はこうだ。

「官軍が東下して来たら、箱根も碓氷峠も防がず、全部関東に入れた後、両関門を閉じて袋の鼠としてしまう。一方軍艦は長駆して馬関、鹿児島を衝く。こうなれば日より見をしている天下の諸藩は皆幕府方に属する。形勢は逆転し、幕威また振うに至る」

この策は幕府が砲・歩・騎の三兵伝習のためにフランスから招聘《しょうへい》しているフランス士官らの立てた戦術である。小栗は天性の雄弁家だ、人々の感奮すること一方でなく、気勢大いにあがったという。

ここで説が二つにわかれる。慶喜があくまでも恭順説を持して、小栗を罷免したというのが一説、一旦は承知し主戦に決したが、翌日また恭順に逆もどりして、小栗を罷免したというのが一説。しかし、後説であったにしても、慶喜の本心が動いたわけではなく、その場の空気が正面切っての反対を受入れそうにないので、一応小栗の説を受入れたことにしたのだとも解釈がつく。この以前、慶喜は城に入るとすぐ、大奥の女中錦小路をもって、静寛院宮《じようかんいんのみや》（前将軍家茂夫人）に、伏見・鳥羽の衝突の次第を説明し、自分は恭順隠居するから、あとつぎには田安家の亀千代（家達《いえさと》）を立てていただきたいと言っているくらいだ。主戦説にかたむこうとは思われないのである。続徳川実紀によると、小栗の罷免辞令は十五日に出ているが、実際は十三日か十四日に罷免されたのであろう。

十七日の海舟日記に、夜に入ってにわかに海軍奉行並《なみ》に任命されたことが記されている。この頃は官軍東下のことが決定したというので、一層議論が沸騰し、各人各様の説を立て、やかましいことであると書いている。

この翌日、麟太郎は越前家にたいして手紙を書いている。

「聞くところによりますれば、近々朝廷では問罪のために官軍を東下せしめられる由、臣子の分としては、一死もって主家に殉ずるだけのことで、何の面倒もないことです。この度のさわぎの是非曲直については、唯今は何にも申したくありません。百年の後、公論おのずから定まるものがありましょう。小生の憂えるところは、このさわぎに乗じて諸外国が武力をもって介入することです。聞くところによりますと、この頃兵庫で官軍と米・英・仏の間に衝突がおこり、兵庫は武力占領されました由、長崎あたりでも同じような事件がおこるのではありますまいか。遠くは印度が国ほろんだのも、近くは支那が西洋諸国に乗ぜられたのも、すべて同胞相争ってその虚につけこまれたのです。小生は憂慮にたえません。今や、口に勤王を唱えながら、心に大私《たいし》を挟み、国の危きを知らず、何ということでありましょう。小生は主人とともに一死を分として覚悟しているものでありますが、日本の運命の危きを見ては黙っておられません。小生のこの微衷を、朝廷に代訴していただきたい」

という趣旨のものである。

兵庫云々は、この十一日に備前藩兵が英・仏人と衝突し、英・米・仏三国の陸戦隊が兵庫の東西の入口を閉ざして、武器をたずさえた諸藩兵の通行を禁じ、福岡・久留米・大村・宇和島等の藩の艦船を抑留した事件を指す。事件のおこった日からわずかに六日目だが、当時は大坂と江戸の間には外国の艦船がたえず往来しているから、大体のことはわかったのであろう。

麟太郎はこの手紙を三通書いて、それぞれ別なものに持たせて、京に送った。一通では届かないかも知れないと思ったのである。

彼がこの手紙を書いたのは、もちろん官軍の東下をやめさせ、主家を安泰ならしめるためではあるが、単にそれだけではなかった。彼は諸外国の野心の前にある日本であることをいつも考えている。今のように、勤王だ、佐幕だというようなことで血眼になって兄弟喧嘩していては、印度や支那のようになってしまうと、心配でならないのである。

この手紙で彼は神戸事件だけをとり上げているが、その心中にはフランスの武力援助を背景にして抗戦しようとしている小栗らの企画も憂慮すべきこととしてあったにちがいない。勤王だ佐幕だなどということは、彼においては、もう用事の済んだお題目にすぎないと思われていたのであろう。彼が当時としては最も高いところに立って時勢を見ていたことがわかるのである。

この日はまた徳川家からも朝廷に嘆願書を差出すことになり、その使者を誰にすべきかが詮議された時、勝安房が最も適任だと決して、閣老から麟太郎に、即時上京せよと命令が下り、麟太郎またお受けしたのだが、その夜取り消された。

「安房ならば、十分に嘆願の意を朝廷に申しのべることが出来ようが、そのあと抑留されて帰されないかも知れない。そうなってはこまる」

という意見が出たためであるという。盤根錯節《ばんこんさくせつ》に遇《あ》わずんば以て利器をわかつなしだ。この難局にあたって、麟太郎の利器たることが、誰の目にもはっきりとわかって来たのである。

嘆願の使者には、大奥の上臈《じようろう》女中土御門《つちみかど》藤子（徳川慶喜公伝）が行くことになった。当時の幕府の大奥の中心は前々将軍家定の未亡人天璋院と前将軍家茂の未亡人静寛院宮の二人であったわけだが、前者は島津斉彬の養女であり、後者は明治天皇の叔母君だ。いまた東海道から東下する官軍の先鋒総督橋本実梁《さねはり》は静寛院宮のご生母の実家の人だ。いろいろな点で、お二人の使者として行った方が都合がよかろうということになったのである。藤子は静寛院宮の手紙と慶喜の嘆願書をたずさえて出発した。

二十三日に、麟太郎は陸軍総裁兼若年寄に任命された。

「拙者は海軍のことは学んでおりますが、陸軍のことはまるで存じません」

と、辞退したが、きかれない。陸軍の士官らの輿望でもあるという。ついにお受けしたが、若年寄は強いてご免をこうむった。嫉妬されることを恐れたのだと日記に書いている。

この頃は、人々皆いろいろな策を立てて勝手な議論をし、慶喜に目通りを願い出て、自策を建議した。「早くて深夜十二時、普通払暁、往々にして夜を徹した。君上のご焦慮また思うべし」と、日記にある。麟太郎にたいしても、議論を吹っかけ、「夜も大抵雞啼を聞いてやむ」とある。

この頃のことだろう、フランス公使レオン・ロッシュが慶喜を訪問して、兵器、軍艦、軍費をフランスが供給するから、断乎抗戦せよとすすめているのは。慶喜はこれにたいして、日本の国体を説いて拒絶している（徳川慶喜公伝附録）。

続徳川実紀によると、ロッシュの登城は正月十九日、二十六日、二十七日の三回である。二十七日には海軍提督《アドミラル》を同伴して登城している。よほどに執拗熱心に説いたと見てよいであろう。英国のバックしている薩・長の勢いが天下を制することが目に見えて来たので、ロッシュとしては無念やる方なかったのであろう。

このロッシュの勧告が、この前小栗の説いた戦術を物質的にバックするというのであることは言うまでもない。よほどに幕臣らを刺戟して、大いに主戦論がさかんになり、慶喜が上野寛永寺の大慈院に蟄居謹慎した後、慶喜を訪問して説得をこころみている幕臣がいる（徳川慶喜公伝附録）。これは当時外国奉行支配組頭勤方《つとめかた》であった田辺太一の談話にあることで、その幕臣が誰であったかは明言していない。

「幕末激論党の一人某あり、数々《しばしば》海外へも渡航、能く西情にも熟し、頗る才気を負へり」とだけ言っている。小栗上野介のことであろう。小栗は陸軍奉行兼勘定奉行を罷免になったとはいえ、主戦説に未練があって、どうにかして慶喜をゆり動かしたいと思い、大慈院までおしかけて行ったのであろう。慶喜が大慈院に入ったのは二月十二日、小栗がその知行所である上州権田《ごんた》村に去ったのは二月二十八日である。小栗が大慈院に行ったのは、十二日から二十八日までの間でなければならない。もはや慶喜を動かすことは不可能であると見きわめがついたから、江戸を去ったのであろう。

十七

月が改まって二月になると、伏見の敗卒らが続々として帰って来た。皆慷慨の気に満ちている。この連中の屯所がない上に、幕府役人共が勝手に兵を募っている。陸軍の役人だけでなく、文官まで兵を集めたと海舟日記にあるから、統制も何も立ったものではない。屯所も不足なら、給与も足りない。兵隊共は腹を立て、脱走するというさわぎだ。この兵隊は近郊の農民、江戸市中のナラズモノ、そんなものらであった。

「思いもかけない大変となったので、役人共の中には無謀過激、時の勢いも察せず、みだりに干戈《かんか》を動かそうとして、一人でも多く兵をかき集めようとあせった者が少なくない。その説をなす者は、水野癡雲《ちうん》、小栗上野、糟谷筑後、大小監察（大目付、目付）、陸軍の士官らだ」

と、海舟は日記に記している。小栗が罷免後もなお主戦の説を持して、同志と通謀して暗躍していたことは明らかである。

兵隊共の脱走さわぎの時のことを、麟太郎は後年こう語っている。

「慶応四年といえば随分物騒な年だが、その頃幕府の兵隊はおよそ八千人もあって、それが機会さえあれば、どこかへ逃走して事を挙げようとするので、おれもその説諭には骨がおれた。なんでも二月であったか、三番町に兵隊が二大隊、およそ千人ばかりいて、その暇さわぎ出した。一大隊はどうにかこうにか説諭して鎮めたが、今一大隊の方が、その暇がないうちに、二百人ばかりが五日に脱走し、あとの三百人も七日の夜、塀を越えて町に出、無闇に鉄砲を放って乱暴し、士官らも手のつけようもなく、こまっていた。そこで、おれは先きに説諭した一大隊を土手際に整列させて、

『もうこうなってはしかたがない。貴様らの中でおれの説諭のわからない者がいるなら、この際勝手に逃げろ』

と言った。

その間に、塀を越えていた三百人はどんどん九段坂をおりて逃げる。こちらのやつも

じっとしておられなかったらしく、五十人ばかりが闇に乗じて、後ろの方からおれに向って発砲した。すると、三百人の中にふみとどまっておれの提灯を目がけて射撃するやつがいる。おれの前に立っていた従卒二人が、忽ち胸を打ちぬかれてたおれた。提灯は消えて真暗だ。おれは幸い無事だったが、三百人はのこらず逃げてしまった。すると、土手際の千人も逃げて千住の方に行ってしまった。

　この二日前の五日の夜には、小川町の伝習隊の兵隊が二大隊、これも乱暴しながら脱走した。高田馬場に集結しているというので、おれは一人で馬に騎《の》って追いかけた。ところが、大部分はすでにどこかへ行ってしまって、暗いなかに七、八人とどまって、追手でも防ぐ用意をしているらしい。おれが近づくと、いきなり提灯を目がけて発砲した。雨が降り出して来た。おれが一人なものだから、追手ではないと思ったらしく、この連中も逃げ出した。おれはあとを追って、夜明け頃、板橋で追いついた。ここにずいぶん兵隊がとどまっていたので、いろいろ説諭して、やっと三十六人だけ連れて帰った。

　この月の十五日には、赤坂屯所の兵隊が甲州に逃げかけたのを、八王子で追いついて、新宿の宿屋まで連れて帰り、いろいろ説諭を加えている間に、脱走の張本人たる伍長の某は、とても志を達せられないと覚悟したと見えて、突然反対派の伍長某を刺し、自分もその場で自殺してしまった。これがため、おれは殺されもしないですんだのだ。

　全体、この時代の人気は、老人でも、子供でも、ただ戦争とか、自殺とかいうことを、無闇によいことに思って、壮士らに酒を飲ませたり、ご馳走したりして、励ますものだから、脱走などということも、いわゆる騎虎の勢いで、容易にとめることが出来なかったのだ云々」

人気激揚し、統制の失われていたこと、こんどの大戦における降伏直後よりはなはだしかったことがわかるのである。

麟太郎は陸軍総裁なのだから、脱走兵が出れば抑制しなければならない責任があるわけだが、彼には積極的に抗戦する意志はない。恭順によって出来るだけ平和に局を結ぶのが、日本のためでもあれば、徳川家のためでもあると思っている。だから、逃げるなら勝手に逃げろと言いもしたのであろう。よく言えば彼らしい機略、悪く言えば横着なやり方である。

二月十一日に、慶喜は麟太郎ら新たに諸局の総裁や副総裁に任ぜられた者共を集めて、会議をひらいた。その模様を海舟日記、麟太郎の著雞肋《けいろく》、続徳川実紀を参酌して考えると、こうである。

人々は、ある者は箱根の嶮によって官軍を禦《ふせ》ぎ、関東の諸藩を連合して割拠の勢いをなし、京都と対峙しようといい、ある者は使者を出して官軍の関東に入ることをやめるように説得しようといい、ある者は、上様が単騎上洛なさる英断に出られれば、人々奮起して軍威上るであろうと説き、ある者は軍艦をもって大坂湾を扼し、薩・長の国許との連絡を絶とうといい、ある者は軍艦をもって薩・長の本国を衝こうといい、喧々ごうごう、一昼夜におよんだ。

慶喜はやがて言った。

「わしは多年京坂にあって、禁裡に接近し、朝廷にたいして毫も疎意を挟《さしはさ》まなかった。伏見のことは思いもかけない間違いで、はからずも朝敵の名をこうむることになった。申訳のしようもない。ひとえに天裁を仰いで、従来の落度《おちど》を謝するよりほかはないと思っている。その方共の激憤の気持はよくわかるが、抗戦して長引けば、皇国瓦解し、万民塗炭の苦しみに陥るであろう。そんな空恐ろしいことは、わしには出来ない云々」

麟太郎は最初から一言も発せず、ただ各人の説を聞いているだけであった。瞑目でもしていたのであろう。慶喜は、

「安房、そちの意見を聞きたい」

と言った。

「はっ」

麟太郎は平伏して、じゅんじゅんと説き出した。機略ある彼は、ひとりこの席上だけでなく、これまで自分の意見を述べたことがなく、この時が最初の開陳だったのではないかと思う。彼は勝負の機、ものごとの急所をよく心得ている。恐らくこれは父小吉譲りのもので、剣道の修業で磨きがかけられたものであろう。

「およそ興廃存亡は時の気運（勢）によるもので、人力をもっては如何ともすべからざるものであります。朝廷の威ふるい、幕府の威衰えたというのも、いく十百年の気運の結果であると存じます。しかしながら、もし上様におかせられ決戦せんとのご決断なら

ば、策がないわけではありません。拙者は艦隊をひきいて駿河湾に赴き、二、三百の兵を上陸させ、官軍を防ぎましょう。衆寡の勢い、わが軍は敗れるでありましょうが、これは餌兵《じへい》でございます。敵は必ずや勢いに乗じて清見関や清水港にせまるでありましょうから、わが艦隊は進んで迫り、海上からこれを砲撃しましょう。敵の敗れることは必定であります。そこで、われは多数の兵を上陸させて接戦し、同時に横から敵の中央を砲撃すれば、戦さはそれまでです。敵軍大敗、わが軍大勝を博します。そうなれば、関東の士気は必ず大いに奮い立ちますから、海道筋のわが軍をして火を放って敵の来往を防ぎ、同時に軍艦三隻をわかって大坂湾に入り、薩・長の国許との連絡路を海陸ともに絶ち、時宜によっては大坂を焼きはらい、京都に一粒の食糧も入らぬようにして、天下の変をうかがうのでございます。このようにして、東海道筋の本軍が敗れれば、甲州を経由して来る敵軍も、東山道を経て来る敵軍も、進退拠《よ》りどころを失って、どうすることも出来ないでありましょう。すでに京都があらゆる連絡を絶たれて、兵員の増加はもとより、糧食の補給もたえた以上、何をすることが出来ましょうか。薩長ともに施すに術《すべ》ないことは明白であります」

滔々として必勝の軍略を説いておいて、一転する。

「しかしながら、ここで考えなければならないことは、日本の運命でございます。こうして戦さには勝てますが、日本は瓦解するのでございます。大々名らは各々外国に通じて自国の利をはかろうとするでありましょうし、また商人共は外国の商人共と結んで勝手に交易し、国の統制は四分五裂となり、ついには外国人共に乗ぜられて、日本は亡滅するでありましょう」

ここで、議論は再転する。

「しかしながら、もし、上様が日本の運命に深く思いをいたされ、天朝の怒りをかしこみ、天朝のお裁きをお受けになり、条理を踏まんとされても、現在の情勢では、お難儀なことが重なり至り、どうなるか、あらかじめはかることも出来ないのであります。いずれに決し給いますか、それをおうかがいいたしとうございます」

抗戦に決すれば日本の亡滅、恭順に決すれば運命はかりがたいというのだ。慶喜は黙然として答えない。

麟太郎はさらに説く。

「およそ関東人の気風として、激情的であります。一旦の怒りに生命をなげうつ人は多くございますが、従容《しょうよう》として大道を踏む人は至って少のうございます。今、薩・長は大勝に乗じ、天皇を擁して天下に号令しています。尋常の策では敵することは出来ません。これにたいしては至柔を示し、ただ日本の安危、万民の苦しみだけを念として、彼の要求にたいしてはひたすら誠意をもってし、居城も明渡そう、領土も返納しよう、職権も捨てよう、徳川家の興廃はただ天朝のご意志のままという工合に、絶対的無抵抗の態度に出るよりほかはありません。こう出るものを、彼いかに暴悪といえども、どうすることが出来ましょう。まことに至難にして、容易に行なえることではありませんが、これよりほかに良策を存じません。今はもう議論して空しく日を費すべき時ではございません。速かにご決断を願いたてまつります」

こんな議論にたいして、人々の異議がなかったろうとは思われないが、慶喜は麟太郎の意見を入れ、絶対恭順、絶対無抵抗を決裁し、麟太郎にその任にあたるように下命した。麟太郎は再三固辞した後、ついに受けた。

「唯恐懼《きょうく》して報答その道を失ふ。涕泣《ていきゅう》して御前を退く」

と、日記に記している。

麟太郎が江戸城明渡しの立役者となることはこの時にきまったのである。徳川慶喜公伝には、戊辰《ぼしん》日記を引いて、会計総裁の大久保一翁もまたこの時一意恭順説を主張したと記している。事実であろう。この後、二人はずっと相談して、ことを運んでいる。大久保一翁とは忠寛のことだ。最初に麟太郎を認めて意見書を書かせ、世に出る途をひらいてやった人だ。かねてから往来して、これよりほかに方法はないと熟議していたのであろう。

慶喜はこの翌日、二月十二日、城を出て上野寛永寺の塔頭《たっちゅう》大慈院に行き、蟄居謹慎の生活に入った。

十八

一身に大任を負うて、麟太郎は朝廷にたいして、慶喜の名や徳川家家中の名をもって、嘆願書を上《たてまつ》っている。前者は、伏見のことを詫び、東叡山に蟄居謹慎して待罪していることを告げ、処罰は一身をもって受けますから、官軍東下のことは、無辜《むこ》の生民らを苦しめることになるから、しばらくご猶予いただきたいとの趣旨のものであり、後者は主人の謹慎の次第をのべ、主人が元来皇室にたいして一点の私心なく、忠誠無二のものであることをご諒察あり、祖先の勲労をもお酌みになって、寛大なご沙汰を懇願し奉るという趣旨のものであった。

一方また自分の名をもって、越前家を通じて、朝廷に働きかけている。

「日本近年のさわぎはその根元は開国・鎖国の論からおこっている。それがもつれもつれて、先年は長州藩が朝敵の汚名を着て、苦難に沈み、今日はわが徳川家がそうなった。しかしながら、開国といい、鎖国というも、同じく国を憂うる至誠から出たのである。伏見・鳥羽のことは、まことに申訳ないことであるが、天朝としてはご哀憐を垂れ給い、同胞たがいに争うようなことをなさるべきではあるまい。とくに譜代大名らを駆り立てて官軍に属せしめ、徳川氏を伐《う》とうとされるのは、人倫の大道を紊《みだ》すもので、天朝のなさるべきことではあるまい」

という趣旨のものであった。

こうして、慶喜を一意恭順させ、文書をもって運動する一方、麟太郎は恭順の趣旨が貫徹せず、あくまでも官軍が力をもってせまるなら、武力闘争もやむを得ないとして、その用意もした。すなわち、江戸の博徒の親分三十余人を一人一人訪問して、

「もし官軍が無理に市中に進入して来た場合には、町々に火を放って官軍を焼き殺せ」と頼み、金子や食糧、火道具まであたえておいたといい、また、房総の漁民らに江戸に火のおこるのを見たら、すぐ舟を漕ぎ出し、市民らを救い出せと命じたという。この話は、前条は彼の談話中にそれと思わせるものがある。新門辰五郎らを訪ねたことが出ている。また海舟日記三月十日の条に官軍の出様いかんではわれより市街を焼いて断然決戦しようと心を決して策をめぐらしたと出ている。房総の漁民らにたいする相談の話は出所がわからない。

三月になると、征東軍大総督府の大参謀として、西郷吉之助、先鋒参謀として海江田武次（信義、前名有村俊斎）がいることがわかった。二人とも知っている人物だ。

「しめた！」

と思ったに違いない。そこで三月二日、去年の薩摩屋敷焼打ちの時に徳川家で捕えておいた薩藩士の益満休之進、南部弥太郎、肥後七左衛門を自分のところに引取った。この連中を使って、西郷に手紙をとどけさせようというわけだ。

この時、勝の草した手紙が、

「無偏無党、王道堂々タリ矣」

という書き出しのあの有名な手紙だ。

「江戸では君臣ともに恭順の意を表しているが、これは外力の介入を恐れて、兄弟垣にせめぐの愚をしたくないからのことである。しかしながら、多数の士民の間には不軌をはかる徒あるやも知れない。そうなれば、後宮の尊位（静寛院宮と天璋院のこと）のお身の上が不安である。そのような不祥事のないよう死力を尽くしているが、微力の及ばないことを恐れる。ひとえに官軍参謀諸君の力にすがりたい。どうご処置あるも、異議申すかぎりではないが、千載に恥じざるご処置あらんことを願いたい。拙者自ら推参してくわしく事情を述べ、哀訴したいのであるが、士民沸騰して一日も江戸を去ることが出来ない。切に憐察《れんさつ》を垂れ給わんことを」

というのが、その大意だ。

この手紙はいかにも勝式だ。外国勢力の介入を恐れるのは、彼の終始一貫する態度であるが、恭順していると言いながら、大奥の両夫人をテコにして脅迫しているのである。食えない男というべきであろう。

三月五日、麟太郎のところへ訪問者があった。山岡鉄太郎だ。山岡はその義兄である高橋伊勢守によって大慈院の慶喜に召され、慶喜の恭順の誠意を大総督府に通ずることを命ぜられたので、麟太郎のところにその相談に来たのであった。

麟太郎は山岡の人物をよく知らない。有名な剣客であり、その交るところは暴勇な攘夷浪人の徒で、清川八郎などとは最も親しく交っていたくらいのことしか知らない。麟太郎の最も親しくしている大久保一翁も、山岡を近づけるな、彼は君を暗殺しかねまじき男だと言っているくらいだったという。

二人は初対面であったわけで、いろいろおもしろい話もあるが、それは山岡鉄舟伝を書く機会があったら書こう。

ともあれ、麟太郎は山岡の人物に感心して、認《したた》めておいた手紙をわたし、益満をつけてやることにした。

山岡は六日に江戸を立った。この日六郷川をわたったあたりはもう官軍の先鋒が路の左右に充満していたという。昼夜兼行して駿府の大総督府につき、西郷に会って麟太郎の手紙を渡し、慶喜の謹慎恭順の意を説明し、嘆願した。

西郷は京都では最も強硬に徳川氏の処分を主張していた。慶喜を切腹させるとまで言っていた。七百年来の武家政治を改めるには思い切ったことをしなければ、人心が改まらないと思いこんでいたのであろう。人間の運命ほどわからないものはない。この時から十年前の安政四、五年の頃には、彼は主君島津斉彬の命を受け、慶喜を将軍世子に立てようとして、橋本左内らと必死の運動をこころみていたのに、この時には慶喜を殺さねばならないと思いこむようになったのだから。時勢の変化のためとはいいながら、人間の運命ほど奇なものはない。

彼は二月二十五日に駿府に到着したのであるが、つくとすぐ、英国公使パークスにあてた手紙を持たせて、参謀の木梨精一郎を横浜につかわした。手紙の内容は、

「江戸に進撃の必要があるかも知れない情勢である。ついては、不測の事態の発生せぬよう、目下神奈川方面に上陸して居留民の保護に任じている英仏の兵を船に引取るように尽力願えまいか」

というのであった。

パークスは、

「わが英国はご所望に応ずることが出来るが、フランスが承知すまい。日本の政権が幕府から朝廷に移動したことは、われわれはすでに承知しているが、まだ朝廷から正式の通知を受けていない。正式の通知があれば、兵を船に引上げ、場合によっては本国に帰してもよいが、それまでは砲撃等の手荒なことは見合せてもらいたい。それにしても、江戸では前将軍は降伏の意を明らかにして、恭順しているというのに、何のために進撃なさるのか、われらには諒解出来ないことである。さような無法な戦争が行なわれるようでは、われわれとしても居留民の安全を保しがたいから、やはり兵をとどめておくよりほかはないとも思っている」

と、返答した。

西郷の考えは日本人としての政治的必要と大義名分とからわり出したものだが、外国人にはこれは通用しないものであった。パークスの立場は純粋に人道的なものだったわけだ。このパークスの考えは日本の武士道とも合致するものだ。降伏者を討つ武士道はないのである。西郷は頂門に一針を受けた気持であったに相違ない。

このパークスの返答を英国からの圧力であると恐れて、西郷が考えをかえたと解釈する説があるが、ぼくには同意出来ない。神奈川界隈を避ければ兵を進めることは出来るのだから。三年前の慶応元年に筑波天狗党の連中が降伏した時、幕府はこれを数百人斬

罪にして、軽い者三十五人を流罪《るざい》にすることにし、薩摩にあずけようとしたことがある。その時、西郷は、

「降伏者を斬るという武士道は薩摩にはござらぬ。さような取扱いの片棒をかつぐことは、弊藩はごめんこうむります」

と、はねつけているのだ。

この場合、政治的必要にまっしぐらである余りつい忘れていた道義心をハッと気付かされたと解釈すべきであろうと思うのだが、どうであろう。

こういう気持でいるところに、山岡が来たのだから、西郷はすぐ諒解した。勝の手紙を読み、山岡の話を聞いた後、西郷が奥へ入って持って来た条件はこうであった。

一、慶喜を備前藩にあずけること。
一、城を明渡すこと。
一、軍艦をのこらず渡すこと。
一、軍器一切を渡すこと。
一、城内居住の家臣は向島へ移って慎んでいるべきこと。
一、慶喜の妄挙《もうきょ》を助けた者共は厳重に取調べ、謝罪の道を立てること。
一、玉石ともに焼くご趣意ではないから、鎮定の道を立てよ。もし暴挙する者があって、手にあまらば、官軍の手をもって鎮める。

右の条々が、急速に実効が立てば、徳川氏の家名は立てるであろう。

山岡は一条一条念を入れて見たが、やがて言う。

「第二条以下は全部遵奉出来ますが、第一条のご趣意がよくわかりません。徳川家の親藩は多くありますに、外様大名として臣下の礼を取らせていた備前藩にお預けとは、臣として忍びがたいものがござる。お改めいただきたく、嘆願いたします」

「これは総督宮のご趣旨でござる」

「もとよりさようでありましょう。さればこそ嘆願いたすのであります。仮りに立場をかえ、島津侯が今日の慶喜公の境遇になられたとして、先生はこのようなご命令を甘んじてお受けなさることが出来ましょうか」

西郷は心を打たれた。

「その通りでごわす。わかりました。慶喜公のお身の上のことは、拙者がきっと引受けます。安心して、ともかくも勝先生にこの処分案をお見せ下され」

これで話がきまった。

西郷は酒肴を出して山岡を饗応し、談笑した後、通行手形をあたえて帰した。

山岡は十日に江戸に帰着している。（続徳川実紀、海舟日記）

山岡の帰着しての報告を聞いて、麟太郎は大いに安心はしたものの、官軍が三道から江戸に迫り、十五日には総攻撃と称し、殺気凜々として、

「徳川家は存置すべきも、慶喜は斬る」

と、言っていると聞こえた。幕臣らは憤激して、

「ことここに至ったのは勝のしわざである、勝を斬って血祭に上げよう」

と言う者が多くなった。

麟太郎も西郷のことばを信じてばかりはいられない。いよいよはじまったら、市中に火をかけて官軍を焼き殺そうとの計画をめぐらしたのはこの時のことであった。

十二日、麟太郎は池上の本門寺が征東軍の参謀本部兼先鋒の陣営ときまり、そこに入ったと聞いたので、手紙を西郷につかわし、面会を申しこんだ。明日正午、芝高輪の薩摩屋敷で会おうと返事して来た。

翌十三日正午、麟太郎は小者一人召連れて薩摩屋敷に行った。西郷はまだ来ていなかったが、一室に通された。しばらく待っていると、庭の方から、やって来た。「古洋服に薩摩風の引き切り下駄をはいて、例の熊次郎という忠僕を従え」と、麟太郎は後日談している。

「これは遅刻しまして、失礼いたしもした」

と丁重にあいさつして、座敷に通った。「おれが殊に感心したのは、西郷がおれにたいして、少しも戦勝者の威光で敗軍の将を軽蔑する風の見えなかったことだ」と麟太郎は後に嘆称している。

恐らく、一別以来のあいさつがあったろう。麟太郎の方はそうのんきな気にもなれな

かったろうが、西郷の方は尊敬し切っている人に四年ぶりに会ったのだ。

「先生に出られては、しかたごわはん」

ぐらいのことを言って笑ったかも知れない。

この時、隣の室には中村半次郎（桐野利秋）をはじめ薩藩の壮士らが大勢いて様子をうかがい、屋敷の周辺も兵隊共がつめかけて、殺気陰々として物凄いほどであったとも言っている。

日記によると、この日、麟太郎は静寛院宮のことだけ話している。

「宮様のことについては、まことに心配しています。万一にも戦さというようなことがあっては、どんなことになるかと不安でござる。拙者も大いに努力しますが、貴殿方も熟慮して下さい。その他のことは、今日は申しますまい。明日改めて申し上げましょう」

と言っている。談話では、皇女を人質にとるような卑劣な根性は微塵もないから安心あれと言ったと述べているが、日記では上記のように訳するよりほかはない書きぶりになっている。宮をテコにして威迫しているとしか思われないのであるが、その方が麟太郎にふさわしくぼくには思われる。まして、場合によっては江戸を焦土として官軍を焼き殺す策を立てている時なのである。

翌日、田町の薩摩屋敷（これは大西郷全集伝記篇の説。海舟日記では前日と同じく高輪屋敷）で会った。この日麟太郎は登城して大久保一翁らと西郷との談判の下相談をして

から出かけた。大久保は護衛の兵を連れて行けと言ったが、麟太郎は、

「誠意をもっての談判に護衛の兵はいりません」

と答えて、馬丁一人を連れて、騎馬で出かけた。

西郷に会うと、麟太郎はふところから書付を出して、西郷にわたした。

「徳川家重臣共の意見をまとめてまいったものです。この前山岡がいただいて来たご沙汰書にたいして異議を申し立てているわけではもちろんありませんが、家中取鎮めの都合もありますれば、嘆願いたす次第でござる」

一、慶喜は隠居の上、水戸表に在るよう願いたい。
一、城明渡し申した上は、田安家へお預け願いたい。
一、軍艦、兵器は、ご寛典の上は、相当の員数だけのこしおきたい。
一、城内住居の家臣共は城外において慎みまかりあるようしていただきたきこと。
一、慶喜の妄動を助けた者共については、格別のご憐愍をもってご寛典なし下され、一命にかかわるようなことのないよう願いたい。但し万石以上の者もご寛典を本則として朝裁をもって仰せつけられたし。
一、士民鎮定につき、力及ばぬときは官軍のお力を借りたい。

というのであった。

西郷はずらりと目を通して、

「なるほど。よくわかりましたが、これは拙者の一存でははからいかねもすから、唯今から総督府へ出かけて相談した上で、何分の返答いたしもす。しかし、それまでのところ、ともかくも明日の進撃だけは中止させておきましょう」

と言って、村田新八、中村半次郎の二人を呼んで、進撃中止の命令を出すように命じ、あとは昔話などしていたという。「従容として大事の前に横たわるを知らない有様には、おれもほとほと感心した」と後日談している。

西郷は麟太郎を送り出すと、大急ぎで駿府の総督府に馳せ帰って委細を報告し、さらに京都に馳せ上り、人々を説いて、大いに徳川家のために弁護した。こういう情にもろい豹変《ひょうへん》ぶりが西郷の欠点でもあれば美点でもあり、人気のあったところであろう。その結果、こうきまった。

一、慶喜の謝罪が実効立った上は、深厚の思召しを以て、死一等を宥《ゆる》され、願いの通り水戸表で謹慎することを許す。

一、城明渡し後の処置は総督宮の思召し次第にまかせる。

一、軍艦、兵器等は、一旦処分のついた上は相当な員数を渡しつかわす。

一、城内居住の家臣共の城外住居の願いは許す。

一、慶喜の妄動を助けたものの処置については、大体願いの通りにするが、会・桑のごときは、一旦問罪の兵を向け、降伏すれば許すが、拒戦するにおいては速かに屠滅《とめつ》する。

一、士民鎮定については願いの通りにする。

西郷は二十八日にはもう池上本門寺の本営に入って、四月四日勅裁の旨を麟太郎に達し、四月十一日、江戸城受取りがあった。

敗戦降伏の談判など、どんなにうまくやっても、評判のよいものではない。まして、この時、幕府には相当な余力があったのである。それを麟太郎が一意恭順、降伏に持って行ったのは、江戸百万の生霊の不幸を思い、また内戦が外力の侵入を招いて取り返しのつかない日本の不幸になると思ったからである。しかし、そんなことは普通の者には理解出来ない。妻子さえおれに不服だったよといっているくらいだ。幕臣らは、

「譜代の主家をあやまる臆病武士」

と怒って、暗殺しようとする者が少なくなかった。

この頃、品川の先鋒総督府からの帰り――と彼は言っているが、前記の西郷と会っての帰途だろう、薄暮赤羽橋を馬で通りかかると、銃声とともに銃丸が鬢《びん》をかすめて飛びすぎたので、彼は馬を下り、くつわをとってしずかに歩いて過ぎ、辻まで来て、また乗馬して帰ったと語っている。

この評判の悪さは、旧幕臣の間ではずっと後までつづいたようだ。彼ほどの人物にろ

くな伝記がないのも、そのためであろう。彼の伝記は当時のことをよく知っている生きのこりの旧幕臣中の誰か、史才あり文才ある者が書けば一番よかったと思われるし、やりがいのある仕事でもあると思うのだが、一人もそれのなかったのは、この理由しか考えることが出来ない。

彼は明治三十二年一月十九日、七十七歳で脳卒中で死んでいるが、その公生涯は四十六の明治元年（慶応四年）四月十一日の江戸城明渡しでおわっているといってよいであろう。

明治六年、征韓論の決裂で西郷が国に帰った後、参議兼海軍卿に任ぜられているが、せめて西郷でもいれば何とかなったであろうが、西郷もいず、藩閥の出身でもない彼には、どうにもやりにくく、伴食大臣たるに過ぎなかったろう。

彼は大いに日本のために働きたくて、日清戦争の時の講和談判の時など、李鴻章と太刀打ち出来るのは、日本ではおれ以外にはいないといわないばかりのことを言い、大いに色気を見せているが、当時の政府は起用しなかった。

晩年の彼は、西郷の思い出だけに生きていたようである。西郷のことを語っている時が、一番うれしそうだ。それは抜群の力量、才幹を持ちながら、十分にそれを揮う機会を持つことの出来なかった男の追想曲である。西郷を語る彼のことばには、かなしいひびきがある。

あとがき

海音寺潮五郎

昔、歴史は文学であった。そして、あらゆる学問の母であった。経済学も、社会学も、政治学も、倫理学も、――哲学すら、歴史の中にあった。歴史はこれらのさまざまなものをふくんで洋々と流れる大河であった。社会の発展と学問の進歩によって、分化が行なわれたのは必然の結果であり、いたし方ないことではあるが、ぼくには古代の素朴な歴史書がなつかしい。ぼくが少年の頃から六十の半ばをこえる今日まで、史記を愛読しているのは、このなつかしさがさせるのである。

学問としての史学は別として、歴史が一般の人に結縁《けちえん》し、人生の知恵になるのは、こういう史書によるとも、ぼくは思っている。ぼくが好んで史書を書き、史伝を書く理由の一つはここにある。

〇

この列伝を書きはじめた理由はいろいろあるが、その一つは日本に史伝という文学部門を復活したいと思ったことである。

今日では多数の作家らがすぐれた史伝を書くようになったが、ぼくがこれを書きはじめた頃は、一人もなかった。一冊の本にまとめて出すたびに、「あとがき」でくどいほど慫慂《しようよう》したが、なかなか書く人が出なかった。気の長い方ではないぼくは、ほとんど絶望して、こんな風では一人でこの道を歩かなければならないかと思いもし、「あとがき」に書きもしたほどであるが、今ではすぐれた作家達が続々とすぐれた作品を書いている。百花撩乱とまでは行かなくても、十花点々くらいの趣きはある。もともと文学の分野の大部を制するという部門ではないのであるから、この程度まで行けば、先ず満足すべきであろう。

○

こうして熱情をもって史伝を書く人が多くなったために生じた現象の一つは、これまで日本に多かった、鬼面人を驚かすような奇抜な歴史上の人物論が少なくなったことである。こんな議論は大ていは、遊び半分の片手間でする、少ない材料によって組立てる論理のアヤにすぎないものだ。理屈は鳥もちと同じで、つけたいと思えばどこでもつくということわざがあるくらいで、調べ不足、あるいは論旨に都合の悪い材料をかくしてすれば、どんな奇抜な結論でも導き出すことが出来るのである。奇抜なことを言って、知識を欠いている一般読者をおどろかせ、面白がらせ、喝采させることはわけはないのである。しかし、努力して材料を集め、熱情をもって執筆するとなると、そんな軽薄なことは出来ない。まじめな人物論が多くなったのはこのためである。

○

人物の性格を四捨五入して端的に割切って、すべてをその線に沿って書いて行くのは小説の手法である。こんな人物は現実の世界ではとうてい生きて行けないほど偏頗な性格なのだが、小説の世界では最も生き生きとして来る。わかりやすくもある。しかし、これは小説の世界だからよいのである。小説の世界は現実の世界と全然別個の世界だ。作者によって作られた別世界なのだ。ここではどんな怪異も、奇蹟も、読者が納得するように書かれるならかまわない。おしつめた言い方をすれば、小説家は筆をもってする魔術師なのである。上手な魔術師も、へたな魔術師もあるが。

史伝では、人物の四捨五入はしない。史伝の世界は現実世界の引きうつしである。現実世界に生きて行ける人間が描かれなければならない。人間は四捨五入の出来る部分で特色があらわれ、出来ない部分で生きているのである。

〇

この書に集めた諸篇は、はじめオール讀物、小説中央公論（廃刊）、週刊現代に発表したものだ。すべて編集者の注文の順で執筆した。編集者を読者代表と見て、読者の知りたい順に従ったつもりである。だから、もと版はその順序で一冊分になるにしたがって書物にした。時代的にも、地域的にも、ばらばらになっているのは、このためだ。いずれ百人か二百人書いたら、時代順になり、地域別になり、組みかえて出すつもりでおり、その旨を何巻目かの「あとがき」で書きもしたが、百人どころか、その半数にも達せずして、こうして時代順に組みかえて出すことになった。少々恥ずかしいが、せっかく文藝春秋でそうしたいと言ってくれるのだから、恥をしのんで出す。言訳めくが、従来のでは繙読に不便という読者の声もある。かたがた無用なことではないと思いもするのである。

本書にはこれまでの書物に入れなかったのが二篇ある。源頼朝伝と毛利元就伝だ。両者とも小説中央公論に発表したものである。

○

最後におことわりしておきたい。この書の諸篇はそれぞれに独立した読物として書いたものなので、記述が重複している部分があるが、これを整理しては全部を書きなおすほどの手間がかかる。とうてい、今のぼくには出来ない。読者としても、学校の教科書として読むのではないから、「何々伝参照」などという指示がひんぱんに出ては、かえって興味がそがれよう。一篇一篇を別なものとして、お読みいただきたい。

昭和四十一年八月四日

解題に代えて

司馬遼太郎

先年、肥後の人吉《ひとよし》盆地にいて、にわかに山越えで薩摩へ入ってみたいと思い立った。地図を見ると、肥薩《ひさつ》の国境というのは火山が作った地形で、古代の火口が深い谷をなし、噴《ふ》き出た火でつくられた山々はいまはむろん冷《ひ》えきってはいるが、いずれも嶮岨《けんそ》そうであった。

「久七峠を越えることになりますね」

と、人吉の宿でたのんだタクシーの運転手がいったとき、久七峠を越えて薩摩に入ればそこが海音寺潮五郎氏の故郷ではないかと気づき、念のために地図を見ると、長い峠みちを薩摩側へおりたところが、やはり大口《おおくち》盆地ということになっていた。めあてがで きたことで、旅の楽しみがふえた。

肥後境いの大口という所は、出水《いずみ》とともに、島津家が肥後に備えるために、もっとも強悍《きょうかん》な武士団を、屯田《とんでん》制のようにして置いたところである。土地が肥沃でもあり、また商業の適地でもあったから、出水が「出水兵児《へこ》」という美称でよばれるように戦国風の古朴な気質を明治まで保ったといわれるのに対し、大口の気風はやや都会風にまるくなり、西南戦争後における鹿児島市内の都会化された気風にすぐ影響された、と薩摩ではいわれている。氏は、この町の郷士末富家の長男としてうまれた。氏は古い郷士屋敷で成人され、戦時中疎開されたときも、そのままの屋敷を使われた。

郷士というのは、全国土地々々でそのありかたが違っており、家屋も土地によって異っている。薩摩でいう郷士は、他の土地の郷士とずいぶん異り、あくまでも島津家における正規の武士団なのである。

島津家は、偶然、僻陬《へきすう》の地であるために残っていた鎌倉風の自然法、制度、主従関係および士風を意識的に残そうとするところがあった。鎌倉期では、兵農は不分離なのである。外城《とじょう》という名称で、武士団を郷々に置いて、平素は百姓をさせたのも、右のような法意識によるもので、江戸体制で諸藩の制がほぼ均一化したときも、この藩はそれにしたがわなかった。

だから、城下士と外城士とのあいだに、本来、身分上の差別はなかった。ただ江戸期になると、鹿児島城下の武士たちは、参覲交替などによって、江戸や上方の影響をうけやすく、文化性が、城下士と外城士のあいだに違いとして出てきた。そのことが、城下士が外城士に対しておごりを感ずるもとになり、そのうち、城下士は城下に住むということで、江戸風の旗本意識が出てきた。これによって江戸三百年のあいだに、両者の間に身分上の差がでるようになり、郷士は下風に立つようになった。西郷隆盛が明治初年、東京において鹿児島士族軍を城下士と郷士(外城士)の二つにわけ、城下士団をもって近衛陸軍を構成させ、郷士団をもって警視庁を構成させたのは、両者を一ツ場所に置けば互いに反目して融和を期しがたいとおもったからである。

要するに、海音寺氏はそういう大口郷士の風土性のなかで生《お》い育った。

「郷士といっても、日常的には百姓であり小地主ですから、下肥《しもごえ》もかつぎます。廃刀令(明治九年)の前までは刀を差して下肥をかついでいましたが、廃刀令後はひげを貯えたりする者も出ました。ひげでもはやさないと、そういう連中にいわせればただの下肥かつぎですからな」

という意味のことを、氏の座談の独特の風趣ともいうべき諧謔をこめて話されたことがある。

大口の、町というにはやや小さすぎる集落に入って市役所できくと、氏の宅跡はすぐわかった。すでに地上の建物はなくなっていて、敷地だけになっている。

敷地は、路上から人の丈《たけ》ほどに盛土され、それを石垣で締められている。通りかかった人がたまたま土地の大工さんだったが、石垣の様子をみて、二百年は経っているでしょう、といった。石段から敷地へのぼってみると、広さは二、三百坪はある。背後は、崖になっていた。

先年、文壇の論争家が、氏の『二本《ふたもと》の銀杏《ぎんなん》』だったかの中に出てくる薩摩郷士の暮らしをみて、家屋としてここに書かれているような郷士屋敷があるはずがない、と毒《どく》づいたことがある。典型的な薩摩郷士の屋敷の中でうまれた氏に対して仕掛けるにはどうも愚かしすぎるリアリズム論争だと思ったし、ここであらためてそれを思いだすのも物憂いほどである。薩摩では、知覧《ちらん》でも枕崎でも加治木でも、いまなお江戸時代の郷士屋敷でくらしている人が、いくらでもいるのである。

この屋敷のとなりが、浄土真宗本願寺派の寺だった。寺の境内に入ると、なにか、講の日らしく本堂の前に草履《ぞうり》や靴がたくさんならんでいた。戦国期の一向念仏というのは領主と郎党、領民というタテ関係を突きゆるがしたが、戦国の島津氏はこれをきらい、念仏停止《ちょうじ》を厳重な国法にした。江戸期も、切支丹とならんで一向念仏（本願寺念仏）はもっとも重く禁制された。このために、「かくれ念仏」という秘密の信者ができ、それが発覚してはしばしば法難がおこった。島津家の一門のなかにも、「かくれ門徒」がいた。それが県令大山綱良によって解禁されたのは、明治九年の私学校時代である。

氏の家も、かくれ門徒だったという。末富家ははじめは高禄の城下士だったのが、ある時期の念仏崩れかなにかで、大口郷へ移されたのだという話をどこかできいたことがある。

明治九年の念仏解禁は、野村忍介という私学校党の警察署長が信教の自由について大山県令に上申したが、県令がなお県下の状勢をみて渋っていたのを、野村が、隠棲《いんせい》中の西郷隆盛のもとにゆき、自分の意見について賛否を問うた。西郷は当然ではないか、といったが、野村は「口頭だけでは県令が承知しません。そのご意見を文字にしてください」と乞《こ》い、その西郷の意見書を持って県令のもとにゆき、ようやく解禁になったという。キリスト教の解禁よりも遅れたわけであり、薩摩の国というのがどういうものであるか、このことでも一端がわかるであろう。

解禁になると、京都の本願寺や宮崎県、熊本県から、布教僧がどっと入って、寺ができた。その寺のひとつが、末富家に隣接して境内をつくったというのは、おそらく末富家の尽力が相当のものであったろうことを想像させる。ついでながら当代の住職は、真宗学の権威である星野元豊氏である。

鹿児島で、氏のかつての消息をきくことが多い。

十五、六年前、名市長といわれた勝目さんといういかにも仁者の風のある老人がまだ現職でおられた。勝目さんもその夫人も、城下士の薩摩言葉を正確につかわれたし、伺《うかが》っていてもいかにも音楽的で、日本語のなかで音感からいっていちばん美しい言葉ではないかと思ったりした。その勝目さんの子息が、

「鹿児島に教え子の病院長が二人いらっしゃって、海音寺先生を終生の恩人とされています」

と、話されたことがある。

氏が指宿中学の国語・漢文の先生だったころ、生徒とさほど齢が変らなかった。そのなかに二人よく出来る生徒がいて七高を受けるのだが、国漢がまるでできなかった。氏

はそれを放課後に残して指導された。職員室の他の先生たちは、この中学から七高へ行った者がないから教えても無駄です、といっていたらしいが、氏はかれら二人を合格させた。のち二人は医者になったのだが、私は後日、氏にこの話の真否をきいてみた。

「国漢には、こつがありますから」

と、氏はいわれただけだった。そのこつを教えたのだという。そのとき傍《かたわ》らにおられた夫人が、おかしそうに笑われて、この中学の教え子たちが頭が禿《は》げたりしてしまっているのですが、ここへ来ると、ご当人は中学生にもどって仔猫がじゃれるようにうちにまつわりつくのです、といわれた。氏は学生結婚だったから、指宿中学時代はむろん、夫人はすでにそばにおられ、教え子たちの子供のころの顔も、ほぼ覚えておられるのである。

氏は、学生時代に辞書編纂の仕事をされていて、その給料が、旧制中学の教師のそれより多く、このため卒業して就職したときは減収でもってこまったと夫人がいわれたことがある。

私は氏の漢文についての造詣があるいは幸田露伴このかたではないかと思ったりしているが、そのことは師承のものというよりも多分に天賦の学才によるものかとも思う。さらにはそれはあるいは辞書編纂のしごとを通じて磨きあげられたものではないかとも思う。

私はかねて露伴に関心があるが、かならずしもその史伝や史伝小説（『頼朝』『平将門』『為朝』『蒲生《がもう》氏郷』『武田信玄』など）に、海音寺氏の史伝ほどの驚きを感ずることはできない。

しかしながら、海音寺潮五郎氏と幸田露伴という、相互にまったく無縁のこの二人の作家を試験的に突きあわせて資質の相似性を考えてみたい誘惑にしばしば駆られる。いまのところ、こればかりは言えることだが、たとえばここに集められた『武将列伝』三十三編については露伴の史伝・史伝小説を十分以上にぬきんでているということである。日本文壇には、いけ花や茶や落語の世界と同様、家元や名取りといったようなものに似た、正統・非正統の意識が、ごく社会意識的なものとしてある。露伴の作品は社会意識としての正統の座にすでにいる。この比較が一般の先入主から唐突に印象されないために、私において露伴論を確立してから精密に比較してかからなければならないし、その作業をやってみたい衝動は海音寺氏の作品に触れるたびにしばしば感ずる。

この稿は当初それを主題にして書くつもりだった。しかし準備が不足しているために、氏の故郷を訪ねた印象といった程度の、解題にもなにもならないものになった。以上のことは、自分の宿題にしたい。

＊本作品には今日からすると差別的表現ないしは差別的表現ととられかねない箇所がありますが、それは作品に描かれた時代が抱えた社会的・文化的慣習の差別性が反映された表現であり、その時代を描く表現としてある程度許容せざるをえないものと考えます。作者には差別を助長する意図はありませんし、また作者は故人であります。読者諸賢が本作品を注意深い態度でお読み下さるよう、お願いする次第です。

文春文庫編集部

本書は一九七五年に文春文庫より刊行された
「武将列伝」全六巻を再編集したものです。

文春文庫

武《ぶ》将《しよう》列《れつ》伝《でん》　江《え》戸《ど》篇《へん》

定価はカバーに
表示してあります

2008年7月10日　新装版第1刷

著　者　海音《かいおん》寺《じ》潮《ちよう》五《ご》郎《ろう》

発行者　村上和宏

発行所　株式会社　文藝春秋

東京都千代田区紀尾井町3-23　〒102-8008
TEL 03・3265・1211
文藝春秋ホームページ　http://www.bunshun.co.jp
文春ウェブ文庫　http://www.bunshunplaza.com

落丁、乱丁本は、お手数ですが小社製作部宛お送り下さい。送料小社負担でお取替致します。

印刷製本・凸版印刷

Printed in Japan
ISBN978-4-16-713557-7

文春文庫

海音寺潮五郎の本

（　）内は解説者。品切の節はご容赦下さい。

加藤清正（上下）
海音寺潮五郎
文治派石田三成、小西行長との宿命的な確執、大恩ある豊家危急存亡の苦悩――英雄豪傑の象徴のように伝えられるこの武将の鎧の内にあった人間の素顔を剔抉する傑作歴史長篇。
か-2-19

乱世の英雄
海音寺潮五郎
上杉謙信は高血圧で武田信玄は低血圧だった。豊臣秀吉は成功者なら誰でもする少年時代の苦労話をなぜしなかったかなど、歴史通の著者が披露する楽しい歴史裏話がいっぱい。
か-2-26

吉宗と宗春
海音寺潮五郎
将軍継嗣問題のしこりから、八代将軍吉宗と尾張中納言宗春はことごとく対立した。綱紀粛正し倹約を説く吉宗を嘲笑うように遊興にふける宗春。その豪胆奔放の果ては？（磯貝勝太郎）
か-2-32

剣と笛 歴史小説傑作集
海音寺潮五郎
著者が世を去って四半世紀。残された幾多の短篇小説の中から、選りすぐった傑作を再編集。加賀・前田家二代目利長と家臣たちの姿を描く「大聖寺伽羅」「老狐物語」など珠玉の歴史短篇集。
か-2-40

かぶき大名 歴史小説傑作集2
海音寺潮五郎
徳川家康に仕えた水野勝成の破天荒な運命を描く表題作の他、織田信雄の家老、岡田重孝・義同兄弟の出処進退を綴る「戦国兄弟」など、戦国武士の心意気を鮮かに描く。（磯貝勝太郎）
か-2-41

豪傑組 歴史小説傑作集3
海音寺潮五郎
江戸時代、文政天保期の九州・柳川藩の剣に生き、そして死んでいった男たちの姿を活写した表題作の他、戦国末から江戸時代の武将・武士たちの意地を描いた傑作短篇集。（磯貝勝太郎）
か-2-46

文春文庫

海音寺潮五郎の本

（　）内は解説者。品切の節はご容赦下さい。

海音寺潮五郎
戦国風流武士　前田慶次郎
戦国一の傾き者、前田慶次郎。前田利家の甥として幾多の合戦で武功を挙げる一方、本阿弥光悦と茶の湯や伊勢物語を語る風流人でもあった。そんな快男児の生涯を活写。（磯貝勝太郎）
か-2-42

海音寺潮五郎
天と地と（全三冊）
戦国史上最も戦巧者であり、いまなお語り継がれる武将・上杉謙信。遠国の越後でなければ天下を取ったといわれた男の半生と、宿敵・武田信玄との数度に亘る川中島の合戦を活写する。
か-2-43

海音寺潮五郎
日本名城伝
各地の城にまつわる興味深い史話を著者の史眼で再構成。熊本、高知、姫路、大阪、岐阜、名古屋、富山、小田原、江戸、会津若松、仙台、五稜郭の十二城を収録。（山本兼一）
か-2-47

海音寺潮五郎
悪人列伝　古代篇
悪人で聞こえた人物とその時代背景を見直すと、新しい、時に魅力的な人間像が形づくられる。蘇我入鹿、弓削道鏡、藤原薬子、伴大納言、平将門、藤原純友を収録。（磯貝勝太郎）
か-2-48

観音寺潮五郎
悪人列伝　中世篇
歴史上の人物は自分で弁護できないから、評者は検事でなく判事でなければならない。藤原兼家、梶原景時、北条政子、北条高時、高師直、足利義満を人間的史眼で再評価する。（梓澤要）
か-2-49

海音寺潮五郎
悪人列伝　近世篇
日野富子、松永久秀、陶晴賢、宇喜多直家、松平忠直、徳川綱吉。綱吉は賢く気性も優れていながら、性格の歪みが悲劇をうんだ。著者の人間分析がみごと。（岩井三四二）
か-2-50

（　）内は解説者。品切の節はご容赦下さい。

司馬遼太郎
故郷忘じがたく候
朝鮮の役で薩摩に連れてこられた陶工たちが、帰化しても姓をあらためず、故国の神をまつりながら生きつづけて来た姿を描く表題作のほかに、「斬殺」「胡桃に酒」を収録。（山内昌之）
し-1-113

司馬遼太郎
功名が辻（全四冊）
戦国時代、戦闘も世渡りもからきし下手な夫・山内一豊を、三代の覇者交代の間を巧みに泳がせて、ついには土佐の太守に仕立て上げたその夫人のさわやかな内助ぶりを描く。（永井路子）
し-1-114

司馬遼太郎
夏草の賦（上下）
戦国時代に四国の覇者となった長曾我部元親。ぬかりなく布石し、攻めるべき時に攻めて成功した深慮遠謀ぶりと、政治に生きる人間としての人生を、妻との交流を通して描く。（山本一力）
し-1-118

井上靖・司馬遼太郎
西域をゆく
少年の頃からの憧れの地へ同行した二大作家が、興奮も覚めやらぬままに語った、それぞれの「西域」。東洋の古い歴史から民族、そしてその運命へと熱論ははてしなく続く。（平山郁夫）
し-1-66

文藝春秋編
司馬遼太郎の世界
国民作家と親しまれ、混迷の時代に生きる日本人に勇気と自信を与え続けている文明批評家にして小説家、司馬遼太郎への鎮魂歌。作家、政治家、実業家など多彩な執筆陣。待望の文庫化。
編-2-27

司馬遼太郎
この国のはじまりについて
司馬遼太郎対話選集1
各界の第一人者六十人と縦横に語り合った、司馬対談の集大成。第一巻では林屋辰三郎、湯川秀樹らと日本人の原型、この国の成り立ちをあざやかに俯瞰する。（解説・解題　関川夏央〈全巻〉）
し-1-120

文春文庫

司馬遼太郎の世界

品切の節はご容赦下さい。

日本語の本質
司馬遼太郎
司馬遼太郎対話選集2

大岡信との「中世歌謡の世界」、丸谷才一との「日本文化史の謎」、大野晋との「日本語その起源の秘密を追う」等、六篇を収録。この国の文化と言葉がいかに形づくられてきたのか、本質に迫る。

し-1-121

歴史を動かす力
司馬遼太郎
司馬遼太郎対話選集3

海音寺潮五郎との、二昼夜に及ぶ対談「日本歴史を点検する」をはじめ、江藤淳、大江健三郎等八人が登場。歴史の転換期、おもに坂本龍馬、吉田松陰らが活躍した幕末を振りかえる。

し-1-122

近代化の相剋
司馬遼太郎
司馬遼太郎対話選集4

湾岸戦争が勃発し、ソ連が崩壊した九〇年代初め、司馬は孤独であった。漂流を続ける「戦後日本」に強い危機感を抱きながら萩原延壽、西澤潤一等と語る〝近代化で得たもの失ったもの〟。

し-1-123

日本文明のかたち
司馬遼太郎
司馬遼太郎対話選集5

司馬が〝懐しい人〟と形容し長く交遊関係を続けたD・キーンと語る、日本人のモラル・戦争観・文化。山本七平との「日本人とリアリズム」も収録。視野広くこの国の人と文化を分析する。

し-1-124

戦争と国土
司馬遼太郎
司馬遼太郎対話選集6

土地を公有化しなければこの国は滅びる——後のバブル崩壊を予期するような発言を司馬は七〇年代から繰り返す。敗戦体験は我々に何を遺したのか。野坂昭如・松下幸之助らが登場。

し-1-125

人間について
司馬遼太郎
司馬遼太郎対話選集7

資本主義の終焉後には、現代文明に中毒していない人間が生き残り、新たな時代を切り拓く……。今西錦司の壮大な予測にはじまり、高坂正堯・山崎正和など五人と人類の未来を語る。

し-1-126

アジアと日本を読む

（　）内は解説者。品切の節はご容赦下さい。

宗教と日本人
司馬遼太郎
司馬遼太郎対話選集8

「伊藤博文は、キリスト教に支えられたヨーロッパ近代に対抗するため万世一系の天皇を打ち出した」。山折哲雄と明治維新を語るほか、立花隆・宮崎駿など七人と東西の宗教を眺望する。

し-1-127

アジアの中の日本
司馬遼太郎
司馬遼太郎対話選集9

普遍的な思想より技術の洗練にはしる日本的特質を認め、それが朝鮮占領など、近代のアジア諸国侵略とどう関連するかを考える。ゲストは桑原武夫・陳舜臣・開高健・金達寿・李御寧。

し-1-128

民族と国家を超えるもの
司馬遼太郎
司馬遼太郎対話選集10

どの民族にも便利な技術として受容される〈文明〉に対し、理不尽かつ強烈に排他主義になる〈文化〉の奥深さと危険性を、佐原真・岡本太郎など七人と、古代日本を通して見つめる。

し-1-129

司馬遼太郎の「かたち」
関川夏央
「この国のかたち」の十年

司馬遼太郎が晩年の十年間その全精力を傾注した「この国のかたち」。原稿に添えられた未発表書簡、資料の検証、関係者の証言を通じて浮かび上がる痛烈な姿と「憂国」の動機。（徳岡孝夫）

せ-3-7

秘本三国志（全六冊）
陳舜臣

群雄並び立つ乱世を描く『三国志』を語るに著者に優る人なし。前漢、後漢あわせて四百年、巨木も倒れんとする時代に、天下制覇を夢みる梟雄謀将が壮大な戦国ドラマを展開する。

ち-1-6

秦の始皇帝
陳舜臣

中国を理解しようと思えば、始皇帝を知らなければならない。何故ならば彼が中国を初めて天下を統一したからだ。統一中国の生みの親である始皇帝は二十一世紀の中国に今も生きている。

ち-1-17

文春文庫

時代小説

（　）内は解説者。品切の節はご容赦下さい。

清水義範
上野介の忠臣蔵
隠居の日を楽しみに高家としての激務をこなす上野介は、時々ひとの名前を失念するようになった……。好漢・清水一学の恋もからめながら描く、討たれる側からの忠臣蔵。（縄田一男）
し-27-7

柴田錬三郎
柴錬立川文庫（一）
猿飛佐助
真田十勇士1
猿飛佐助は武田勝頼の落し子だった。戸沢白雲斎に育てられ、忍者として真田幸村の家来となり、日本中を股にかけての大活躍。美女あり豪傑あり、決闘あり淫行ありの大伝奇小説。
し-3-1

柴田錬三郎
柴錬立川文庫（二）
真田幸村
真田十勇士2
家康にとって最も恐い敵は幸村だ。佐助をはじめ霧隠才蔵、三好清海入道たちが奇想天外な働きで徳川方を苦しめる。後藤又兵衛、木村重成も登場して、大坂夏の陣へと波乱は高まる。
し-3-2

柴田錬三郎
徳川三国志
駿河大納言忠長、由比正雪、根来衆をあやつり、三代将軍家光を倒そうとする紀伊大納言頼宣と、伊賀忍者を使って必死に阻止する松平知恵伊豆守。壮麗なる寛永時代活劇。（磯貝勝太郎）
し-3-12

佐藤雅美
八州廻り桑山十兵衛
関八州の悪党者を取り締まる八州廻りの桑山十兵衛は男やもめ。事件を追って奔走するなか、十兵衛が行きついた、亡き妻の意外な密通相手、娘の真の父親とは——。（寺田博）
さ-28-1

佐藤雅美
殺された道案内
八州廻り桑山十兵衛
お役目とはいえ、今日も桑山十兵衛は関八州を駆け巡る。尽きることのない悪党、難事件……。大好評第二弾は、剣豪・千葉周作、初恋の女性が、捕り物の背後で十兵衛の心を掻きみだす。
さ-28-3